失楽園のイヴ

藤本ひとみ

KZU
K Z Upper File

講談社

目次

カバー写真　E+/Getty Images
装丁　坂川事務所

失楽園のイヴ

KZU
KZ Upper File

序章

ブルゴーニュ地方の夜は、猛々《たけだけ》しい。

風が吹きすさんだり、背骨が溶けるような暑さ、鼻先を砕く寒さがある訳ではないが、月を圧倒するほどの凄《すさ》まじさで星々がきらめく。そこから滴《したた》り落ちる光で、葡萄《ぶどう》の樹は老人の指のように節くれ立ち、拈《ひね》こびていく。

「失楽園というのは、楽園を失う事を指す。楽園追放とも言うが、その原因となった知恵の実は、東ヨーロッパにおいては葡萄だった。葡萄からワインを作った最初の人物はノア。箱舟に乗ったノアが大洪水を生き延び、アララット山の麓《ふもと》で葡萄からワインを作ったとされている。まぁこれは伝説の域だが、最古の記録は紀元前二〇〇〇年頃ギルガメッシュ物語の中だ。その後ハムラビ法典にも記された。醸造技術は中央アジアからエジプトに渡り、ギリシア、ローマを経て、ヨーロッパ各地に伝播《でんぱ》。古くから伝わってきた製法には、流れ過ぎた時間の堆積のような光と闇が閉じ込められている。近づく人間は魅了され、陶然として道を踏み外す。かくて私も、遠く日本からこの地にやってきた訳だ。諸君も同類、発酵に惑わされる輩《やから》だ」

小さな教室に笑いが響き渡る。四角なその窓から放たれる光を浴びながら、葡萄畑では無数の命が呻吟《しんぎん》していた。

「さて諸君、今夜はこのくらいで杯を置こう。明日のゼミに遅れるなよ。解散だ」

畑は、葡萄の嘆きに満ちている。毎年十二月から一月、株についた新しい枝で生き延びられるのは二本だけ。残りはすべて切り落とされる事になっていた。その二本も身をよじられ、収穫期まで鉄線に縛られる。木を虐《いじ》めるほどいいワインができるというのが醸造家の弁だった。葡萄の苦痛が畑を揺する。その根は地中深く、この世ではない所まで伸びていく。自分の帰るべき場所、失われた楽園を捜しているのだ。葡萄畑に植えられた薔薇は、闇の中に谺《こだま》する木々の呻《うめ》きを聞きながらこの世に絶望し、震え戦《おのの》く。

「徳田《とくだ》先生、どちらへ」


九月も半ばともなれば、葡萄は既《すで》に摘まれている。栽培農家の一階に設《しつら》えられた大きなコンクリート槽に入れられ、発酵の最中だった。ブルゴーニュに犇《ひし》めく多数のワイナリーから、似てはいるものの微妙に違う甘やかな香りが夜となく昼となく流れ出し、漂いながら九月ならではの大きな河を空中に作り出す。

闇が漂う苔むした石畳の奥に、いく分傾いだ樫《かし》の門扉があり、中央に紋章が入っている。この辺《あた》りの醸造農家には珍しいその図案は、先祖が革命期の政府からこの葡萄畑を買い取った時に創ったものだった。元を正せばギロチンにかけられた貴族の畑で、中世初めから続いたその名家の紋章を組み込んだために、紋章学を齧《かじ》った人間なら足を止めたくなるほど格調のあるものになっていた。

裏手にある台所では、収穫用に雇われたアルバイトの学生たちが木のテーブルに着いている。片側だけで十人は楽に座れるそこで夕食を終え、飲み放題のワインにもそろそろ飽き、立ち上がるところだった。それぞれに外階段を上り、三階にあるアルバイト用のベッドに帰っていく。主人夫妻も台所の電気を消し、二階にある自室に向かった。

その手前でロラン・マルクは立ち止まり、壁を刳《く》り抜いた棚に手を伸ばす。土偶の聖シール像の足元から懐中電灯を取り上げ、槽の様子を見てくると妻に告げた。妻は廊下の時計を見上げ、毎晩計ったようにこの時間に必ず見回りに出る夫に苦笑する。昼間の畑作業が延びたり夕食が前後したりしても、なぜかこの時間だけは五十年来変わらなかった。それは夫の、ワイン造りへの愛だと思っている。

ロランは妻にキスをし、廊下のドアを開けてバルコニーに出た。蛍光灯に照らされた外階段を降りる。この時期、コンクリート槽の上部には果肉と果梗《かこう》が浮かび上がってくる。果帽とよばれるこの層は、液温を急上昇させたり発酵を止めたりするため、日に二、三度は様子を見て、中に押しこまねばならないのだった。

花壇の脇のテラスを回り、作業所に向かう。近隣の農家の一階は、たいてい巨大なコンクリートの槽に占領されていた。マルク家は七基のコンクリート槽を持つ。

作業所の出入り口に近づくと、昨年取り換えたばかりのジュラルミンの扉がわずかに開いていた。ロランは、少々機嫌を損《そこ》ねる。今年は新顔のアルバイトが何人か入っていた。そいつらによく言ってやらねば、そう思いながら扉を開ける。

闇の中で、春の芽吹き時のような音が響き渡っていた。葡萄の沸《わ》き立つ音である。自分の熱を扱いかね、皮を破って噴き出すそれに炙《あぶ》られて自分自身を変容させているのだった。ロランは蛍光灯のスイッチを入れる。天上まで届く七基のコンクリート槽が照らし出された。

換気扇を回し、炭酸ガスを追い出してから踏みこんで一番端の槽に上る。梯子《はしご》の最上段から中を見下ろせば、コンクリートの縁から果帽が溢《あふ》れ出さんばかりだった。押し込まねばならない。身を乗り出し、手を入れてみる。動物の体内さながらに暖かい。血液のようにとろりとした葡萄は掌《てのひら》の皺《しわ》の中、爪や指紋の間に流れ込こみ、生きた証を刻み付けようとして絡《から》みつく。

ロランは手を拭い、果帽を押しこむ板を取るために梯子を降りる。床に足を着け、歩き始めたとたん柔らかなものを踏みつけた。何かが放置されているらしい。ロランは、いっそう不機嫌になる。発酵の進む作業所は、清潔に保たねばならない。壁付けの蛍光灯の光の届かないそこにしゃがみ込み、ポケットに差しこんでいた懐中電灯を点《つ》けて自分の踏みつけたものを見定める。小さな輪の中に浮かび上がったのはジャケットの端で、そこに仰向けに倒れていた男が着ているものだった。

抱き起せば、顔に見覚えがある。近くのモンミュザール大学の教授だった。この春に大学側から、留学している生徒たちをアルバイトとして使ってほしいとの申し出があり、マルク家が受け入れた時、同行してきて挨拶をした日本人である。ワインに詳しく、生徒たちに向かって怒濤《どとう》のような薀蓄《うんちく》を迸《ほとばし》らせており、言葉はわからないもののその勢いに感心したロランが、作業所と地下のワイナリーにいつでも出入りする許可を与えた。教授も笑顔で感謝したが、その後一度も姿を見せないままで、いささか不審に思っていた。初の訪問がこれとは。今、死んでいこうとしているその唇から、ロランにはわからない音のような言葉が零《こぼ》れる。

「アダムの女」

第一章　イヴの別名

1

「上杉和典《うえすぎかずのり》、君の進路指導は一分ですむな。楽でいい。受験模試の点数もＡＢＣ評価も、問題はまったくないし」

　進路担当の教師は、先日交代した。以前の担当者よりかなり大雑把《おおざっぱ》だったが、論点はさほど変わらない。

「官僚を目指すなら東大、研究に没頭したいなら京大、海外進出なら土曜日の課外授業を受けてスタンフォードかエール、プリンストン、ハーバードだ」

　他にもあるだろ。そう思いながら唇の端に笑みを含む。高一の十月ともなれば、教師の古い情報も勉強不足も余裕で許す。中等部時代のように真面《まとも》に噛みついたり、鬼の首でも取ったかのような嗤笑《ししょう》を浮かべたりはしなかった。

「まだ時間があるように思えるだろうが、あっという間だ。早めに決めておけ。ああ有名国立を出ても、それを武器にする芸能人にだけはなるなよ。東大卒を一人作るのに、どれだけの税金が投入されてると思うんだ。国民の血税が、一個人を芸能人にするために使われるのは不当すぎる。この学校の卒業生として、恥ずかしい真似はしてくれるな。社会貢献しろよ、以上」

妥当な所に落ち着いた話に頷《うなず》き、教師が進路指導調査用紙のファイルを閉じるのを見て腰を上げる。

教員室を出ると、太陽はまだ高かった。夏の激しさはないものの中空に悠然と留まり、特別棟屋上の天体観測ドームを輝かせている。そばには飛行機雲が一つ、鮮やかな線を描いていた。

空は、深みを増している。気温が下がり、大気の水蒸気濃度が降下して光の拡散が少なくなるからだが、まぁ秋だからという事にしておけばいいのだろう。冬の制服の詰襟ホックを外し、外壁に嵌《は》めこまれた大時計で時間を確認してから数理工学部室に足を向けた。

花壇では、交互に植えられた三色菫《さんしょくすみれ》と鶏頭《けいとう》が華やかさを競っている。派手で大きな花弁を地面に垂らしている三色菫や、もったりとした花部を天に向かって突き上げている鶏頭よりも、その隣りに群れ咲いている秋桜《コスモス》の方が好きだった。簡素な単色で、優しく内側に曲がった花びらを持っている。背の高さが災いし突っ立っている感じがしないでもないが、風に吹かれた途端《とたん》になよやかさを帯び、全身を震わせるように靡《なび》く風情がなんとも可愛らしかった。

「無理だって。もう彼女と約束してんだから。怒られるもん」

数人に取り囲まれ、必死に言い訳している生徒の脇を通り過ぎる。

「おまえさぁ、彼女と友達、どっち取んだよ」

そうだ、もっと言ってやれ。女の言いなりになるなんざ男じゃない。男の祖アダムは、女イヴに唆《そそのか》されて知恵の実を食べ、楽園エデンから追放されたが、はっきり言って馬鹿だ。なぜ自分の意志を堅持しなかったのかと突っ込みたい。男のプライドはどうした。

もし俺がアダムだったら女の誘惑なんかスルーして、今もエデンの園にいる、絶対だ。そう思ったとたん昨夜の眼差《まなざし》が胸に甦《よみがえ》った。

塾が終わったのは十一時過ぎだった。駅の駐輪場に向かっていくと、ファッションビル一階の宝飾品店の前に小柄な女が立っていた。ボブの髪で隠れて顔は見えなかったが、素晴らしくスタイルがいい。キリンのような黒い網目模様をプリントしたワンピースが、よく似合っていた。

背後を通り過ぎながら視線を流す。ウィンドウに映っている女の小さな顔が見えた。水槽の中の魚に見惚れている子供のようにあどけない。その一途《いちず》さの奥に、今にも崩れてしまいそうな弱々しさがあって胸を突かれた。思わず足を止める。

まるで蜻蛉《かげろう》を見ているようだった。絹糸ほども細い尾と、小さな赤い目、緑色の薄い羽根を持つ蜻蛉がウィンドウに留まっている。その儚《はかな》さ、消えてしまいそうな危《あや》うさに心を揺さぶられた。

どうしてあんなに心許《こころもと》なげなのだろう。何を考えているのか。いったいどういう女性なのだろう。自分が何か手を貸せるだろうか。

ガラスの表面でカチリと目が合う。鼓動が跳ね上がった。瞬間、女の目が変わる。先ほどの儚さは消え、替わって取り澄ました冷ややかさが広がった。こちらに向けられた眼差は、にらんでいるようでも誘っているようでもある。得体の知れない何かがそこに立っているかに見えた。

あわてて視線を背け、ほとんど逃げるように歩き出す。俺、なんで逃げてんだ、ただの女だろうが。忌々《いまいま》しく思いながら足を速めた。ガラスに映っていた女の目がいつの間にか胸の中にあり、光を放っている。儚さから蠱惑《こわく》へと豹変した眼差。ただ唇だけが変わらない。物言いたげに、かすかに開こうとしていた。ビルの角に隠れてもう見えない女を振り返りながら思う。アダムが騙《だま》されたのは、ああいうタイプだったのかもな。

今、真清《まさや》かに戻ってきた眼差に目を射られ、頬を歪《ゆが》めながら校舎間を繋《つな》いでいる石畳を歩く。靴越しにその硬さを受け止めながら溜め息をついた。単調な毎日に倦《う》んでいる。

東大合格者数三十五年連続一位を誇り、二〇二〇年度から始まる大学入学共通テストの三十年ぶりの改革も十数年前から先取りして教育現場の注目を集めている中高一貫の男子校、それが和典の通う学校だった。外部からの予想に反し、高等部には自由時間が多い。授業は、たいてい午後二時半前後に終わり、その後の時間をどのように生かすかは、個人に任せられていた。

和典は一人で趣味に浸る事も、仲間を作って騒ぐ事も、机にしがみつく事もできた。自分の意志で選べるのだ。自由、それに勝る喜びがあるだろうか。進級した時には、生きるのが楽になったと感じた。

それから半年、当時歓喜していた限りない自由は、不安と憂鬱を生んでいる。何かを見つけて時間を埋めねばならなかった。趣味に浸るか、仲間とはしゃぐか、勉強に走るか。

没頭できるような新しい趣味は、依然として発見できない。数学を超える面白味を持つものは、なかなか現れなかった。唯一、熱心になれたのは、院内学級の手伝いである。

塾で知り合った臨時講師がボランティアをしており、声を掛けてもらって、病気で学校に行けない子供たちに算数を教えた。この世には、学校にも塾にも家庭にも存在していない物差があるという事に気付いたのは、それを通じてだった。それまで知らなかった世界を垣間見る思いで励みつつ、他人に必要とされる喜びを嚙みしめた。そのまま続けたかったが、講師が不祥事を起こして辞職してしまい、中断を余儀なくされた。

仲間になれるような友人とも出会えない。四月当初、誰もが作っていた自分なりのキャラを、二、三ヵ月後には投げ捨てる時期がやってきたが、それで余計に和典はクラスメイトに幻滅した。

既成の価値観に支配され、もがいていながらその束縛からいち早く抜け出した隣人を許さないような狭量さが蔓延していた中等部時代に比べれば、高等部では誰もが秩序と折り合いをつけて落ち着き、他人を容認しているかに見えた。

だがそれは、いく度もの考査や面接、進路指導を受けるうちに自分の未来がそこそこ見え、諦《あきら》めるものは諦め、捨てるものは捨て、また自己コントロールにさほど悩む事もなくなってそつなく立ち回る術を身に付けただけで、なお成績によって他人を評価し、自己の欲求を満たすだけの未来図《ヴィジョン》しか描けず、そんな自分を卑小とも思っていない胸奥は何ら変わっていなかった。社会のために働く事に喜びを見出そうとする者はおらず、学友の個性を容認しているかに見えた態度も、実は他人に関わって自分の時間を失うのを恐れているからにすぎず、人間は所詮《しょせん》エゴイスティックなものだと決めつけているその理由は、自分自身がそうだからであり、その他を知らないからだった。

和典は、クラスメイトと親しまなかった。時に彼らの虚栄心めいた自尊心に我慢できなくなり、その議論に首を突っ込んで反論する事もある。それは傲慢と受け取られた。ノリが悪い奴と言われ、煙たがられ、友人を不当に傷つけたと非難された。

中学時代から好きだった素数にいっそうの興味を抱いたのは、それが自分に似ていると感じたからかもしれない。自分自身と一でしか割り切れない数。数字の列の中に交じって並んでいても、どこかしら孤立感があった。

趣味も見つからず友人もできないとなると、机にしがみつくしかない。和典は中等部の時と同様に数理工学部に入り、一人で数学に没頭し、代わり映えのしない毎日を送っている。おそらく卒業するまでずっと、いや大学に行っても同様かもしれない。それは永遠と同じほど長い時間に思えた。

漠然と考える。この倦怠の潮が引いていくとすれば、それはおそらく自分が誰かの役に立てた時だろう。自分を待っていてくれた誰かと出会い、その期待に応えられた時だ。今までやる気が出たのはいつも、そんな場面だったから。院内学級の手伝いでも、好きでたまらなかった彼女との付き合いでも。

彼女が大切で、それをどう表していいのかわからず、取りあえずいつどんな事を言われても対応できるよう自分の時間をすべて空けていた。数学を教えてくれとか、テスト勉強のプランを立てたいから意見を聞きたいとか、買い物に行こうとか、ハロウィンやクリスマスのイベントをしようとか。彼女から何も言ってこなかった時に初めて、その時間を自分のしなければならない事で埋めた。優先順位は自分より彼女であり、自分のためだけに生きていない毎日が誇らしかった。自分一人では決して味わえない幸福感、自分以外の人間と関わり、その役に立っている喜びに酔っていた。

ところが院内学級と同様に、これも短期間で終わった。ＰＴＡ仲間から噂を聞きこんできた母が、成績に影響するとの理由で、やめるように命じたのだった。和典が無視していると、彼女に直接電話をかけ、うちの息子のためを考えてくれと迫った。彼女から呼び出され、お母さんに反対されたらもう続けられないと言われて、短かった付き合いが終わった。その時の彼女の消え入りそうな笑みは、今でも心に染みついている。

院内学級の手伝いにしても、おそらく母の意には染まなかっただろう。もっと続いていたら、きっと止めさせるための手を打ったに違いない。和典を倦怠の海に沈ませている元凶は、母といえなくもなかった。自分の価値が成績だけではない事を自分自身に信じさせたい和典の気持ちを、母は無視している。だが、どうする事ができるだろう。親との関係は一生、切れないのだ。

溜め息を吐《つ》きながら校内を横切る。

数理工学部室は、小体育館の一階に並んでいる四十数室の部室の中の一つだった。二階は柔道場、三階以上は理科実験室等の特別教室になっている。南東側は高等部授業棟、北西側はグラウンドで、和典が中等部の頃は、北風の日には砂埃《すなぼこり》がひどかった。今は人工芝が植えられ、昔よりはましな環境になっている。

数理工学部員は中等部と高等部を合わせて十五名、各自がそれぞれに興味を持っている数学や物理、工学の研究をし、時に顧問の意見を聞いたり、先輩後輩で教え合ったりしていた。

部室のドアの前で足を止める。そこに立つといつも胸を過《よ》ぎる光景に、一瞬気を取られた。高三だった先輩のニキビのある横顔。

和典が中一で入部した時、夏に勇退を控えた高等部三年生が三人いた。一人はミスター三年と呼ばれるシティボーイで、よく下級生をからかう中高一貫組だった。もう一人は数学オリンピックの金メダル保持者で、これも中等部からの持ち上がり組。三人目は高等部からの入学者で、あまり下級生と交わらず、隅の机で背中を丸めてノートと向かい合っていた。先の二人はどんな問題もセンス良くサラッと解き、それをひけらかして後輩を敬服させようとしたが、三人目は黙って取り組み、時間をかけて正解にたどり着くタイプで、その頃には皆の話題は次の問題に移っているのが常だった。和典たち中等部生は二人をロールモデルとし、始終絡《から》み、じゃれ合っていた。三人目の存在は、ほとんど忘れており、無視していたといってもいい。

夏休み直前の部活で三年生の壮行会が行なわれ、二人はいつものように笑いを取りつつ華やかに自分の六年間の部活動を振り返り、三人目は不器用な口調で言葉少なく三年間を語った。その武骨な横顔に点々とついているニキビの跡を見ながら、和典は急に胸が痛くなった。この三年生が男であるがゆえに黙って耐えていたに違いない様々な事が、そこから垣間《かいま》見えた気がしたのだった。もっと親しくしておけばよかったと思いながら、部室を立ち去るその姿を見送った。

ドアに手を伸ばし、ノブを回す。押し殺した声が耳を突いた。

「やべぇ、隠せっ」

澄んだ高い声を出せるのは、中等部の一年生だけである。おそらくまだ顧問も来ていないのだろう。今年の中等部一年生は、相当ヤンチャだと聞いていた。五月の運動会の棒倒しでも、熱中しすぎて学校史上最大の怪我人を出したし、七月の水泳合宿では全体の四割が、学校指定のスイムスーツである褌を破ったり、潮に流してしまったりしたらしい。男子には元気が必要、そこに秩序を植え付けていくのが教育の力というのが校長の弁だった。

和典は、彼らがやべぇと称する物を隠す時間を取ってからドアを開ける。やはり顧問の姿はなく一年生が五人、屏風《びょうぶ》のように顔を並べてこちらを向いていた。

和典が尋ねる前に、性急に口を切る。顧問は先ほどまでいたのだが、急な来客とかで、教員室に戻ったという話だった。高等部生が来たら呼びに来てくれとの伝言を残しており、一年生の一人が出ていこうとする。和典が止めた。

「俺が行くからいいよ」

さっきまでいた教員室に引き返す。今年も夏休み前に、高等部三年の五人が引退した。二年生部員二人は、七月に一年生の和典を率いて数学オリンピックに出場したものの、思うような成果が上げられず心身ともに疲れ切って休部中、活動は一年生の二人、和典と大椿《おおつばき》に任せられている。活動といっても、各自が自分の好きな研究をするだけなのだが、今日は顧問の講義の予定だった。

「失礼します、山沖《やまおき》先生」

教員室の中は個別のブースに分かれ、パーティションで区切られている。数理工学部顧問の山沖は、東大の数学科から大学院数理科学研究科に進んだ逸材で、その後この学校の数学教師となった。数学を愛し、小中高時代の修学旅行などは数学をする時間が取られるのが嫌で参加しなかったという変人である。これまで二十三区内から出た事がないらしく、今後も、そして生涯出ないだろうと言われていた。和典たち部員を始め、生徒の多くが疑問に思っている、輝かしい学歴を持ちながら、なぜ高校教師なのか。もっと派手で、功績を残せる職を選ぶ事もできただろうに。少なくとも大学教授であってもいいのではないか。それらと比べて高校教師が上回っているのは、自由時間の多さだけだ。

「上杉ですが」

パネルをノックして声を上げると、中に入るようにとの返事があった。和典はパーティションの間に体を滑りこませる。瞬間、目を見張った。

そこにはスティールのデスクと革の椅子があり、髪を三分刈りにした山沖がこちらに背を向けて座っているはずだった。形のいい頭に大きな耳が付き、その根元に眼鏡の蔓《つる》がかかっている。見る度に、仏像の頭から螺髪《らほつ》を取ればこんな感じかと思っていると、山沖の怜悧《れいり》な声が聞こえるのだった。

「なんだ」

今日は違っていた。山沖は机の脇に立っており、革の椅子に女が座っている。両手をキーボードに置き、肩越しにこちらに視線を走らせたその顔に見覚えがあった。目の前に突然、昨日の夜が戻ってくる。イルミネーションに照らされていた闇が辺《あた》りに広がった。

「紹介しよう、上田絵羽《うえだえば》君だ」

エバというのは、イヴの異称だった。エワと記される事もある。アダムが騙《だま》されたのはああいうタイプなのかもと思っていた女の名前がエバとは、ジャストミート過ぎて笑えない。

「専攻は、農芸化学」

山沖の声を聞きながら絵羽は椅子をこちらに回転させた。化粧気のない顔のシャープなラインは無機的な感じがし、農学というイメージからは遠い。昨夜の人工的な光の下ではわからなかったが、抜けるように色が白かった。磁器さながらに半透明で、艶がある。

「ブルゴーニュのモンミュザール大学にいる友人から、ゼミ生の一人が帰国するからバイト先を探してやってくれと頼まれてね」

立ち上がった絵羽のスカートが捲《めく》れ、きれいな曲線を描いた脚が膝上まで露《あら》わになる。丸瓶の底のように小さな膝頭だった。

「当面チューターとして数学の授業補佐、および理数工学部の顧問補佐をする」

男子校に存在する女性は、五、六十代の教師だけだった。その彼女たちすらランク付けしてしまうほど、生徒は女子から隔《へだ》てられている。共学の学校と違い、交際している生徒も極少なかった。和典のように進学のために親から交際禁止を宣告される者もいる。

中三の修学旅行、奈良京都で一番感動したのは、どんな名刹古刹でもなく、女子校の集団と至近距離ですれ違った事というのが一致した意見だった。向こうから歩いてくる女子集団を見ただけで、皆が瞬時に言葉を失い、肩に力が入り、頬を赤らめる。夜はもちろんその話題で盛り上がったが、どこの学校かどんな制服だったか覚えている者は皆無、もっともましな者でも、いい匂いがしたとの記憶しかなかった。男子校生徒にとって若い女の存在はそれ自体が異世界であり、自分のすぐ近くで家族以外の女が動いているのを見る事は、事件なのだ。

「彼は、一年生の上杉和典君」

この学校に若い美女を投入するのは、狼の群に羊を投げ入れるようなものだ。和典は山沖を見る。数学の美に魅せられ、数式にしか心を動かさないのが一目で見て取れるような鋭利な風貌だった。高校男子の煩悩に理解があるはずもない。どうなっても俺は知らんぞ。

「前回の数学テストでは、学年ナンバー2だった。もちろん首位に君臨した事もある。今は形勢不利だが、私としては今後を楽しみにしているところだ。優秀でセンスがいいから、大学では物理を勧めたい」

山沖が、そんなふうに考えているとは思わなかった。何しろ数学以外の話は、ほとんどした事がない。戸惑っていると、絵羽が右手を出した。気取った感じのする笑みを浮かべながら暗赤色のマニキュアをした指を揺すり、握手を催促する。

昨夜会った事を覚えているだろうか。そう思いながらその手を握った。いかにも女らしい柔らかく小さな手だった。その感触に気を奪われ、放すタイミングを見失う。どうしていいのかわからなかった。だが、いつまでもこのままでいる訳にもいかない。

思い切って手から力を抜く。とたん、絵羽の小指が和典の小指と薬指の付け根に入りこんだ。そっと谷間を撫でられ、息が止まりそうになる。思わず振り払ったが、蛇の細い舌先になめられたような気がした。

「悪いが、今日の講義は少し遅れる。これから上田君を校長に紹介しにいくから」

山沖は気付くふうもなく、空いた椅子に腰を下ろす。絵羽も素知らぬ顔だった。二人が平静なので、和典も動揺を隠すしかない。ひょっとしてこれは、モンミュザールで流行っている新種の握手か。

「山沖先生、失礼します」

パーティションの向こうから声がする。

「大椿です。えっと上杉、来てますか」

山沖は入室許可を出しながら、絵羽に目を向けた。

「学年ナンバー1のご来臨だ」

パーティションの間から大椿が姿を見せ、絵羽を見て立ちすくむ。その顔から表情が遠のいていき、そのまま卒倒しそうだった。そら見ろ、波乱は必至だぞ。

2

「女がいた」

それが、教員室を出た大椿の第一声だった。それしか言わない。

「女がいた」

大椿は持ち上がり組の一人で、中等部二年の時の転校生だった。日本に戻ってきたばかりの帰国子女で、入ってくるなり噂になったのは、自己紹介の際、真面目な顔でこう言ったからだった。

「僕はオオツバキと言います。僕の名前を、音読みしないでください」

この時点でクラスのほぼ半数がニヤッとしたが、まだキョトンとしている者もいた。それも次のひと言でようやく理解する。

「僕のは、そんなに大きくありません」

皆が半ばおもしろがり、半ば呆《あき》れた。そういう事を言いたがる奴はどこにでもいる。教師の中にさえいるくらいで、総じて頭が悪かった。そんな事でも言わなければ、仲間や生徒の関心を引けないのだ。こいつもその類《たぐい》かと皆が思っている時、本人は無表情のまま円《つぶ》らな二つの目を瞬かせ、こうも言った。

「男子校だから、こういう話をしてもいいと思いますが、実はつい最近まで、僕は自分で処理する事を知りませんでした。垂れ流し状態だったのです。でも、それに気付いてからは楽になりました」

この強烈なひと押しで、言いたがり屋の横並び列から抜け出し、一躍、時の人となる。ニックネームは「だだモレ」に落ち着きそうだったが、それでは生《ナマ》すぎると反対の声が起きたため裏ネームに留め、表ネームは顔の彫りの浅さや左右に離れた目、背が低く首が太く肩幅の狭い容姿から「山椒魚」に決定した。

そのままであれば、皆の好奇と軽蔑の対象として中学生活を過ごすだけだったのだが、そこに二つ目の光が当たった。数学の実力考査で、学年首位に躍り出たのである。数学トップの座は入学以来、和典の指定席であり、皆が驚愕した。

和典自身もである。国外にいた大椿は全国模試を受けておらず、ランキング知名度がなかった上に転入時の自己紹介が突飛だったため、あんな奴にやられるとは思わなかったというのが正直なところだった。

それ以降、校内では、あの自己紹介ってハンパなく大物感があったよなという事になり、俗世離れしてるのは天才だからだ、でもその割には愛嬌があるじゃん、と個性が認知された。賛否半ばだった自己紹介も、今では大椿の持ちネタの一つとなり、機会があるたびに披露して皆の喝采を浴びている。

もっとも教師の間では、転入前から特別な生徒と見られていたらしい。数学の才能は遺伝するという統計があり、大椿は曾祖父と祖父が高名な数学者、祖母は結婚まで女子高で数学を教え、母親は今、東大で数学科の教授をしているという数学一家だった。加えて編入試験の際の数学の点数が考えられないほどの好成績で、この学校でも数十年に一人現われるかどうかの逸材と評価された。転入後は、和典のいる数理工学部に入部してきて今に至っている。

同じ部内に同学年が二人きりという事もあり言葉を交わすようになったが、素直で悪気がなく、開けっぴろげな性格だった。ただ和典だけが一方的に、屈折した気持ちを抱えている。

連勝記録に付けられた土は屈辱だったし、生まれて初めての脅威でもあった。その後、何とか自分を立て直し、首位を奪還して名誉を挽回したが、傷は残っている。亀裂のようなそれは、恐怖に似ていた。

いく度となく、自分が大椿より優れている点を並べ上げる。あいつよりはマスクがいい、スタイルもいい、運動神経もいい、センスもいいし空気も読める。だがいくら並べても勝利感は得られなかった。大椿の奴、死なないかな。時々そう思ってしまう自分を許せずに、さらに落ち込む。

高等部に進学してからは同じクラスになり、考査の度に争い合っていた。負けた時にはホーキングの言葉で自分を慰めるしかない。知性に生存価値があるかどうかなんてわかってない。その一部である成績も同様。成績がいくらトップでも、生存価値どころか価値自体がないかもしれない。

部室で大椿は、もっぱら因数分解をやっている。二百桁の素数二つをかけた積をいくつも作り、それを二つの素数に分解しようとしているのだった。スパコンを使っても莫大な時間がかかる作業に真っ向から取り組むだけの熱を持てるのは、やはり天才だからだろう。魂を削るかのような真剣さを見せつけられるたびに、和典は心を揺るがされる思いがした。無心で一途なその横顔の奥に、今なお現われていない多彩な才能が潜《ひそ》んでいるのを感じ、いつかは決定的に負けるに違いないとの確信を抱かずにいられない。それは予言のように和典を支配し、怯《おび》えさせた。

「あの、上杉ぃ」

大椿は、語尾を引きずって話す。甘えた女のような口調は聞き苦しかった。和典は大椿の頭を小突く。いきなり何だと言いたげな大椿を無視し、歩き出した。追ってくる足音がする。

「あの人、すごい可愛かったよね」

和典は、握手した右手を握りしめる。指の谷間を往復した細い指先。それが何か特別のメッセージでも伝えているかのように感じられた。昨夜の出会いを覚えているという合図なのかもしれない。その思いが強くなればなるほど、それを冷笑する気持ちが漣《さざなみ》のように心を包んだ。だからって何だ、深読みは滑稽《こっけい》だぞ。

対峙《たいじ》する二つが鬩《せめ》ぎ合い、ニュートンの作用反作用さながら永遠の振子《ふりこ》を動かす。繰り返しに疲れ、そこから逃れようとして大椿を振り返った。

「握手しただろ。その時、指の谷間、撫でられなかったか」

大椿は恥ずかしそうに身をよじる。

「そんな事、覚えてないって。夢中だったもん。あんなきれいな人に触ったり触られたりするの、初めてだしぃ」

だめだ、こいつは数学以外、使えない。

「あれはただの握手だ。触るなんて妙な言い方すんな」

絵羽に聞いてみれば、はっきりする事だった。だがそれを聞くのは、自分がしっかり記憶していると宣言するようなもので、意識していると思われるだろうし、サラッと躱《かわ》されたり自分だけが覚えていたりしていたら噴飯物だった。口が裂けても聞くまいと心を固める。

「ねぇねぇ上杉ぃ」

言いかけて大椿は言葉を呑み、周囲に視線を配ってから声を潜《ひそ》める。

「あの人って、もうやってるかな。どう思う」

そういう話題は、中等部に置いてこい。高校まで引きずるんじゃない。

「僕はまだだけど、初めてやるならあんな人がいいな。上杉はどう。あ、もう経験済みとか言わないよね」

言ってみたい気もした。それは一つの優位だった。大椿を唖然《あぜん》とさせてみたい。だが言ったら最後、クラス中に広がるだろう。何しろ大椿は黙っていられない質《たち》だ。おそらく自分の事も他人の事も根こそぎ、皆と共有したい男なのだ。

「誘われたら、僕、絶対墜《お》ちる、自信ある。っていうか、むしろ墜ちたい。誘ってくれないかな」

大椿だけではない。高校男子は皆、思っている、誘ってほしいと。そうすれば自分の責任を感じずに、いい思いができる。

求めているのは清純な女であり、純粋な愛だった。だが同時に、自分が否応なく蓄積している灰汁《あく》のような命の迸《ほとばし》りを引き受けてくれる女を欲している。まるで天上に向かって枝を差し伸ばしながら地上を離れられない樹木のようだった。二律背反するその二つの女のイメージが、いつか一つの実像を結ぶ日が来るのだろうか。答の見つからない問題を放棄したくて、話を逸《そ》らす。

「知ってるか、性犯罪容疑で捕まった男って、大抵《たいてい》言うらしいぜ。向こうが誘った、俺は誘われただけだって」

大椿は、さもありなんという顔になった。

「たぶん僕も、そう言うよ」

おい、やる気か。

「すげぇ可愛いな、絵羽ちゃん。これから毎日会えるんだ」

話を戻した大椿の頭を小突き、置き去りにして歩き出す。あわてたような声が背中を突いた。

「あの上杉ぃ、進路表、もう出したの」

先日、調査用紙が配られた事を思い出す。提出期限は、確か今日までだった。教員室まで追いかけてきたのは、それか。

「おまえは」

振り向けば、大椿は困ったように目を伏せ、唇をすぼめていた。

「記入できないんだ。僕は医者になりたいんだけど、親が数学者になれって言ってて譲らないからさ」

こいつ小学生か。いつまで親の言うなりになってるつもりだ。

「おまえが医者を志望する動機、および目的は」

大椿が医学部に入ったとすれば、卒業し就業する時には、団塊世代が七十八歳以上になっている。その人口の多さが、医療需要を変化させると言われていた。求められるのは高度な手術技術を身に付けた医師ではなく、患者に寄り添い、そのケアに地味な努力を重ねられる医師なのだ。もし大椿が派手なスーパー医師を志し、それなりの病院でキャリアを築きたいと夢見ているのなら、情報としてそれを提供してやりたかった。

「スイスの学校で同級生だった女の子が癌で死んだんだ。葬式に行ったよ。すごく優しくしてくれた叔父さんも癌で亡くなった。僕は、何もしてやれなかった。だから将来は、治療が難しい病気を治すための研究をしたい。それに人生を捧げてもいいと思ってるんだ」

和典は引き返し、突っ立っている大椿の二ノ腕を叩いた。

「おまえの人生じゃん」

声が一瞬、くぐもる。

「やりたい事をやればいいよ」

たぶん自分に向かって言ったからだろう。母は支配的だった。心の中まで手を差し入れてきて、いくつもの杭を打ちこんでいく。それを抜き、痕を癒やすのに精一杯で、自分が本当は何を目指したいのか、何になればいいのか、まだ見つけられずにいた。

「うちのママ、恐いからなぁ。絵羽ちゃんがママだったらな、すごくいいのに」

それはそれで問題あるだろう。あんなのが家にいたら落ち着かない。家族は、無性の方がいいんだ。親は男と女じゃなくて、ただの二人の人間。子供も男女じゃなくて、単なる子供。そうでないと穏やかな時間が広がらないだろ。

「取りあえず理数系の大学選んで書いとけば。親とは、よく話し合うって事で」

小刻みに頷いた大椿と肩を並べて部室に向かう。取り立てて話す事もなく、黙って足を運びながら目をやれば、大椿は一人で薄笑いを浮かべていた。絵羽の事でも考えているのだろう。手を上げ、その後頭部を小突こうとしたとたん、後ろから抱きつかれた。

「部室でしょ」

鼻に流れこむオーデコロンにむせ返りそうになりながら振り向く。大椿との間に、絵羽の小さな顔が割り込んでいた。広げた両腕で、和典と大椿の肩を抱き寄せる。

「一緒に行こっか」

ピンクの開襟の乱れた襟元から、白い喉とほっそりとした鎖骨がのぞいていた。眩《まぶ》しくて顔を背《そむ》ける。大椿の消え入りそうな声がした。

「先生、胸が、僕の腕に触れてます」

絵羽は動じる様子もない。体も引かず、かすかな笑みを浮かべた。

「あら、嫌なの」

大椿は、見る間に耳まで赤くなる。

「いえ、そういう訳では」

高く細い笑い声が広がった。

「じゃ、いいんじゃない」

大椿の顔が溶《と》けるようにゆるむ。

「先生、意外とアバウトなんですね」

絵羽に体を寄せ、その胸に接している肘《ひじ》をいっそう突き出した。

「じゃ、このくらい許されたりしますか」

和典はとっさに手を伸ばし、絵羽の胸をノックしているその肘を薙《な》ぎ払う。

「調子に乗んなよ、見苦しい」

大椿は信じられないというような顔になった。

「なんでマジ切れしてんの、なんで、なんで」

答えずに歩き出す。なんでだろう。浮ついた大椿が気に入らなかったのかも知れない。会話を弾ませていた二人に嫉妬したのかも、あるいは何の躊躇《ためら》いもなく絵羽に接近する大椿が羨《うらや》ましくて、冷静な素振りで強がってみせたのかも知れなかった。

「待って」

追いかけてくる足音がし、弾んだ絵羽の声が背中を突く。部室の前まで来ていた。中等部時代なら、振り向きもせずにドアを入っていただろう。高等部ともなると、それほど向きになるのは恥ずかしすぎる。

「トップとナンバー2は、仲良しなの」

振り返れば、絵羽は、こちらに歩いてくる大椿と、目の前に立つ和典を代わる代わる見ていた。

「それとも水面下で激闘しているライバルかな」

その目に興味深げな光が瞬く。挑むような色を帯びていながら笑みを含んだ昨日の夜の眼差だった。思わず口に出す。

「あの時、何を見ていたんですか」

ああ言っちまった。舌打ちしたい思いで目を逸らし、奥歯を噛む。何の事かと聞かれた場合を想定し、恍《とぼ》ける方法を次から次へと考えた。冷や汗がにじむような時間に、絵羽の声が終止符を打つ。

「私の後ろを、あなたが歩いていった時の事ね」

脳裏に浮かんでいたいくつもの逃げ道が、一瞬で吹き飛んだ。絵羽は、出会いを覚えているのだ。たったそれだけで、心が隅々まで明るく照らされるような気がした。先ほど撫でられた指の谷間が熱くなる。両手を握りしめながら、有頂天になっている自分を他人のように見やった。俺こんなに喜んでていいのか。せめて顔には出すなよ、みっともねーし。

「花の付いた葡萄《ぶどう》があったから、見ていたの」

追いついてきた大椿の声が響いた。

「へぇ葡萄が好きなんですか」

おまえ、話に割り込むな、ウザい。思わずそう言いそうになり、自分の尖《とが》り具合に驚いた。このまま二人きりで話をしていたいと思っていたのだろう。もしかして俺、ハートやられてるかも。

「ん、好きというより」

絵羽は素直に大椿の質問に応じる。二人きりで話したいと思っていたのは、どうやら和典だけで、絵羽にとってはさほど意味のある事ではなかったらしい。拍子抜けしながら自嘲する。やられたのは、いつだろう。たぶん初めて出会った時、ウィンドウに映った顔を見た一瞬だ。ほとんど秒殺だな、ちきしょう。

女に心を惹かれるのは、いつもながらどことなくくやしい。自分が一番でありたい我儘《わがまま》な自尊心が嫉妬するのだった。

「葡萄は、私にとって不可能なの。乗り越えなければならない課題」

謎のような言葉を、どう捉《とら》えていいのかわからない。戸惑っていると、絵羽の目がこちらを向いた。

「それより私のQに答えてくれないかな」

瞳の底に恐ろしいほどの力があり、蛇の舌先のように揺れている。注意深くこちらの表情を窺《うかが》う様子が、昨夜の変貌ぶりを思い出させた。手放しで喜んでいた自分の軽率さに背筋が冷たくなる。それが取り返しのつかない事態を招くような気がした。危ねぇ、浮ついてるとヤバいぞ。

「彼に聞いてください」

答を避け、大椿に目をやった。

「おまえ、俺の事どう思ってんの。友達、それとも成績的ライバル」

大椿は質問を真面《まとも》に受け止めたらしく、一瞬、真顔になる。

「えっと僕、順位に関心はない。成績って自分の能力の測定結果だから、人と比べても意味ないし、そもそも僕、自分と人を比べた事自体がない」

幸せな奴だなと思う。人と比較して自分を判断しなくてもすんでいるのは、自己肯定感が高いからだ。きっと大切に育てられたのだろう。

「そう」

絵羽は振り捨てるように素っ気なく答えた。さっきまでの態度と打って変わった冷ややかさでこちらに背を向け、部室のドアを開ける。

「皆さん、初めまして」

ガヤガヤしていた室内が一気に静まった。啞然として突っ立っていた大椿は、混乱する気持ちをありありと浮かべた顔で和典を見る。

「きっと僕が言った事に気分を害したんだ。どうしよう。謝ってくる」

部室に踏みこんでいこうとする。その二ノ腕を捕まえた。

「自分のどこが悪かったと思ってんの」

大椿は哀しげに首を振る。

「わかんない。わかってたら言ってないし」

摑《つか》んでいた二ノ腕を引き寄せ、大椿の目の中をのぞき込んだ。

「だったら謝るな。それが男ってもんだろ」

大椿は曖昧《あいまい》に頷く。だが納得しているふうではなかった。むしろ謝りたそうな気配を見せている。絵羽の機嫌を損ねた自分に我慢できないらしかった。確かに絵羽の態度は和典にとっても理解できないもので、大椿の気持ちはわからないでもない。だが自分を譲り渡すような真似は容認しがたかった。

「部活終わったら、絵羽ちゃん本人に聞いてみろよ。で、ほんとにおまえが悪かったら、謝るって事で」

開いたままのドアから、絵羽の声が聞こえてくる。

「今日からここの顧問補佐をする上田絵羽です。よろしく」

同意した大椿を押しこむようにして、中に入った。

「数理工学部の諸君、自己紹介をお願いします」

どよめいている中学生たちの間を縫って部室の後方に陣取る。あせりながらも次々と口を切る部員たちを見ていて、ふと不安になった。まさか大椿、あの自己紹介をここでやったりしないよな。高等部生が中等部生並みの発言をしてたんじゃ示しがつかない。ナメられるぞ。

「おまえ、あれ、やる気か。やらないよな」

大椿は絵羽を見つめたまま、上の空で答える。

「期待されてるなら、やってもいい」

してない。

「ああ絵羽ちゃん、可愛いなぁ」

溜め息のようなつぶやきに誘われて、絵羽に目を向ける。小さな顔の中に点在する目も鼻も唇も、確かに可愛らしかった。だが彼女は豹変するのだ。信用できねぇ。

「僕の事、嫌いになってたらどうしよう」

眉を曇らせる大椿の耳に、口を寄せる。

「その絵羽ちゃんに、男の生態を突き付けるのはやめろ。余計に嫌われるか、あるいはショックのあまり男子校のバイト辞めるぞ」

大椿は、思ってもみなかったといったように頬を強張《こわば》らせ、小刻みに何度も頷いた。よし恫《どう》喝《かつ》、完了。

「ねぇ上杉ぃ」

肘で突いて声を潜《ひそ》める。

「女にも、性欲ってあるの」

なんで俺に聞くんだ、知らねーよ。

「そういう事は、絵羽ちゃんに聞け」

大椿は瞠《どう》目《もく》し、まじまじとこちらを見た。

「悪魔」

え。

「絵羽ちゃんを汚すな」

おまえ、いっぺん死んでこい。

「じゃ、そこの高校生二人、自己紹介をどうぞ」

和典が立ち上がり、手短に話す。大椿もそれに倣《なら》った。終わる頃、山沖が姿を見せる。

「遅れてすまなかった」

講義が始まり、中学生たちの興奮も収まってようやくいつもの部室らしくなった。講義は、確率論の先駆者伊藤《いとう》清《きよし》と、彼が提唱した確率微分方程式についてで非常に難しかった。

和典は絵羽の様子を盗み見る。先ほどと同じ冷ややかな無表情だった。農学専攻という話だから、数学には興味がないのかもしれない。その無関心と、自分を追いかけてきた時の絵羽の言葉を重ね合わせていて、突然、ピースの一つが嵌《はま》ったような気分になった。

大椿の答を聞いて絵羽は、それまで持っていた興味を失ったのだ。興味があったのは、首位の座をめぐる和典と大椿の確執。大椿の話からそれが絶対に成立しないと知って興ざめした。

目を上げ、真っ直ぐに絵羽を見る。俺たちが啀《いが》み合って死闘でもしていれば満足なのか。とんでもない性格だな。まぁイヴは神とアダムの信頼関係を壊した女だし、名前にゃ相応《ふさわ》しいかも。

昨夜、絵羽が放っていた蜻蛉《かげろう》のような儚《はかな》さを思い出す。あれはきっと見間違いだ。街灯とウィンドウの明かりが相まって作り出した幻影だったのに違いない。棘《とげ》を抜くように絵羽を心から引き抜きながら大椿にささやく。

「絵羽ちゃんは、俺たちに争い合ってほしいらしいぜ」

大椿は、据《す》わった目で絵羽を凝視したまま答えた。

「なら、やってもいい」

おまえ、完全に魂売ってるな。だったら、さっさと餌食《えじき》になっちまえ。大椿の頭を小突く。ただし、おまえ一人でだぞ。

「そこ、中学生の手本になってないぞ」

山沖に指差され、あわてて姿勢を正す。絵羽がクスッと笑った。誘い込むようなその笑みを、厭《いと》わしく思う。元凶はこいつだ、何だって俺たちの争いを望むんだ。

3

それが頭から離れなかったせいだろう、夢を見た。右手の小指と薬指の間に、蛇の舌先が入ってくる。執拗に絡《から》むそれを追い払おうとしてよく見れば、和典の指の谷間を舐《な》めているのは絵羽なのだった。その濡れた目がこちらを見上げる。声を上げて飛び起きた。

まだ四時前だった。ベッドに入って一時間も経っていない。ちきしょう安眠妨害しやがって。羽根布団を抱えこみ、再び横になるものの眠れない。寝返りを打っているうちにキッチンから物音が聞こえてきた。起き上がり、髪を掻き上げながら階段を降りる。下まで降りたところで、ドアから出てくる母と鉢合わせた。片手にワイン瓶、片手にグラスを持っている。昨日は、自宅の敷地内に開設したクリニックが救急当番に当たっているとかで、夜勤だった。

「なに彷徨《うろつ》いてるの」

親からそう言われれば、思春期の男子の返事は二つしかない。無言か、あるいは、別に、か。小学校高学年の時から同じ返事しかできないのは、子供が大人になるのに必要なものがこの家にはないからだった。

「寝ないんだったら勉強なさいよ。このところ二回と続けて首位キープできてないじゃないの。

小塚《こづか》君なんか相変わらず理社では他を寄せ付けない成績だっていうのに、あなたはもう」

和典は壁を叩く。その音で母の口をつぐませ、身をひるがえした。相変わらず家庭は母の王国で、和典は自己愛の強い絶対君主の下で生きている。それに疲れてシェルターのような数学に逃げこむのだ。明快で美しいその理論で自分を覆《おお》い、鎧《よろい》にする。

部屋に戻り、胸に拡散する母の言葉の中から小塚という単語を拾い上げた。小学校からの塾仲間の一人で、どこのクラスにも必ずいるような生物オタクだった。教科書に載る用語だけで二千語を超え、暗記科目とすら言われている高校生物を軽く熟《こな》し、自宅の庭で多くの植物を育て、犇《ひし》めく昆虫や動物と同居している。

壁の時計に目をやれば、起きているかどうか微妙な時間だった。安全策を取り、メールを選択する。

「痩せたければ飯食うなって中二の時に俺が言ったの、覚えてるか。イギリスの科学誌サイエンティフィック・リポーツに新しい発表があった。読んでみ。食欲はホルモンのレプチンが摂食中枢に作用してコントロールしてる。ところが脳細胞内にある酵素ＰＴＰＲＪが、このレプチンの働きを抑え、その結果、食欲が暴走するって説だ。今までも予想はされてたけど、仕組みがはっきりと解明されたのはこれが初めて。参考にしろよ」

中等部に入る少し前から小塚を含む数人で群れ、自分たちの世界だけに通じるルールを作って遊ぶようになった。最高に楽しい時間を過ごしていたその時には、それが無限に続くような気がしていたのだった。

「百キロを超えると、さすがにヤバいぜ。肥満してる奴は、鬱の発症リスクが一・五倍だ」

高等部に入る頃、様々な事があり、留学する者も出てきて自然に道が分かれた。今は同じ学校にいる小塚、黒木《くろき》、それに編入試験を受けて入ってきた若武《わかたけ》らとＬＩＮＥで連絡を取り、たまに会う程度の緩《ゆる》さで繋がっている。

「メールありがと」

小塚は起きていたらしく、間もなく返信が届いた。

「情報もね。読んでみるよ。追伸、僕はまだ七十キロだからね」

笑いながら机に向かう。煌々《こうこう》とした光の下で塾のテキストを開いた。辺《あた》りに広がる静寂が少しずつ心に染み込み、小塚の齎《もたら》した和《なご》やかさを消していく。孤独が広がり、その無限の深さに引きずりこまれた。予定外の勉強が忌々《いまいま》しい。

真夜中に自分を目覚めさせる絵羽といい、母といい、くっそ、女は災いだ。全員この世から消えちまえばいい。世の中に絶えて女のなかりせば、俺の心はのどけからまし、だ。悪態をつきながら練習問題を解く。脳裏に絵羽の言葉が浮かんだ。

「葡萄《ぶどう》は、私にとって不可能なの。乗り越えなければならない課題」

葡萄がなんで不可能なんだ。謎の渦に引きこまれ、目の前の練習問題に戻れない。我に返ってシャープペンを握り直し、気分を新たに取りかかるものの、今度はなぜ大椿との確執を望むのかとの疑問に囚われ、再び絵羽が振り撒《ま》いた謎に迷い込んだ。

4

明くる日は、数学が五時限目に入っていた。絵羽がやってくるとすれば、教室は相当波立つだろう。早く行って一番前の席を取るしかないな。そうすれば部屋の雰囲気に左右されずに学習できる。妙に騒ぐ奴がいたら思い切りにらんで、ここが学校だという事を思い出させてやろう。

絵羽が現われ、蠱惑《こわく》的な笑みを振りまく光景を想像する。胸をときめかすような言葉も放つかもしれなかった。それに皆が誘われ、絵羽の思うがままに煽《あお》られるかと思うと腹立たしい。すっかり蕩《とろ》かされ、臆面もなくニヤつく奴も出るだろう。不愉快になりながら教室に入る。

どうも情報が出回っていたらしく、前方の席は先客で一杯だった。しかたなく教室半ばの位置でその時間を迎える。絵羽は、教師が来る前にやってきて自己紹介をした。質問をしていいと言われて、誰かが聞く。

「歳はいくつですか」

絵羽は肩を竦《すく》めた。

「三十四よ。今週の土曜で三十五」

おお、という声が広がる。二十代だとばかり思っていた和典も驚いた。高校男子にとって二十代はまだ身近だが、三十代になると距離感がある。完全に大人の女という感じがしたが、それが目の前の絵羽と結びつかなかった。

「年齢を聞いて何の意味があるの」

絵羽は首を傾げながら教室内を見回す。

「まさか女は若い方がいいと思ってるなんて、ないでしょうね。もしそうだったら、三十女の良さをじっくり教えてあげます」

広がった笑いの中には、淫靡《いんび》さが混じっていた。

「彼氏いるんですか」

絵羽はニコリともせずに答える。

「いません」

すかさず大椿が言った。

「じゃ僕、立候補してもいいですか」

大爆笑が起こる。大椿の真剣さを感じていたのは和典だけだった。半ば呆《あき》れ、半ば敬服する。ただ可愛いというだけの理由で、正体がわかりもしない女に向かってよく無鉄砲に突進できるな。勇気があるのか、それとも鈍感なだけか。机に置いたスマートフォンの待ち受け画面に、自分の顔が映る。その目に饐《す》えたような光があった。大椿を羨《うらや》んでいる。胸の想いをそのまま外に出せる勇気、怪しげな女に心を奪われている自分に傷つかない頑丈な自尊心。

「残念だけど、だめです」

切り落とすように言いながら絵羽は、大椿から教室全体へと視線を移す。

「この教室の皆さんは、未成年でしょう。私がフランスに行っている間に、東京都には青少年健全育成条例というのができたそうで、私は未成年のあなたがたに手を出せません。だから聞かれれば、だめというしかない訳です。本気で私の彼氏になりたかったら、言葉で聞かずに直接、迫ってください」

思ってもみない言葉に皆が息を呑んだ。室内の空気が一気に圧縮され、直後、爆発せんばかりに膨《ふく》れ上がる。全体が雪崩を打ってどこかに動き出しそうなほどの熱を孕《はら》んでいた。

「え、マジすか」

誰の目もやたらと光っている。それをゆっくりと見回しながら絵羽は仰向き、白い喉を見せて微笑んだ。

「もちろんよ」

煽《あお》っているとしか思えない。

「楽しみにしています」

伝播《でんぱ》する熱が共鳴し、強くなるばかりの人熱《ひといき》れと交じり合った。教室の空気は沸騰するかのようで、何が起こっても不思議ではなさそうな不穏さが立ち込める。皆が今にも絵羽に圧《の》し掛かっていきそうな気がして、和典は思わず声を上げた。

「先生のその発言自体、児童福祉法三十四条に抵触します」

室内を鎮静させたかった。それには皆を非難するより、絵羽の口を封じた方が早い。

「十年以下の懲役、または三百万以下の罰金です」

こちらを向いた絵羽の顔には、からかうような、窘《たしな》めるような笑みがあった。

「その条例は、人間の性的自由を制限するものです」

堂々とした口調に気圧《けお》され、口を噤《つぐ》む。絵羽との距離はほんの二、三メートルだったが、はるかに遠く感じた。そこには和典がまだ知らない広大な原野のような真実が横たわっているのだった。踏み込んだ事もない人間は黙っていろと言われた気がした。

「あなたはもう十七歳か、あるいはそれに向かいつつある年齢でしょう。もちろん男性機能を有している。十七歳を過ぎたら、あと一年弱で成人です。その年齢は、児童福祉法に守ってもらわなければならないほど子供ってわけなの」

背後で、ささやきが机の間を走り回る。

「上杉はさぁ、ノリ最低」

「ぶち壊してくれたよな、せっかくのサービストークなのに」

和典は素知らぬ顔でテキストに視線を落とした。ページをめくりながら、胸を揺るがす自分の声を持て余す。なぜ口を開いた、何が我慢できなかったんだ。

「もっと進みたかったよな。あの人、どこまで話すかな」

「意外とフランクだから、最後まで」

「おう聞きたい」

猥雑《わいざつ》な笑いが広がった。和典はひたすら自分を問い詰める。声を上げた目的は何だ。

「話がそれましたね。私に直接迫ってください、というところまで戻します」

弛《だ》れていた空気が即座に引き締まった。皆が弾かれたようにいっせいに絵羽を見る。

「私の好みのタイプは、数学および物理の成績のいい男子です。迫る前には、前回のテストの学年順位を言ってください。それによって評価します。前回振るわなかった人は、次のテストを頑張ってね」

溜め息が広がる。

「結局、妥当なところに落ち着いたんじゃん」

「俺ら、ハメられたのか」

絵羽は、始めからそこに着地しようと思っていたのだろうか。それなら和典の発言は、さぞ邪魔だっただろう。シャープペンを取り上げ、その先をノートに押し付ける。くっそ女は災いだ。パキンと芯が折れた。

「先生、質問です」

大椿の声が響く。立ち上がったらしく椅子の音もした。

「なんで数学男子や物理男子がタイプなんですか。ちなみに前回の数学のトップは僕ですが」

絵羽の笑いが聞こえる。

「あなたは、とてもタイプよ」

室内は再び盛り上がった。冷やかすような口笛も飛ぶ。和典は顔を上げ、得意満面なガッツポーズで皆を見回している大椿を見た。天まで上っていきそうだった。

「で、私がなぜそういう男子が好きかという質問にお答えします」

艶《なま》めかしい笑みを含んだ眼差を室内に走らせる。

「なぜなら優秀な子供がほしいと思っているからです」

歓喜の声が上がる。ほとんど雄叫びだった。皆が口々に叫ぶ中で大椿一人が立ちつくし、絶句している。脳裏には、子供を抱く絵羽を見守る自分の姿でも浮かんでいるのだろう。

「ではプリントを配ります」

ドアの開く音がし、教師が入ってくる。話は打ち切りとなり、皆があわてて数学のテキストを開いた。その心から熱さの余韻がしたたり落ち、床で波打ちながら和典の足に絡《から》みつく。シャープペンの芯がノートの上でパキンパキンと音を立てた。問いの答は、とっくに出ている。

自分は絵羽を庇《かば》ったのだ。それは誰にも、おそらく絵羽自身にもわからなかっただろうが、とにかく庇ったのだ。絵羽を守りたかった。そんな自分が許せない。それは公然と男を煽ったり誘ったりするような女に惑わされている証拠であり、自分の無分別や浮薄さや理性のなさを示すものだった。絶対に認められない。そう思いつつ全力で押し潰す。別の答がほしかった。自分が声を上げたのは、もっと知的でカッコよく、自尊心を納得させられるような理由のためだと確信したい。

5

強くなったり弱くなったりする様々な思いが心を駆け抜け続け、気持ちが乱れて何一つとして纏《まと》まらなかった。永遠に続きそうなその葛藤に疲れ、今日はもう部活に出ずに帰る事にする。廊下に屯《たむろ》しているグループの声の中を、浮遊するように歩いた。

「日産は、EVに軸足を移すんだと思うよ。トヨタはハイブリッドで先陣を切ったけどEVじゃ出遅れてるし、世界の流れはEVだし、狙い目なんじゃないかな」

「EVってエンジンないだろ。親の工場、変速機作ってんだ。どーすんだろ」

「EVだと、自動車部品は現在の車の七割ですむっていわれてる。おまえんちだけじゃなくて、廃業に追いこまれる工場は多いって」

「EV車の部品製造にシフトするしか、なくね。車載用リチウムイオン電池とか、専用モーターとかさ」

目の前に幅の広い靴が立ち塞《ふさ》がる。視線を上げれば大椿だった。

「部室、行こ」

勝手に行け、俺は帰る。

「昨日、あの後、絵羽ちゃんと話したんだ」

何の蟠《わだかま》りも持っていない様子から察して、うまく丸め込まれたのだろう。

「僕の気のせいだって言ってた」

やっぱり。

「余計な心配して損しちゃった。さっきの話じゃ僕がタイプって事だったし、迫っていいとも言ってたから、部室行って、さぁやるぞ」

大椿のように考える生徒が、いったい何人いるのだろう。絵羽はその全部を引き受けるつもりなのか。癖のないボブのその頭を小突きたい思いで、大椿を小突く。

「上田絵羽は危ない。やめとけ」

大椿は呆気《あっけ》にとられたような表情になった。

「なんで危ないの」

強い語気に、一瞬、和典も巻き込まれる。何でだろう。出会った時からの絵羽の様々な表情が脳裏を過《よ》ぎった。

「俺たちにコビすぎてるし、目付きが激変する」

大椿は眉根を寄せる。

「根拠、薄っ」

そうかもしれなかった。反論できず、代わりに問いを返す。

「おまえ、絵羽ちゃんのどこがいいんだ」

にんまり笑って大椿は目を伏せた。

「かわいいじゃんよ。羊に似てるし」

中等部でオーストラリアに留学した事を思い出す。見渡す限りの草原に、羊の群れが広がっていた。一つの群れの前に立つと、数えきれないほどの一対の目がこちらを向く。そのままいつまでもいつまでも見つめられた。和典が動けば、すべての目が追ってくる。どちらにどう動いても、その無言の監視から逃れる事はできなかった。これでは牧羊犬もさぞ辛いだろうと思ったものだ。監視するつもりが、されている。その時の羊の顔が今、全部、絵羽に見えた。

「迷える子羊かも知んない。僕が助けてやりたい感じ」

こいつ、てんで現実見てないな。あるいは見たい部分だけ見てるとか。

「おまえがこれから行こうとしてるのは数理工学部室だ。ナンパのクラブじゃない。忘れるな」

大椿はちょっと笑った。

「そんな事言って、上杉ぃ、僕に手を引かせて、その隙に絵羽ちゃんをゲットしようって思ってるんでしょ」

思ってねーよ。

「その手には乗らないからね」

渡り廊下の向こうに広がる校庭の端を、絵羽が通っていく。今日はもう帰るらしい。それに気付いて立ち止まった大椿が、スクールバッグの持ち手を握り直し、勢いよく背中に担ぎ上げた。

「僕、帰る。今なら絵羽ちゃんと一緒に帰れそうだ。じゃね」

驀地《まっしぐら》に絵羽に向かっていく大椿の背中を目で追いながら思う、これで大椿と絵羽は親しくなるかもしれないと。体の底から湧き上がるような戦《おのの》きが胸を揺さぶった。その奥から、押し潰したはずの気持ちが浮かび上がってくる。まるで亡霊のように甦《よみがえ》り、執拗に手を伸ばしてきて心に絡《から》みついた。苛立ちながらそれを振り切る。歯ぎしりせんばかりに体中に力を入れ、木っ端微塵になるまで否定した。

短いクラクションが響く。校庭の端にある駐車場から出てきたBMWが、歩いている絵羽の横につけ、停まるところだった。窓から顔を出したのは事務職員の何とかいう男で、絵羽と笑顔で言葉をやり取りしている。遠くで繰り広げられているその光景と、すぐそばに立ち竦《すく》んでいる大椿の背中を代わる代わる見ながら、この後の展開を予想した。

それは大当たりで、やがて絵羽が助手席に乗りこむ。車が走り去った後に、大椿だけがポツンと残った。慰めるしかないと思いながらそばに寄る。深い溜め息が聞こえた。

「あのさ、上杉ぃ」

方角を見極める事のできない広い砂漠、あるいは海の直中《ただなか》に放り出されているかのような表情だった。

「僕、運転免許、持ってないよ」

その顔に、内臓が焦《こ》げるような嫉妬と無力感が浮かび上がる。和典は返事ができなかった。

「車も、ないし」

大椿は、自分が子供である事に絶望しているのだった。非力さを見せつけられ、そんな自分に歯噛みしている。その真剣さに胸を突かれた。

「歳も、十八も違ってるし」

和典は大椿の肩を抱く。他にできる事がなかった。

「部室、行こっか」

重力を感じさせない足運びで動き出す大椿と一緒に廊下を歩く。黙ったまま部室に向かい、そのドアに手をかけた。

「今日もまた因数分解、やんの」

大椿は項垂《うなだ》れるように点頭し、和典が開けていたドアから中に入りこむ。正面の教卓に着いている山沖に軽く頭を下げてから中等部生が座る机の間を通り、奥の席まで行った。音を立ててスクールバッグを置く。塩を振られた青菜さながらだった。心配でしばらく見ていたもののどうしようもなく、数学がその屈辱を癒やしてくれることを願って、本棚に寄る。

少し前から読みかけていた「ＡＢＣ予想の証明　数理解析研究所ＲＩＭＳの窓から」を手に取り、大椿の隣りに腰を下ろした。飛び交っているノーベル賞の話題を耳にしながら本を広げる。十月に入り二日に医学生理学賞、三日に物理学賞、四日に化学賞が発表された。昨年まで毎年、日本の科学者が受賞しており、部員の関心も高い。

「受賞法則ってあるじゃん。物理学賞だったら、物性物理学と、それ以外が交互に受賞するとかさ」

開いたページに視線を落とし、数学の世界に心を飛ばそうとする。ところが目の前の文章をいくら追っても意味を汲《く》み取れなかった。車に乗りこんでいった絵羽の笑顔が思い出される。大椿の顔を覆《おお》っていた嫉妬と無力感は、彼のものではなかったのかもしれない。ふいにそんな気持ちになった。あれは大椿の顔に、自分の心が映っていたのではないか。

先ほど粉々に踏み拉《しだ》いたはずの気持ちが再び形を取り、立ち上がってくる。痛いほど膨れ上がり、心を破って溢《あふ》れ出してきて止められなかった。その氾濫の中で自尊心は、今にも白旗を掲げそうに見える。頭から血の気が引く思いだった。おい俺、マジでやられてんのか。

これまでどんな時も、和典を引っ張ってきたのは自尊心だった。それが倒れたら、全体が崩壊するだろう。

「アインシュタイン予言の百年目に法則が破られるかって注目されたけど、結局トポロジカル相転移で、法則は守られた」

「日本は物性物理学強いのに、今年、受賞者が出なかったのは残念だよね」

「でも今回の受賞には、日本人が貢献してる。受賞チームが使ったＬＩＧＯの感度を向上させて世界一のものにしたのは東大の教授だ。ＫＡＧＲＡに採用されてるレーザー光から微弱な信号を効率的に取り出すシステムも、日本人の研究成果だしさ。次はいけるんじゃないかな」

「日本は、医学生理学も強いよ。オプジーボの開発につながったＰＤ－１の発見は画期的だったし。コレステロールを下げるスタチンの発見も、すでにラスカー賞を取ってるから有力だ」

「このところ受賞が多いのは生化学だけど、有機化学は日本の得意分野だしね。光触媒もあるしさ」

「ああ俺も、後に続かなくっちゃ」

雑草のように空中に蔓《はびこ》る言葉を、ドアの開く音が切って落とした。

「買ってきました、先生」

息を弾ませた絵羽が姿を見せる。部室内が一気に明るくなった。

「ありがとう。購買にあったか」

絵羽は山沖の教卓に歩みより、手にしていたＵＳＢメモリーを置く。

「いえコンビニです。ちょうど車が調達できたので」

大椿が満面の笑みを浮かべた。失った宝物を取り戻したかのような顔だった。

「やったね」

痛快でたまらないといった様子で、こちらを見る。

「あいつ絶対、絵羽ちゃんを送ってくつもりだったんだぜ。うまく利用されてお気の毒」

和典はそれほど喜べない。いったん思い知らされた自分の力のなさを忘れる事はできなかったし、けろりとした顔で車が調達できたと言う絵羽の思いやりのなさが不快だった。あの事務職員は、絵羽に利用されるために誘った訳ではないだろうに。それが自分だったらどれほどやり切れないだろう。

そう思いつつ、絵羽が戻ってきている事に気持ちが浮き立つ。そんな自分に苛立《いらだ》ちが募《つの》りもした。永遠に表裏の区別がつかないメビウスの輪に囚われたような気がする。くっそ、何でこんなとこに嵌《はま》ったんだ。出会った夜、俺の自尊心、何してた、何で俺を守らなかったんだよ。

ウィンドウに映っていた絵羽の顔が、散る花びらのように目の前に降り零《こぼ》れてくる。消えてしまいそうな儚《はかな》さが和典の上にそっと重なり、心に染み透った。溶け合いながら光を放ち、和典を内側から照らし出す。

その儚さを見過ごせなかったのだと思い出した。それは、中等部時代に別れた彼女の消え入りそうだった笑みに続いている。好きだったのに何もできず、悲しませただけだった。院内学級の生徒たちの顔にも繋《つな》がっている。誰もが子供ながら危うい命を抱え、和典を必要としていたのに応じられなかった。

それらを自分の罪のように感じている。そこから逃れられない。儚さは、力及ばない強大な何かの前で立ちすくんでいる人間の絶望と諦《あきら》めから飛び立つ蜻蛉《かげろう》なのだ。あの夜、絵羽も確かに蜻蛉だった。同じような立場にいるのかもしれない。それならば支えたかった。中等部の時にはできなかった事が、今はできる自分であると信じたい。

自尊心の釈明を聞きながら、そこそこ説得力があると思った。受け入れてもいい気がしないでもない。だが真実なのか。あの時かき消すように見えなくなった絵羽の儚さは、本当にその心の深くに隠れているのか。それとも和典が見たいと欲した幻想なのか、出会いの一瞬で籠絡《ろうらく》され、そこから立ち直れない脆弱《ぜいじゃく》さを隠すために考え付いた口実ではないのか。

解かなければならない命題を与えられた気分だった。よし、これを証明する。命題と証明の関係では、仮説が重要だった。場合によっては、それに引っ張られる事もある。仮説をどう立てるのか。

「さて進路指導の時期だが」

山沖が机上のパソコンにＵＳＢを差しこみながら部室内を見回す。

「高等部の二人、大椿、上杉、大学は決まったのか」

和典は大椿と顔を見合わせた。顎で促《うなが》すと、大椿が口を切る。

「医者になりたいので、どこかの医大か医学部に行こうと思っています」

山沖は、いささか残念そうな表情になった。

「才能が数学畑を離れるのは遺憾だ。ＴＨＥの今年のランキングを見たか」

ＴＨＥはイギリスの教育専門誌だった。毎年、世界の大学ランキングを発表している。

「今年はオックスフォード、ケンブリッジの順だ。三位はカリフォルニア工科大とスタンフォードがタイ。我が国では東大がトップだが、世界ランキングは四十六位。昨年より落ちた」

笑い声が広がった。

「これは研究資金の不足によるものと分析されている。ＴＨＥの指標は研究力が三〇％を占めるからだ。逆に順位を上げているのは京大。昨年の九十一位から七十四位にランクアップだ。日本では大学の研究教育予算が削減に次ぐ削減状態にある。これを反映して論文の生産数も減少する一方。研究費が少ない、あるいはないというのは実に辛い。進学を考える時には、その辺の事情も考慮するように」

大椿が頷《うなず》き、山沖がこちらに目を向ける。現状を話すしかなかった。

「僕は、まだ決めきれていません」

山沖は、自分の隣りの椅子に坐っている絵羽に視線を流す。

「こういう生徒にアドヴァイスを」

絵羽は膝の上に乗せていたファイルに両手をつき、身を乗り出した。

「決めきれないのは、当然だと思います」

アドヴァイスのスタートとしては、まぁ平均的だった。だが絵羽が高校生だったのは二十年近くも前のはずで、突然に話を振られては浦島太郎にならずにいられないだろう。いささか意地の悪い気分で、絵羽の回答を採点しようと考える。

「これは上杉君だけに限らないので話の対象を皆さんに広げますが、今、皆さんは受験体制の中にあり、勉強に追われ、優先的に考えなければならないのは成績を上げる事です。こういう状態では自由な発想ができにくいし、自分の内にある可能性にも気づきにくい。趣味を持っていたとしても深く追究している時間が持てず、それ自体が本当に好きなのかどうかも突き詰めにくいはず。かつ今の中学高校生は誰しも、自分のキャラを作っています。キャラはいく通りもあり、相手に応じて演じ分けている」

教室の空気が一瞬、ざわめいた。絵羽の言葉に動かされた部員たちの心が、空気を揺すっている。

「他人や周りに合わせて自分を変えていると、次第に自分というものがわからなくなっていきます。そんな状態で自分にぴったりの大学を選ぶのは無理です。取りあえずできるだけ偏差値の高い大学に行き、そして将来は高収入の仕事に就く、そんな未来図《ヴィジョン》しか描けないのが実態でしょう」

現状分析力、まぁ十点。

「人間が、一生のうちで一番多くの時間を注ぎこむのは睡眠です。そしてその次が仕事。大多数の人間は、大学もしくは院卒業時から定年退職時まで、およそ四十年以上を仕事に費やさねばなりません。これだけの時間を使う仕事が自分を生かせるものでなかったならば、人生は幸せなものにはならないでしょう。自分を生かせる仕事を見つけるための第一歩は、自分を知る事。つまり自分という存在の把握です。今の受験体制の中では無理でも、大学在学中にその作業を終え、本当に自分に適した仕事を見つけて、卒業と共にそこに踏みこんでいくのがベストだと思います」

話の展開、および説得力、十点。

「では適正な大学を選べる状態ではないという現状において、どうやって自分を知る事のできる大学を選び出すか」

よしキモだ。和典は耳を澄ます。急ごしらえの絵羽進路指導官は、結論においても十点を取れるのか。

「この答は、簡単です」

驚きが、室内を裂いて走る。

「それは」

誰もが絵羽の口元を見つめ、そこから零《こぼ》れる言葉を待っていた。

「ギャップイヤーのある大学を選ぶ事」

一瞬、新しい風が顔に吹きつけた気がした。ギャップイヤーはイギリスで始まった制度で、日本では東大や国際教養大などが実施している。大学入学直後に休学し、ボランティアや就業体験をする制度で、一年間の特別休学に加え、レポートによって単位を取る事もできた。二年前からは文部科学省が補助金を出している。

「そういう大学に入り、一年間かけて様々な体験をし、自分自身を見極めると同時に幅を広げ、じっくり未来を探る事をお勧めします」

十点。カウントしながら目をつぶる。絵羽の考え方、その正当さに心が痺れた。これは相当、切れるぞ。自分が惹かれただけの価値はあったのだと満足する。もし数学をやっていたら、かなりいい線までいっただろう。そう考えながら仮説を設定した。絵羽の抱える儚さは真実であり、彼女は助けを必要としている。

「実は私、目的に向かって真っ直ぐ進むタイプなの」

目を開けると、絵羽は恥じらいのこもった笑みを浮かべていた。その中から狙い撃つような激しい視線がこちらに向かってくる。

「だから物事を効率的に速く処理できるし、成功率も高いけれど、幅がなくてね。そのせいで不安定、いったん躓《つまず》くと再起しにくい、豊かさや余裕といった人生に大切なものも、手に入れ損ねている気がする。こういう部分は十代で矯正しておくべきだったなって今になって考えています。上杉君、あなたは、私のようにならないでね」

徐々に笑みを広げる絵羽は、聞き入る者を励ましているようにも、自分の弱点を餌にして相手の心を摑《つか》もうとしているようにも見えた。その奥に、本当にあの脆《あやう》さが潜《ひそ》んでいるのだろうか。

ふっとキメラを思う。異なる遺伝子型の細胞が共存している個体。そうだとすれば、あの儚さは隠されているとか潜んでいるのではなく、渾然一体として共に存在しているのだ。絵羽の中には宇宙ほども広いカオスがあるのかもしれない。その中心には、いったい何があるのだろう。そこに真実の絵羽がいるのだろうか。

6

塾が終わり、夜の中を駐輪場に向かう。耳元を吹き抜ける風は、濃いタバコの臭いを含んでいた。鼻孔に入り、髪に纏《まつ》わり、服の繊維の間にも潜り込む。自分の車や部屋を汚すのが嫌で車外や戸外で喫煙をする連中は、車や部屋のゴミを路上に掃き出しているも同然だ、極刑になれ。そう思いながら歩いていると、ゲームセンターから出てきた中高校生の群れとすれ違った。

やる気のなさそうなタルい歩き方で、将来の不安や自分自身への失望を隠している。今にもこう言いそうだった。いつか本気を出す時が来りゃ俺はトコトンやるよ、今はまだその時じゃねーだけだよ。

和典は冷笑する。空を仰げば雲はなく、月だけが貼り付けたように浮かんでいた。所々に見える星は薄く、店々のネオンに負けている。秋の空って、もうちょっと派手でもいいよな。バッグを摑《つか》んだ手を肩にかけ、もう一方の手をポケットにつっこんで足を遊ばせながら歩いた。まぁ地球の大気状態がよくないのも原因だろうけどさ、頑張れペガスス、アンドロメダ。

ファッションビル一階の宝飾品店の前に差しかかる。絵羽が佇《たたず》んでいたウィンドウのガラス越しに、繊細なきらめきが見えて思わず足を止めた。花の付いた葡萄《ぶどう》があったと言っていたのを思い出す。

のぞき込んでみるものの、見当たらなかった。並んでいるのは真珠や金、プラチナ等のネックレス、イヤリング、様々な色石の付いた指輪やバングル、アンクレットなどだった。葡萄はどこだろう。

「あら意外ね、アクセサリーに興味があるの」

背中を刺された思いで振り返る。闇の中に、ウィンドウの明かりを頬に映した絵羽が立っていた。

「彼女へのプレゼントかな」

ちょっとはカッコつけてもいいだろう。

「まぁそうです。一年の内には誕生日やクリスマス、いろんなイベントがあるんでプレゼントも必要になります」

ここで絵羽と二人になれたのは、天の恵みと思えた。証明に必要な情報を収集しよう。

「花の付いた葡萄があったって言ってましたよね」

絵羽は歩み寄り、和典と肩を並べてウィンドウの前に立った。細い指を伸ばし、ガラスに押し付ける。

「ほら」

並んでみると、背は和典より数センチ低かった。コロンが鼻孔に忍びこむ。体温で膨らんだその香りは、絵羽の体から漂い出てくるのだった。香の中に交じる肌の匂い。その生々しさを意識し、呼吸が乱れた。

「あれよ」

指先の方向に、金色のピアスがある。小さなダイヤが房のように連なって二列に並び、垂れ下がっていた。赤い天鵞絨《ビロード》で裏打ちをしたオリジナルボックスに入っており、その蓋が開いていてピアスの後背に見える。左右二つの内の片方は、裏面が出ていた。

「何で、両方とも表を出しとかないんですか」

あれなら先ほどから目に映っていたのだが、藤だとばかり思っていた。考えてみれば、葡萄の花を見た事がない。

「裏に穴が開いているって事を見せるためよ」

和典はウィンドウに顔を近づける。確かに穴が開いており、ダイヤのキューレットが見えていた。

「きちんとしたダイヤを使った宝飾品は、本物である事を示すために必ず裏に穴を開けて、キューレットを見せるの。それが高級品の証。台に埋めこんであると、ただのガラスの後ろに銀紙を貼ってキラキラさせてあるのと区別がつかないでしょ」

これほど小さなダイヤの受け台に一つ一つ穴を作るのは、大変な技術だった。三百万の値が付いている。

「ダイヤが小さい割に、高いですね」

絵羽は、これが欲しいのだろうか。大椿に教えたら、何としても買おうとするに違いない。

「ブランド品じゃないから、たぶん技術料ね。小さなダイヤを使っているのは、きっと葡萄の花の雰囲気を表現するためよ。葡萄の花って花弁がないし、遠くからでは葉に隠れてしまって見えないくらいなの。でも咲くと、畑中が甘い香りで一杯になる」

和典はウィンドウの中に葡萄畑を想像する。花が一つ一つ開いていき、そこから香りが零《こぼ》れて地面に溜まり、潮が満ちるように盛り上がって畑を潤《うるお》していく様子を思い描いた。

「葡萄の香りがうねりながら道の方まで押し寄せてくると、ああ畑で花が咲き出したなってわかるのよ」

それを吸い込むように絵羽は目を瞑《つむ》り、顔を上向ける。その周りに漂う葡萄の香が見えるような気がした。絵羽がウィンドウの向こうに見ていたのはこのピアスではなく、それが呼び起こした葡萄畑なのだろう。謎の言葉が思い出される、葡萄は私にとって不可能。

「アダムとイヴが食べた知恵の実は」

急に目を開けた絵羽が、こちらを向く。

「実は葡萄だったたって説、知ってるでしょ」

突然に見つめられ、あせりながら首を横に振った。

「二人は、その実を食べる事によって自分たちが裸であると知った。つまり自己に目覚めたの。でも神は専制君主で、その保護を受けるためには盲従しなければならなかった。それで二人は自立の道を選んだのよ。それが楽園追放、つまり失楽園。人間は神の奴隷状態から解放され、自己責任で生きていく事になったわけ」

ウィンドウの装飾の中に鏡を見つけ、そこに映る絵羽を見つめる。ちょっと気取った感じのする目、話しながら尖る小さな唇、移り替わる表情、だが儚《はかな》さは欠片《かけら》もない。

「聞いてないでしょ」

鏡の中から絵羽がこちらをにらむ。

「でも許す。なぜって今日、教室で私を守ろうとしてくれたから」

気付かれていたと知り、体中が火を噴きそうになった。あわてて横を向く。あれは気の迷いだ、間違いだったんだ。俺自身は認めてない。

「教室の雰囲気が思った以上に悪くなっていってしまって、困っていたの。あなたがああ言ってくれたから、反論して雰囲気を変える事ができて、いい所に落として纏《まと》められた。感謝してる。あなたの真っ直ぐさを感じて、何だかうれしかったし。それに私」

言葉の後ろに沈黙が続いた。思わず目を向ける。

「誰かに庇《かば》ってもらったのって、あれが初めて」

恥ずかしげな微笑みをたたえた顔は、少女のように幼気《いたいけ》だった。

「小さな頃から強い子だったから、庇った事はあっても逆はなかったのよ。いいものね。ありがとう」

じっと見つめてくるその視線が熱く、耐えられなくなって目を伏せる。小さな笑い声が耳に届いた。

「あなたって、ほんとに思春期の男子そのままね。透明感があってピュアで、でもどこか身構えてる感じで」

急に不愉快になる。出会ってまだ日が浅いというのに、わかったように語られたくなかった。

一方的に分析されたくもない。

「そう見えるなら、きっとそうなんでしょう」

突き放し、自分についての話を終わらせてウィンドウの中の鏡に目を戻した。そこに映っている絵羽を見ながら、気になっていた事を聞いてみる。

「山沖先生のブースで握手した時、僕の指の間にあなたの指が入ってきましたが、あれは故意ですか」

絵羽は崩れるように笑いながら鏡の中で身じろぎした。横顔が映る。

「あら、気づいてたの」

声が急に大きくなった。本人が直接こちらを見ているとわかり、和典も急いで向き直る。

「あれは私のマーキング。気に入った男には、ああするの。意外に気持ちよかったでしょ」

視線が一瞬、力を帯びた。圧倒されるのを防ごうとして、またも目を逸らす。

「大椿にもマーキングしたんですか」

勝ち誇った声が上がった。

「やっぱり彼を意識してるんだ」

喉元を摑《つか》まれたような気分になる。盗み見れば、絵羽の顔は、ついに確証を握ったと言わんばかりだった。やべぇ。相手はイヴだぞ、油断してんじゃねーよ。

「上杉君は、どういう答がほしいのかな。大椿君にもマーキングした、ＹＥＳ、それともＮＯ、どっち」

心を揺すり、反応を見て楽しもうとしているかのような態度が、我慢できないほど癪《しゃく》に障《さわ》った。無関心を装う。

「先生は、耳が悪いみたいですね。僕が聞いてるのは、したかどうか、それだけなんですが」

溜め息がもれた。

「怒らないでよ、してないから」

聞いても無駄だったなと思う。まるで信用できない。

「大椿君にはしてません。気に入ったのは、あなただけだから」

同じ事を大椿にも言うのに違いない。そう思いながらも、怒りが解けていくのを止められなかった。まるで陽に照らされた雪のように不快さが消えていく。どうしてもそれを抑える事ができず、そんな自分を理解できなかった。戸惑い、苛立《いらだ》ちながら何とか気持ちを整理しようとあせる。

「ねぇ、こっちを向いてくれないかな」

ここで言う通りにしたら、尻尾を振る犬だろ。頑として横を向いたまま口を開く。

「なんで僕と大椿を争わせようとするんですか。それは気のせいだっていう答は、聞こえませんよ。僕は大椿ほど善良でも単純でもお人好しでもない」

絵羽は両手で髪を掻き上げた。

「まいったな。上杉君は厳しいのね。でも私、そういう人の方が好きよ。何かを成し遂げるのは、決まってそういう人だから」

絵羽の両手が伸び、和典の頬を挟んで自分の方に向ける。視界が、突如として絵羽の顔でいっぱいになった。

「あなたは、何か誤解してるのよ」

ささやくような言葉が鼓膜を揺する。二つの瞳は、その黒さが染みついてしまいそうなほど近くにあった。

「敵視するのは止めて。私は遊んでる訳じゃない。パートナーを捜してるの。優秀な相手を見つけ出さなきゃならないし、確実にゲットしなけりゃならない。話題を提供したり気を惹いたりするのは、私を好きになってほしいからよ。そしてパートナーになってほしいから」

耳元で大太鼓でも叩くように響き渡る音は、心臓の鼓動だった。なに動揺してんだ。落ち着かないと術中に落ちるぞ。パートナーって何だ。

「今のところは、あなたがベスト」

ベストって何だ。知らない間にランキングされてる訳か。冗談じゃねーぞ。干上がった喉を無理矢理に抉《こ》じ開ける。

「この手、退《ど》けてください。あなたからは手を出さないって言ったはずじゃなかったんですか」

頬から手が離れ、五本の指の跡を風が通り過ぎた。

「私は急いでるの。あなたがダメなら、しかたがないから大椿君にする。それもダメなら、成績のいい別の子を選ぶ」

ちょっと待て、天秤にかけて焦《あせ》らせようってハラか。俺を甘く見んなよ。

「話が見えません。パートナーって何の事ですか」

絵羽は、微かに笑みを含む。

「一緒にお城に住んでくれる人の事よ」

いきなりファンタジーか。どういう頭だ。

「あなたのパートナー兼同居人なら、僕ら学生じゃなくて教員室か、せめて大学で捜した方がいいと思いますが」

絵羽はボブの髪を乱し、首を横に振る。

「大人や大学生じゃ遅すぎる。高三でも同じ。高二か、高一くらいがちょうどいいの」

ますます謎だった。違う国の言葉を聞いているような気分になる。

「どうして高三以上は、オミットなんですか」

つまらなそうな声が返ってきた。

「もう進路を固めているから」

どういう意味なのか計りかねながらさらに聞く。

「高一から下は、なぜ」

絵羽は退屈したような息をついた。

「能力がまだはっきりしてないからよ。ま、ここでこれ以上は無理ね」

そう言われて初めて、そばを行き過ぎる通行人の目を意識した。

「改めて話しましょう」

立ち去ろうとする絵羽に、素早く声を投げる。

「訳のわからない話をする気はありません」

絵羽は振り向き、ちょっと笑った。

「そちらになくても、私にはあるの」

言い放って離れていく。身勝手な理屈に舌打ちしながら思った。自分と大椿の対立を望んでいるのは、ただ面白い見世物としてじゃない。それを利用してどちらかを早急に自分の方に転ばせたいからだ。そしてパートナーにする。そこまでは推察できたものの、その先がまったく見通せなかった。高一か高二がベストって、どういうパートナーだよ。

複雑な迷路に迷い込んだ気分でバッグを肩に担ぎ上げる。歩き出しながら、さっきまで絵羽の手が触れていた頰に自分の片手を当てた。その細い指先の跡、一つ一つに指を重ねる。皮膚に残っている絵羽の手の感触を拭《ぬぐ》おうとしているのか、あるいはそれを愛おしんでいるのか、自分でもよくわからなかった。ただ餓《う》えるように思う、知りたいと。絵羽のカオスの中心を知りたい。絵羽という女の実像を自分の中に完成させ、抱えた命題を解きたかった。

7

自宅に帰り着き、家の隣りに併設されているクリニックのＬＥＤ看板を見ながら玄関を入る。それは以前、曾祖父が診療をしていたスペースで、渡り廊下で居住部分と繫がっていた。遡《さかのぼ》ればそれより前の先祖たちも、そこで医者として開業していたのだった。

早くに亡くなった曾祖父を悼《いた》んだ曾祖母が、最後の診療が行なわれた時のまま診察室や手術室を保存、祖父も父もそれに手を付ける事を好まなかったため、つい最近までそのまま放置されていた。

大理石造りの外壁は蔦《つた》で覆《おお》われ、使用した器具がそのまま置かれている室内には至るところ蜘蛛の巣が張り、今にも曾祖父が戻ってきて診療を始めそうなほど古色蒼然とした雰囲気の漂う一角だった。

和典が高等部に進級する頃になってようやく、駅の近くのオフィスビルでそれぞれクリニックを開業していた父母がそろそろ片を付けようという気になったらしく、すべてを取り壊して自分たちの仕事場を作ったのだった。

玄関ドアを開け、自室のある二階に上ろうとして階段に足をかけると、ホール右手にあるシースルードアが開き、母が顔を出した。

「あなたに対して、烈火のように怒っている人間が約二名いるわよ」

え。

「一人はクラスメイトのお母さんで、大椿って人」

面識はなかった。怒られる理由がわからないものの、頭に浮かぶ大椿の顔を女性化してみると、何となくおかしい。

「何、その顔。随分《ずいぶん》、余裕ね。怒っている二人目は、私。まず外部から片づけてちょうだい。電話台に先方の電話番号が置いてあるから、今かけて。もう二度もかかってきてるんだから」

仕方なくダイニングに入り、電話を取る。壁の時計を仰げば、十一時を過ぎていた。こんな時間にかけてもいいものだろうかと思っていると、すぐ女性が出た。

「遅くにすみません、上杉と言いますが、お電話いただいたそうで、何かご用でしたか」

しばらくの沈黙の後、押し殺したような声が響く。

「うちの息子を誘惑しないでください」

はぁ。

「余計な事を言わないでほしいんです。宅には宅の教育方針があるんですから」

そこまで聞いてようやくわかった。学校で大椿に、自分の人生だからやりたい事をやればいいと言った件だろう。

「我が家は代々、学者の家系です。息子もその道を歩く事になっています」

大椿の自己肯定感の高さは、大切に育てられたからだろうと思っていた。だがどうも人間として大切にされた訳ではないらしい。一族の名誉と功績を継承する人材として大事な存在だったのだろう。大椿家のその伝統に異議を唱えたつもりはない。そこで悩んでいるクラスメイトにアドヴァイスをしただけだった。

「それなのに今日、突然、国際フォーラムで開かれる医学部進学ガイダンスに行くなんて言い出して」

それは校内の掲示板に張り出されていたイベントの一つで、進学塾が主催していた。医学部受験を目指す高校生に最新情報や攻略方法、現場で働く医師たちの声を届け、エールを送ろうとの企画らしい。

「聞けば、あなたから勧められたって言うじゃありませんか」

若干《じゃっかん》、話が曲がっているが、まぁ大局的には間違っていなかった。

「友達に影響を受けやすい年齢なんです。他人なのに、そんな無責任な事を言って」

声は、次第に興奮してくる。

「息子がそのせいで取り返しのつかない道を選んでしまったら、あなたは息子の人生に対してどう責任を取るつもりですか」

困ったなと思いながら、チラッと母を振り返る。ダイニングのテーブルで、ワイングラスを傾けながら棘《とげ》のある目をこちらに向けていた。この電話の後は、あっちか。前門の虎、後門の狼だな。手早く片付けた方がよさそうだ。

「お言葉を返すようですが、僕たちはもう十七歳か、あるいはそれに向かいつつある年齢です」

そこまで言って声を呑んだ。それは昼間の絵羽の言葉だった。自分の胸に、絵羽が伸ばしてきた根が突き刺さっている、そこから注ぎ込まれる絵羽のささやきが自分の体を通して外に発信されている気がした。冷や汗が噴き出す。

「聞いていますよ。先をどうぞ」

冷淡な口調で言われ、あわてて考えを構築し直した。絵羽の言葉を正確に思い出し、同じ語句を避けながら自分の話に作り変える。

「成人までもう秒読み段階ですし、自分の人生は自分で決める権利があると思います。行く大学もです。選択の結果、それを背負って生きていくのは本人です。自分で決めた事でなかったら、困難にぶつかった時に自力で乗り越えられません。先ほど大椿君の人生に対してどう責任を取るのかと言われましたが、では逆に伺います。お母さんは大椿君より少なくとも二十歳以上年上でしょうし、大椿君よりもずっと早く亡くなるはずです。本人の意志を無視して大椿君の将来を決めてしまって、ご自分が亡くなった後の大椿君の人生にどう責任を取るんですか。僕なら同い年の友達として長く見守る事ができる。もし自分のアドヴァイスのせいで彼が曲がってしまったら、更生のために生涯努力すると約束します」

切れた電話が発する機械音が耳を打つ。ち、切りやがった。噛みついてきた割りには、腹の据わってない親だな。いや、こっちの反論に呆《あき》れたのか、あるいは諦《あきら》めたのか。確か数学科の教授だったよな。立てた目標に向かって驀地《まっしぐら》、無駄はトコトン排するってタイプか、数学者らしいかも。

「終わったの」

背後から狼の声がする。

「だったら、ここに来て坐りなさい」

今日は、ヘビーな一日のようだった。長く話すつもりはないとの意思をこめ、大きく引いた椅子に浅く座る。背もたれに寄りかかり、両手を後頭部に上げて指を組んだ。

「何」

母はグラスを空にし、腕をテーブルに乗せる。そこに体重を掛けるようにして前のめりになり、こちらを凝視した。

「さっき駅のビルの前で、あなたがイチャついていた年上の女は、いったい誰」

心臓を直撃される思いだった。どこまで見てたんだ、全部か。顔から火が噴き出しそうだったが、ここで焦《あせ》っては足元を見られる。素知らぬふりを決め込むしかなかった。

「あれは誰、って聞いてるんだけど」

容赦《ようしゃ》なく踏みこんでくる視線を躱《かわ》そうとして自分に言い聞かせる、俺は氷の彫像だ、感情はない。言葉も知らないし、話す機能も持っていない。

「いつから付き合ってるの。どこまでの関係」

もしかして他にも誰か見ていた奴がいるかもしれない。そう考えたとたん、体中が冷たくなった。絶好のネタだ。画像を撮られている可能性もあるし、そこに妙な細工をしてＬＩＮＥで流されるかもしれない。物笑いの種だぞ。俺はずっとスキャンダルから遠かったのに、キャラぶち壊しだ、やっべぇ。

成績上位の生徒は、そんな馬鹿げた楽しみのために自分の時間を割いたりはしない。やるのは、梲《うだつ》が上がらずストレスを抱えている連中だった。心当たりがあり過ぎる。頭を抱えこみたい思いで立ち上がった。

「話はまだ終わってません。座りなさい」

やむなく再び腰を下ろす。なかった事にできたらどんなにいいだろう。あそこで話しこんだのは、突然の事故みたいなものだったんだ、ああリセットしてぇ。

「最近、成績が振るわないのは、あの女のせいだったのね」

違ぇよ。

「高校生のくせに勉強を放り出して女だなんて、いったい何考えてるのよ。冗談じゃないわ。中等部の時にはKZなんて奇妙なグループ作って、盛り場彷徨《うろつ》いたり、空き家に忍びこんだりして、担任から何度呼び出し食らったと思ってるの。あの時、職員室であなたたちがどう呼ばれていたか知らないでしょう、我が校の犯罪者集団よ」

あれはあれで俺には必要な時間だったんだ。あんたにはわからねーと思うけどね。

「ようやく高等部に進級して、やっと落ち着くかと思ったら、今度は女なの。しかもあんな年上なんて。どこで知り合ったのよ。どういう女なの」

学校のチューターだと言ったら、さぞ驚くだろう。

「あなたは騙《だま》されてるのよ。高校生を夢中にさせるなんて、世間ズレした女には赤子の手を捻《ひね》るより簡単な事ですからね。いったい何が目的で近づいたんだか。恥ずかしくないのかしらね、いい年をして高校生に手を出すなんて。いくつ年下だと思ってるのよ」

自分の夫が年上の女と浮気してるからって、年上女全員、目の敵にすんのはいかがなもんでしょう。

「あなたもあなたよ。自分が学生だって事、忘れてるんじゃないの」

それって、母親のキャラ放り出して女丸出しの派手な喧嘩を息子の前でするあなたに、言われたくないな。

「浮ついてないで目を覚ましなさい。さっさと手を切って、気持ちを勉強に向けるの。いいわね」

この家には自由がない。母の気分次第で決まる規則に縛られ、汲々《きゅうきゅう》として生きていかなければならないのだ。

「別れなさいよ。あなた一人じゃどうせ誤魔化されるから、私が話すわ。女の名前と連絡先を言いなさい」

和典は立ち上がる。

「話はまだ終わってないって言ったでしょ」

もう座るつもりはなかった。床に放り出したバッグを取り上げ肩に担ぐ。

「別れない気なの」

まだ付き合ってねーし。

「まさかもう引き返せないとこまでいってるって訳じゃないでしょうね。金銭的にとか、もっと他に何か」

そう思いたいのなら思えばいい。

「私の言う事が聞けないんだったら、学校に相談しますからね」

ダイニングを出ながら振り返った。

「やれば」

できやしない。それが生活面の問題点として今学期の評価や、進路に響く可能性がある事は充分知っているはずだった。加えて教師や生徒、保護者の中には母のクリニックの患者もいる。自分の息子をうまく育てられないらしいという評判は、医者としての価値を下げるだろう。

「和典あなた、親に向かってなんて言い方よ。待ちなさい、和典」

階段を上り、部屋のドアを全力で閉める。一人になったとたん、一気に気持ちが沈んだ。バッグを放り出し、床に座り込む。曲げた膝に肘を乗せ、両手を握りしめながら現場を誰にも見られていない事を祈った。

闇の中で目を見開き、明日からの毎日を想像する。もし見られていたら、きっと地獄のようだろう。そう考えつつ自分に聞いてみる。俺、何を恐れてるんだ。噂になる事か、笑われる事か。それがなんだ。自分に恥じるような言動は一つもしていない。目いっぱい超然としていたはずだ。言いたい奴には言わせておけ。自分の事は自分でわかっていればいいんだ。俺は間違ってない、それでいい。

だが忸怩《じくじ》たる思いが消せなかった。見た目はともかく内心は、超然状態からはるかに遠かったと自分でわかっている。明らかに翻弄されていたし、至近距離から見つめられ、ささやかれた時には、危うく引きずり込まれそうになった。絵羽が放つ甘やかな言葉に気を惹かれ、浸され、溺れる寸前だったのだ。

そんな自分に我慢がならない。怒りが止めどなく湧き上がってきて指先を震わせた。その底で、落ち着かない眼差をした自分がこちらを見上げている。今までこんな事は一度もなかった。

いつも自尊心を押し立てて整然と歩いてきたのだ。感情に走ったり、衝動や欲求に負けたりしない自分を誇っていた。それがどうしようもなく崩れていく気がする。俺、この先ほんとに大丈夫か。

8

抱いた不安は、朝になっても消えなかった。学校でどんな事が待っているのかと考えると憂鬱だったが、ここで逃げたら自己嫌悪はさらにひどくなるに決まっている。行くしかなかった。ホームルーム教室のドアを入る時には、若干、嫌な予感がした。構うもんかと居直って踏みこむと、中にいた生徒たちがいっせいにこちらを見る。ホワイトボードに大きなボールド文字が躍っていた。

「二択問題、正しい方を選びましょう」

1昨夜、上杉和典は、上田絵羽ⓣやった。

2昨夜、上杉和典は、上田絵羽ⓓやった。

プリントアウトした画像は貼り付けられていなかったが稚拙なイラストが付いており、あまりにも予想通りでうんざりした。消す気力も起らない。好奇心や薄ら笑いを浮かべたいくつもの視線の間を通って窓際の席に行き、そこに坐った。取りあえずテキストを出し、読んでいる振りをする。こいつらは全員、低俗だ。相手にする価値なんかない。無視だ無視。

「なんだよ、これ」

大声が上がり、顔を上げると、入ってきたばかりの大椿がホワイトボードに近寄っていくところだった。

「こういうの不愉快だよ」

荒っぽく腕を動かし、全部を消していく。

「僕だって昨日は、絵羽ちゃんでやった」

教室内に笑いが起こる。さすが山椒魚という叫びも飛んだ。

「僕たちって皆、誰かを想ってやってるじゃん。タレントとかグラドルとか、もっと別の人とか、好きな子がいればその子とかさ。それって普通じゃないか。プライベートな問題だし、公表されない権利がある。こんな事を大っぴらに書いて、どこが楽しいんだ。そいつの品性と知性を、僕は疑うよ。そいつはこのクラスに相応《ふさわ》しくない。ここにいたいんだったら反省すべきだ」

拍手が起こり、静かにクラス中に広がっていく。同調の声も上がった。大椿の言葉は支持されたのだった。和典は、拍手の中で晴れやかな顔になっていく大椿を見つめる。そんな真面《まとも》な事を言える奴だと思わなかった。いや、真面な事を考えているとすら思っていなかった。和典の中で大椿は、数学以外はまるで使えない変人だったのだ。

「賛同してくれた皆さん、ありがとう。僕はマジうれしいです」

室内を見回していた大椿は自分への圧倒的な好意を背景に次第に調子に乗り、御立ち台にでも立っているかのように両手を上げて再び拍手を要求した。

「ちなみに僕は、ずっと絵羽ちゃんでやってます。絵羽ちゃん命」

笑い声がクラスを席巻し、それが薄れる頃に始業五分前のチャイムが鳴った。皆が平常心を取り戻し、立ち上がって一時限目の教室に移動を始める。和典は、大椿の様子を窺《うかが》った。何か言わなければならないと思いながら、どう言っていいのかわからず、ともかくも廊下で大椿が出てくるのを待った。

大椿は例によってのろのろと準備をし、ようやく立ち上がって出入り口まで来たものの、何か考えついたらしくまた席まで引き返していく。机の中を掻き回し、次にバッグに手を入れ、中味を全部その場に広げてから首を傾げ、再び机の中を探った。結局、教室を出てきたのはかなり経ってからで、和典に気付くと、驚いたようにこう言った。

「上杉ぃ、何してんの。もう遅いよ」

おまえに言われたくない。

「早く行こう。絵羽ちゃんに怒られるよ」

短い脚をせっせと動かし、数学教室に向かう。その後ろに続いた。かける言葉はまだ見つからない。ありがとうでは気恥ずかしいし、かといって他の言葉ではもっと照れ臭かった。

「上杉」

前を向いたままで大椿がつぶやく。

「やっぱ言っとく。思った事を胸に抱えながら普通にしてるなんて、僕にはできない。疲れすぎる。はっきり言うけど、絵羽ちゃんは、おまえの事、好きなんだよ」

え。

「僕をタイプだって言ってたけど、その時は普通の顔だった。昨日の部活でおまえを見てる時は、蕩《とろ》けるような顔になってたもん。おまえが、大学はまだ決めきれてないって言った時だよ」

ふと思い出す、進路を固めている高三以上はパートナーに相応しくないと言っていた事を。決めきれていないと発言した和典は、その時おそらく絵羽の条件に嵌《はま》ったのだ。狙いを付けられた獲物のような気分になる。

「僕、すげぇ嫉妬した。マジで全身、沸騰しそうだった。おまえの事、死ねばいいって思ったもん。もうおまえと友達でいるのは無理だ」

あわてて大椿に追いつき、その前に立つ。

「上田絵羽に関しては、好きとか嫌いとかそういう単純なレベルで考えない方がいい。たぶん、もっと複雑な事情があるんだ」

大椿は食いつきそうな顔でこちらを見上げた。

「事情なんて関係ないよ。僕はとにかく絵羽ちゃんが好きだし、譲らないからね。上杉も好きなら、僕らはライバルだ」

自分たちがこれまでのようには付き合っていけないという宣言だった。

「僕に勝ち目はないかもしれないけど、絶対譲らない。全力で戦うから」

死ねと思った事は、和典にもある。大椿に対して屈折した気持ちを抱き、いつか来るかも知れない完敗する時を恐れてもいた。だがそれを友達になれないという言葉に纏《まと》め上げた事はない。

大椿を自分のテリトリーから遠ざける事で現状を変えようとは思わなかった。それは逃げだ。この状態で自分はどう舵を取っていくのか。複雑な思いを抱えて、どこまでやれるのか。それを見極めるつもりで、自分自身をまるで家畜のように現実の中に放し飼いにしていた。

大椿はおそらく、言動が一致していないと息苦しくて耐えられないのだ。純粋なのかもしれない。あるいは子供なのかもしれなかった。だから女の外見だけで惚れたり、突進したりもできるのだろう。心配になる。絵羽は、おまえが考えているよりずっと複雑怪奇な女だぞ。

「僕はフェアなのが好きだから、いい事はいい、悪い事は悪いって言うよ。それが上杉の立場を擁護する事になったとしてもね。でもライバルって気持ちは変わらないから」

そのまま受け入れるしかないほど毅然とした、迷いのない言い方だった。もう心が固まっていて動かしようもないのだろう。

「わかった」

大椿の脇を通り過ぎ、教室に入る。今日の一件は、大椿に借りを作ったのだと思っておこう。いつか必ず返す。そう考えながら事態が絵羽の目論見《もくろみ》通りに運んでいる事に気付いた。和典と大椿を対立させ、それを利用してどちらかを早急に自分の方に転ばせ、パートナーにしようとしている。昨日の教室に響いた絵羽の声が思い出された。

「私がなぜそういう男子が好きかという質問にお答えします。なぜなら優秀な子供がほしいと思っているからです」

パートナーって、そっちのか。マジかよ。俺に何させるつもりなんだ。足が浮いているような気分で机につく。始業のチャイムが鳴り、間もなく絵羽が戸口から黒いスーツ姿の上半身をのぞかせた。

「誰か、教材を運ぶのを手伝ってください」

皆が顔を見合わせ、空中で絡《から》まった視線が自然に和典の方に流れてくる。無視していると、絵羽は引っこみ、後に声だけを残した。

「では上杉君、お願いします。早くね」

誰かが高い口笛を吹く。

「ちょっと露骨すぎじゃね」

「絵羽先生も、上杉でやってたりして」

教室の中央辺《あた》りにいた大椿が椅子の音をさせ、一気に立ち上がった。

「ったく、おまえら、なんでそこに戻んだよ。想像でものを言うな。絵羽ちゃんに失礼だ」

二つの目に怒りを走らせ、室内に漂う淫《みだ》らな空気を蹴散らす。

「人を貶《おとし》めて楽しむのは、僕たちに相応《ふさわ》しい事じゃない。悟れよ。上杉、おまえは来いって言われてるんだから早く行け」

怒りの中に、痛みが見えた。

「授業時間が無駄になるだろ」

立ち上がり、大椿にこんな思いをさせる絵羽を恨む。廊下で待っていたその小さな顔を、呪うような思いで見つめた。

「なんで俺なんですか。妙な贔屓《ひいき》は、迷惑です」

絵羽は笑いながら歩き出す。

「嘘でしょ。私に贔屓されて嫌がる男なんていない」

自信たっぷりなところが腹立たしかった。だがもし呼ばれたのが大椿だったら、自分はどう感じただろう。大椿の目に浮かんだと同じ痛みを、胸に受けたのではないか。そう考えながら気づく。大椿と自分を比較している事自体が既に絵羽の術中に墜ちていると。くっそ、やられてたまるか。頭を振り、得体の知れないその罠《わな》から身を起こす。

「なんか不機嫌ね。どうしたの」

和典がダメなら、大椿だと言っていた。大椿は今、盲目状態に近い。絵羽に接近されたら、どんな事でもオーケイするだろう。俺、それでいいのか。

絵羽の言っていた奇怪なパートナーになる気はない。訳がわからない上に、如何《いかが》わし過ぎた。そうかといって、その絵羽が無防備な大椿に近寄っていくのを傍観する事もできない。大椿はまだ子供で純粋だ。しかも和典は大椿に借りがある。自分が不審に思っている状況に巻き込まれていくのを見過ごせなかった。

同時に、絵羽と大椿がパートナーとして結びついていくのを見ている事にも耐えられそうもない。胸が騒ぎ過ぎるだろう。そのくらいなら、いっそ自分がパートナーになった方がましだとすら思える。堂々巡りの迷路だった。どうやって脱出すればいいのか皆目《かいもく》わからない。四苦八苦しながら、パートナーという言葉の意味をまず定義しようと思いついた。

数学教材室に入り、メモを片手に棚から本を取り出している絵羽の背後に立つ。窓のない三畳ほどのスペースで、壁沿いに書棚があり、テーブルと椅子が置かれていた。空間はごく少なく、絵羽の体がすぐそばにある。黒いスーツは細いウールで織ってあるらしくしなやかで、室内灯の光を受けて細やかな光沢を放っていた。肩から腰の線によく沿っていて、絵羽が身を捩《よじ》るたびに体が浮き立つ。見ているると妙に鼓動が高くなった。狭い室内に心臓の音が響き渡っていく。何とか止めようとして、自分を突き動かすその力を口から放り出した。

「あなたが捜しているパートナーって、子作りのパートナーですか」

絵羽は片手を棚に伸ばしたまま振り返る。まじまじとこちらを見つめていて、爆発するかのように笑い出した。

「それ、どこから発想したの。まぁそういった事で頭がいっぱいな年頃でしょうけど、それにしてもいっぱい過ぎじゃないかしらね」

にらむような眼差は、どことなく優しい。

「クールに見せてて、意外とHね。そういうのって、むっつり何とかって言うんでしょ」

反論できない。片手で両眼を覆《おお》い、天井を仰いだ。言い訳でもするかのようにつぶやく。

「だって昨日言ってたじゃないですか」

本を次々と積み上げていく音がした。

「あれは、私がなぜ理数系の高成績男子を好むのかって話だったでしょ。一般的な話で、嗜好の問題。パートナーの話とは全然、別じゃないの。自分の意に沿う所だけ切り取ったり、貼り付けたりしないでほしし」

言葉が悲鳴で途切れる。目を開ければ、絵羽が崩れかけた本の山に飛び付くところだった。

「古書よ。落としたら破れるかも」

急いで手を伸ばすものの間に合わず、本は音を立てて床に雪崩れ落ち、その上に倒れ込みそうになった絵羽だけをなんとか抱き止めた。

一瞬、息が止まる。羽の詰まった絹のクッションを抱きしめたかのようだった。信じられないほど柔らかい。

「私じゃなくて、本をお願いしたかったんだけど」

急いで手を放し、散った本を拾って点検しながらテーブルに乗せた。

「大丈夫、損傷はないみたいです」

全部を拾い終え、立ち上がったが動悸《どうき》が収まらない。本に目を通している絵羽の呼吸をすぐそばに感じながら思った。目や鼻や口が小さいように体中の色々なものが全部小さいのだろうか。あれこれと想像せずにいられない自分に幻滅する。俺、もしかして今、完璧やられそうなのかも。

絵羽がこちらを見る。乱れて唇の端にかかった髪を小指で除けながら、思い出すように目を伏せた。長い睫《まつげ》が白い頬に影を落とす。

「調べたけど、今の上杉君って、女子系の噂が一つもないのね」

水を浴びせられる思いだった。一気にいつもの自分を取り戻す。調べたって何だよ。そんな権利なんか、ねーだろ。

「彼女がいるって言ってたけど、本当かな。なんか疑わしいぞ。もしほんとなら、もう経験者よね。女が一番感じるとこはどこか、言ってみて」

耳の端まで一気に熱くなる。絵羽の声が華やいだ。

「可《か》っ愛《わい》いなぁ。クールな感じがする分ギャップがたまんない。もっと困らせちゃおうかな。ねぇほんとに経験してるの。私みたいな女って、タイプかしら」

笑ってみせたが、噛みつくような笑みになった。

「あなたに言う必要を感じません」

絵羽の眼差から精彩が消え、裂けるように傷口が開いていく。そこから広漠とした哀しみが流れ出し、部屋の空気に溶けこんだ。辺《あた》りを染め変えながら和典の方に押し寄せてくる。

「あ、ごめん。ちょっとはしゃぎ過ぎたみたい」

流れの向こうに佇《たたず》む絵羽はいつもよりいっそう小さく見えた。和典は自分が彼女を傷つけ、悲しませている事に動揺する。謝るべきか、そんなふうに振舞わせたのは絵羽なのだとはっきり言うべきか。迷っていると、絵羽が口を開いた。

「私、パートナーを見つけなきゃならないの」

前回と何ら変わらないその言葉の不毛さに、苛立《いらだ》つ。焦《じ》れるような気持ちが頬を強張らせた。

「だから何のパートナーなんですか。説明もなく、勝手に候補者リストにアップされても困ります。訳の分からない話は、これ以上聞きたくないですね」

テーブルに積まれている本を持ち上げ、ドアを開けて出ていこうとすると、後ろから腕を摑《つか》まれた。

「話せば長くなるのよ。ここじゃ無理だから、土曜日に私の部屋に来て」

息が止まりそうになった。辛うじて答える。

「考えときます」

絵羽の部屋は、虎穴だ。今の自分を投入するのは、マジでヤバすぎる。だが行かなければ何もかも謎のまま、命題は証明できず、絵羽は大椿を選ぶだろう。くっそ、どうすんだ俺。

第二章　虎口

1

壁の数学者カレンダーに目をやる。NASAラングレー研究所の天才キャサリン・G・ジョンソンの写真の下で、今週の土曜日に付けた丸が赤信号のように光っていた。

絵羽の部屋は、超ヤバい。どう出てくるかわからんぞ。その時、冷静に対応しながら情報を聞き出せるのか。考え詰めていて息を吐くのを忘れ、苦しくなる。大きな溜め息を吐《つ》き、天井を仰いだ。

問題は、自分がそのヤバさを歓迎しているのかもしれないという事だった。絶対、楽しみにしてる、間違いない。くっそ、おまえ中学生か、なんて青臭いんだ。そんな事態になってみろ、正体のわからない女に見事に誑《たら》し込まれたってオチだぞ。自己嫌悪の嵐だろうが。そんで自尊心がダメージを受け、崩壊まっしぐらだ。鬱々とした気分で病院に通いたいのか。

くぐもった音が耳に届く。ハンガーにかかった制服のポケットが震えていた。スマートフォンを取り出し、ロックを解いて黒木からの電話を確認する。

「噂になってるぜ」

普段ならＬＩＮＥでのやり取りがほとんどなのに、直接かけてくるのはよほど気になったのだろう。噂は、猖獗《しょうけつ》を極めているらしい。

「チューターに手を出すなんて、上杉先生らしくないね」

おい妙な言い方は止めろ。俺が手を出してる訳じゃない、むしろ出されてるんだ。

「どうだったら、俺らしいんだよ」

かすかな笑い声がした。

「ご機嫌悪いね。彼女とうまく進んでないの」

真逆。進みそうなんだよ。例えていうなら「牡丹灯籠《ぼたんどうろう》」の侍の気分だ。

「今週の土曜、彼女んちに行く」

尻上がりの口笛が聞えた。

「おめでとう」

めでたくねーよ。

「忠告だ。バルコニーに近寄るな。上田絵羽に背中を見せるんじゃない。突き落とされるかもしれない」

皮肉な物言いは昔からだったが、声の底に冗談とは思われない響きが潜《ひそ》んでいた。何か知っているらしい。おそらくそれが、電話をしてきた理由なのだ。

黒木は多彩な人脈を持っている。それを維持するだけでなく充実させるのが趣味で、一年生でただ一人、生徒会本部中央執行委員会に属していた。教職員と学校全体の情報を把握するには生徒会に籍を置くのがベストと考えての立候補で、すらりと当選した。

「はっきり言え」

電話の向こうでノートPCを立ち上げる音がする。記録を見ながら話すつもりなのだろう。

「塾の同じクラスに、麻生《あそう》高校生がいる」

麻生高校は和典たちの学校と同様、中高一貫の男子校だった。全国の高校を対象にした東大進学者数では、毎年必ず五番以内に入っている。

「そいつから聞いた情報だ。先月末、麻生高校の高二が自殺して、新聞に出ただろ」

いじめかと騒がれた事件だった。調査の結果そういう事実はなく、本人が進路に悩み、発作的に死を選んだというところに収束したと記憶している。

「それ、上田絵羽が絡《から》んでんだぜ」

耳が尖《とが》る。

「そいつはマンションのバルコニーから転落したんだ、上田絵羽のね」

体中の血が一気に頭に上っていくような気がした。

「絵羽が突き落としたのか」

同じ場所に自分が呼ばれていると思うと、他人事ではない。

「いや本人が飛び降りた」

どうしてだ。そもそも麻生高校の奴が、なんで絵羽の部屋にいたんだ。どういう関係だよ。次から次へと心から吐き出される疑問は、猜疑《さいぎ》に近かった。なんで絵羽んとこで投身自殺なんだ、原因は。

「上田絵羽は、うちの学校でチューター始める少し前に西進ゼミナールでアルバイト講師をしてたんだ。高二の個人指導コースで、自殺した奴を受け持ってた」

絵羽の言葉を思い出す、高一、高二くらいがちょうどいいと。

「で当日は、そいつが進路の相談をしに絵羽の部屋に行ってたんだ。絵羽がコンビニにコーヒーを買いに出たすきに、バルコニーに出て飛び降りた」

普通、塾講師の部屋なんか行かんだろう。そうは思うものの、西進ゼミのシステムを知らなかったし、個人指導コースならありえるのかもしれなかった。だが本当にそれだけか。

「自殺がわかった時点で、うちの職員会議ではチューターとしての採用を躊躇《ためら》う声も上がったらしい。だが山沖さんが強硬に言い張って、押し通したって。彼女の関与が疑われるとのご意見があり、確かにその通りですが、この国の法律では疑わしきは罰せずという事になっています、いったん決まった採用を取り消すのは、この原則に反しますって」

秩序を愛する山沖なら、言いそうな事だった。

「だが塾生の間では噂が立ってる、自殺した高二生と絵羽はできてて、二人の間で何らかのトラブルがあって自殺したんだって」

やっぱな。

「警察の耳にも入ったらしくて調べたみたいだけど、遺書もないし証拠もない。もちろん絵羽も否定。そこに家族が、当日は進路について家族間で口論になって飛び出していった、と話したものだから、新聞で報道されてるような結論になったんだ」

親と対立し、急遽《きゅうきょ》、塾講師に相談に行こうと思いついたのなら不自然な所はない。そう思いながらも胸がざわついた。絵羽は急いでパートナーを見つけようとしていたし、成績の優秀な生徒なら誰でもいいような口ぶりだった。もしかしてそいつは、絵羽のパートナー候補だったのかもしれない。

中高一貫の男子校である麻生高校は、和典たちの学校同様、女に慣れていない生徒が多い。偏差値も相当高かった。塾を通じて絵羽は麻生高校という絶好の狩場に手を伸ばし、その高二生を選んだのではないか。

「飛び降りた時間と絵羽が店に出入りした時間は、マンションとコンビニの監視カメラではっきりしてる。アリバイは成立だ。でも俺のクラスの奴は言ってるんだ、ただの自殺じゃないって。飛び降りる前から様子が変だったから、絶対何かあるはずだって」

絵羽が初めて学校に姿を見せた時、和典は、狼の群れに羊を投げ込んだようなものだと思った。だが真実は逆ではないのか。絵羽は、羊の群れの中に投げこまれた狼だったのかもしれない。

「成績も良くて何の問題もなかったのに、これまでの進路を急に変えるって言い出して、塾にコースの変更を申し出たらしい。それがあんまりにも唐突で、家族に大反対されたんだ。面談室で大声でやり合ってるのを聞いたって」

突然の進路変更、それに絵羽が関わっているのだろうか。脳裏にある絵羽の顔が鬱蒼とした影で縁取られていく。

「上田絵羽って、いつもセクシャルな雰囲気を漂わせてるだろ、あれ、なんか嘘っぽいよ。擬態って感じだな。本質的には多情なタイプじゃないと思う。むしろストイック系だ」

熟《こな》れた分析は、いかにも女に慣れた黒木らしかった。その実態は謎で、本人も多くを語らないし、和典も黒木が女と一緒にいるところを見た事はない。だが日頃の言葉の端々、どことなく艶っぽい目付きや雰囲気からして、皆から女誑《たら》しだと思われていた。

「セクシャルに見せているのは、おそらく作戦だ。何か目的がある」

さすが、女を見る目は鋭い。

「一種の洗脳だね。色仕掛けで引き寄せ、罠の中に取り込んで正常な判断ができないようにする。で、有無を言わせず提案を呑ませるんだ。男が引っかかる古典的手法」

自殺したという高二は、その罠にかかったのか。絵羽とどこまでいったのだろう。考えるだけで息が苦しかった。自分はまだ絵羽を知らない。苛立《いらだ》ちがうねるように膨れ上がる。方向を定め切れず、足掻《あが》きながらそこに溺れているしかなかった。無力感が胸に満ちる。

「土曜日、俺が一緒に行こうか」

そう言われて、はたと正気を取り戻す。バカ言え、女から呼び出されて、お友達と一緒に行けるか。

「一人で大丈夫かよ」

ダメかもしんない。だが絵羽には聞かなければならない事がある。

「行く気だな」

決めつけんじゃねー、迷ってんだよ。

「俺から見ても、あの女は相当ヤバい。関わらんように勧めるが、もし行くんだったら、おまえのホースをきちんと抑えとけ。それさえしとけば、後で何とでも言い訳が立つ」

ホースって、ｈｏｒｓｅか。いやここはｈｏｓｅだろうな、やっぱ。

2

校内を歩きながら、数学を解く時のように今の状況を整理する。与えられている問題は、絵羽の家に行くか、止めるか。

行けばパートナーの意味がわかる。自分が設定した命題を証明するための仮説「絵羽の抱える儚《はかな》さは真実であり、彼女は助けを必要としている」を立証するための手がかりも得られるだろう。だが自己コントロールがきかなくなり、絵羽のハニートラップに落ちる危険がある。

一方、行かないという選択をすれば、パートナーの意味を突き止められなかった。もちろん命題も解けない。かつ絵羽は、大椿にシフトする。おまけにこの選択肢を選んだら、自分は保身のために絵羽から逃げたのではないかとの思いが強くなる。だが絵羽の罠《わな》には、落ちずにすむ。

もっとも嫌なのは、自分が逃げたと自覚する事だった。だらしねぇ。男ならとにかく行けよ、やりたいようにやるんだ、落ちるなら落ちるがいい。カッコつけてないで、それが本当の自分自身だと認めろよ。そう焚《た》き付ける気持ちが心にある。自分の代わりに大椿が台頭するのも、かなりくやしかった。それを考える事自体、絵羽の手に乗せられているのだが、どうにも抑えられない。この制御不能状態、ヤバすぎる。これで絵羽の部屋に行くのは、武装せずに戦闘地帯に突っこむようなものだった。それでも行くのか、どうする、ちきしょう。

ふと足を止める。通路の脇にある花壇の前に、山沖がしゃがみこんでいた。薄くなりかけている後頭部に陽射しが当たり、髪の一本一本が浮き立って見える。ツイードのジャケットの背中を丸めている様子は、日向《ひなた》に転がるアルマジロのようだった。このまま進めばその背後を通る事になる。黙って通過する訳にはいかなかった。

「山沖先生、どうかされましたか」

山沖は花壇の植え込みを見つめたまま、両膝にかけていた腕をわずかに動かす。

「今、蛇がいたように見えたんだが」

先日、生物部が騒いでいた事を思い出した。実験用の青大将に逃げられたのだ。

「いるかもしれません。生物部の友人に連絡しておきます」

山沖は、こちらを振り仰いだ。

「蛇というと、エデンの園を思い出すが」

普通は思い出さんだろうと内心突っこみを入れつつ、それでこそ変人と呼ばれるにふさわしい連想力だと敬服する。

「あの蛇は、何の化身か知っているか」

和典はカトリックの幼稚園を出た。小学校の高学年までは日曜学校にも通っている。

「悪魔ルシファーです」

山沖はわずかに笑った。

「ではなぜ蛇はイヴを唆《そそのか》し、アダムを陥《おとしい》れたのか」

そこまでは習っていない。

「聖なるものを貶《おとし》めるのが悪魔の存在証明だから、ですか」

山沖は、片手の指を五本立てた。

「五十点。正解は、悪魔は神と同様、自分に不可能を許さないからだ。不可能が存在すれば、それは乗り越えなければならない課題だと考える」

聞き覚えのある言葉だった。不可能、乗り越えなければならない課題。山沖がいきなり絵羽の匂いを放った気がした。一瞬まさかと思いながら、たちまち脳裏に広がる光景に見入る、山沖と絵羽。

「失楽園は、悪魔が課題をやり終えた証拠だ」

確か職員会議では、絵羽の採用を躊躇《ためら》う声も上がったと聞いた。それを山沖が強硬に押し通したのだ。秩序を愛している山沖なら言いそうな事だと思っていたが、本当にそうだったのだろうか。

「悪魔は、体制への永遠のチャレンジャーだ。だから神にも聖職者にも嫌われ、食《は》み出し者や若者に好かれる」

今まで思いも寄らなかったものの在り得るかもしれないその結び付きが、冷たい波のように押し寄せてきて胸に満ちる。陽射しを浴びてしゃがみこむ山沖に、絵羽の肢体が重なり、耳に流れこむ放課後のざわめきと、鼓膜の奥に蓄えられた絵羽の声が入り混じった。何の根拠もないにも拘らず、二人が堅固な関係を築いているかのように思えてくる。眩暈《めまい》がした。その渦の中から声が出る。

「先生は、シングルですか」

言った直後に、空疎なその質問を恥じた。俺、何を言ってるんだろう。

「いや結婚しているよ」

倫理の番人かよ。二人ができてたって、咎《とが》める権利なんかないだろ。

「人間が健康に生きるための環境を整える作業は、意外に時間がかかる。だがそれを無視していると病を発する可能性があり、結果的に自分の持ち時間が少なくなる。誰かにやってもらうのがベストだ」

笑みに自嘲が入り交じった。妻を家政婦扱いする疚《やま》しさからか、あるいは校内で生徒に向かってプライベートを打ち明けている決まりの悪さからか。

「君も研究目標を見つけたら、早めに結婚する事だ」

山沖はゆっくりと立ち上がる。身を起こすと、背は和典より高かった。肩幅も広く胸板も厚い。その時初めて和典は、山沖の肉体を意識した。これまで並んで立つ機会があまりなく、そもそも気に留めていなかった。

光の中にあるその体に、絵羽を添わせてみる。二人の密事を想像しながら、そんな自分の陰湿さに耐えかねた。脳裏を塗り替えようとして口を開く。

「学生時代、スポーツでもやってらしたんですか」

山沖は眼鏡を押し上げてから両手をポケットにつっこみ、空を仰いだ。

「昔は柔道を。小四から大学まではサッカーだ。数学に支障を来さない程度に」

サッカーに関しては、十二年間前後だった。和典もサッカーをやっていたが、どんなチームにおいても結果を出さないとスタメンに入れず、補欠でもチャンスを捉《とら》えて印象に残るプレーをしないとピッチに出られなくなる。そうなると誰も早晩やる気を失い、辞めていくのだった。長く続けられるのは能力がある証拠であり、評価されていたからに他ならない。

だが山沖の名前を、和典は学生サッカーで耳にした事がなかった。もちろんサッカー史上に残ってもいない。それは東大の大学院まで進んだ山沖が、ただの高校教師に収まっている事とどこかで通じているように思えた。

「何でサッカーを辞めて、数学教師になられたんですか」

二つの疑問を一気に片づけようとしたのだが、一笑される。

「その二つを結び付けても意味がない。因果関係はないよ。君の参考になるかどうかわからないが、私は自分を取り巻く外界として、競争や雑音のない世界、ひっそりとして変化のない環境を選ぶ事にしたんだ。Ｓｏｌｉｔｕｄｅという言葉を知っているか」

意味自体は、「孤独」だった。だがＬｏｎｅｌｉｎｅｓｓと違い、それを自ら取り込んだというニュアンスがある。「孤高」と訳せばいいのだろうか。

「他人と関わりを持たず世間に煩《わずら》わされず、静謐《せいひつ》で密度の高い空間の中で数学と向き合う人生を選択した」

よく見ると、山沖の頬は流れるようなラインを描き、強い意志を感じさせる肉薄の口元へと繋《つな》がっていた。知的で繊細で気品がある。世の中の多数が支持する価値観や地位を目指さない人間の美しさが、そこに滲《にじ》んでいた。

「リーマン予想を証明したい」

リーマン予想は、ドイツの数学者リーマンがゼータ関数に関して立てた予想だった。それから百六十年が経っているが、いまだに証明されていない。

「あと四十年もかければ、なんとかなるだろう」

心を揺さぶられた。山沖はフィールズ賞やガウス賞など数ある数学の賞レースから身を離し、学会や研究会からも距離を取り、大学に研究室を設けるという栄誉にも心を動かすことなく、数学に捧げるための時間を長く持てる人生を選び取ったのだ。それこそ、真の数学者といえるのかも知れない。選択というものは、その人間の信念や人生観に立脚すべきなのだと教えられた気がした。では自分は何を根拠に今、目の前のこの選択に臨むのか。

「しゃべり過ぎた。生物部に連絡を頼む」

深い皺の刻まれた靴先を校舎に向け、ゆっくりと遠ざかっていく。ジャケットのそこかしこで毛羽立った繊維が光を反射した。二、三十年は着ているだろう。いかにも数学のためだけに生きようとしている学者らしくて好ましい。だが恋人としてはどうなのだろう。

頭を振り、邪推を飛ばしながらスマートフォンを出す。幻の土台の上に喜怒哀楽を載せても意味がない。想像に一喜一憂するのは愚か者だけだ。くだらない事はやめておけ。

「ああ上杉、どしたの」

逃げた蛇について話すはずだった。だが、ゆらゆらと漂う思いが止めようもなく口から溢《あふ》れ出す。

「小塚さぁ、おまえ、おまえ、誰かに惹かれた事あるか。自分を持て余すほど、さ」

かすかな溜め息が伝わってきた。

「それって素晴らしいと思うよ」

マジか。

「恋は、人間に固有の行動なんだ。知ってると思うけど、あらゆる生物の生きる目的は子孫を残す事だよ。それが遺伝子に組み込まれている至上命令だからさ。ダーウィンは、すべての生物の行動は種の保存のためだと言ったし、ドーキンスは遺伝子の保存のためだと言った。でも人間は、そういう掟から解き放たれた最初で最後の生き物なんだ。個体として有意義に生きる価値を発見した。そのアイテムの一つが恋だ。生殖から離れた恋は、もっとも人間らしい行為といえる。僕も、したいけど」

こいつ、まだだな。

「自信なくってさ。あ、ノーベル賞の中に数学賞がないのも、恋のせいみたいだよ」

和典が知っているのは、ノーベル賞の創設者アルフレッド・ノーベルが、数学者ヨースタ・ミッタク゠レフラーと犬猿の仲だったため、との説だった。レフラーは、ミッタク゠レフラーの定理を打ち立てた高名な数学者だったが、ノーベルとは反《そ》りが合わなかったらしい。

「ノーベルは生前、ある女性に夢中になってたんだけど、その女性の心を射止めていたのが数学者レフラーだったんだ。ノーベル賞に数学賞を設ければ、レフラーが受賞するかもしれなかった。それでノーベルは、あいつにだけはやるもんかと意地になり、数学賞を作らなかったんだ」

ダイナマイトで巨万の富を築いた希代の発明家も、煩悩からは逃れられなかったというわけか。恋の影響力、ハンパないな。

「でも僕、女子と向き合って恋する自信ない。だって男は、女より弱いんだもの。人間の体の原型って女なんだよ。そこから男に変化するんだ。女を加工して作り上げてあるから、色んな無理が生じてて平均寿命も短いし、病気にもかかりやすいし、ストレスにも弱い。それなのに女からは、すごい期待されるだろ。男ってこうあるべきよってさ。僕、無理だよ」

いつから女は強くなったのかという議論を時々耳にするが、小塚によれば、発生からして強いという事になる。存在そのものが強いのだ。

「っていう答で、いいかな」

画面がわずかに震え、着信を知らせる。黒木からだった。

「リョ。電話きたから切るよ。ああ花壇に蛇がいたみたいだ。捜して捕まえとけ、じゃな」

話を切り上げ、黒木との通話を開く。

「上杉先生が泣いて喜ぶ情報を、提供しよう」

黒木の声は笑みを含み、自信に満ちていた。

「上田絵羽のプロフィルだ。職員室の情報だから、カタい」

職員室と生徒会室は隣り合っている。生徒会役員は始終、職員室に入り浸っていた。逆もある。

「絵羽は、神戸生まれ。大学卒業までずっと神戸だ」

馴染《なじ》んだその都市名が、突如として新しい色を帯びた。神戸には母の実家がある。今も盆暮れには足を運んでいた。坂の多いあの街のどこかで、絵羽が生きていたのだ。港に面した公園から丘の上まで、一瞬で思いを巡らせる。すれ違った事もあったのかもしれない。自分が三歳なら絵羽は二十一歳、五歳なら二十三歳だった。記憶にある街路に、絵羽を置いてみる。並木の影を顔に受けた絵羽がこちらを振り返り、小さな唇をゆっくりと綻《ほころ》ばせた。

「実家は、古い葡萄《ぶどう》農家だ。明治時代からワイン造りを始め、会社を興している。丘の上に立つワイナリーは、地元でワインの城と呼ばれていたらしい」

胸で何かが弾ける。一緒に住むと言っていた城とは、ワイナリーの事なのだ。

「一人娘だった絵羽は、幼い頃から祖父に葡萄作りを教えられ、大学では農芸化学に進み、さらにフランス屈指の高級ワイン地帯ブルゴーニュにあるモンミュザール大学で正統派の醸造学を学んだ。その後は、近年ワイン造りに一石を投じたアフリカの大学に行き、新しい技術と知識を身に付けている。それらを持って神戸に戻り、葡萄栽培の改革に着手、ワインを作り始めたんだ」

そのアクティブさに驚く。小さな体に似合わず、また蠱惑《こわく》的な態度からも想像しにくかった。前に黒木が言っていた通り、絵羽は本当はストイックなタイプで、漂わせている官能的な雰囲気は演出なのかも知れない。

「だが間もなく天候不順と病気で、畑の葡萄が全滅した。大型設備を導入したばかりの年で、億の借財を抱えて精神的にまいった父親は葡萄園に放火し、一家心中を図った。生き残ったのは絵羽だけ、会社は倒産した」

絵羽のカオスの中心が、その時垣間《かいま》見えた気がした。そこには孤独な少女がいたのだ。家族を失った傷から流れ出す儚《はかな》さと、一人で生きるための狡猾さを共に身に付けている。

「その後、絵羽はアメリカに短期留学し、次にモンミュザール大学に戻って、かつて在籍した醸造学のゼミに参加している。先月になって日本に帰ってきた。以上、うちの面接に来た時に本人が話した事だ。葡萄園とワイナリーを再建したいとも言っている」

心で喝采が上がった。ほらみろ、絵羽はやっぱり助けを必要としているじゃないか。仮説は証明されたも同然だ。

葡萄は不可能、乗り越えなければならない課題という言葉は、気候や病気による被害で葡萄園やワイナリーが立ち行かなくなった過去を指しているのだ。アメリカやモンミュザール大学で学び直し、葡萄園の再建に希望を見出して戻ってきて、今は助けを必要としている。城に住む予定のパートナーとは、葡萄園を再建するための協力者だ。

外形だけは一気呵成にわかったが、細部がどうにも腑に落ちなかった。再建のパートナーって、いったい何をするんだ。一緒に畑でも耕すのか。だがそれなら理数系の成績のいい男子でなくてもいいだろう。むしろ体育系のキャラの方が向いている。

「情報は以上だ。ちょっと気になる事があるから、もう少し調べる」

黒木の勘は素晴らしく、これまで大抵《たいてい》当たってきた。それが和典に理解できない細部を埋めてくれるかもしれない。

「それも聞かせろよ、アバウトでいいから」

苦笑が伝わってきた。

「モンミュザール大学にいる日本人の教授、徳田英成《ひでなり》。絵羽は最初の留学の時も二度目も、この徳田の下に入っている。徳田は、うちの山沖さんの友人だ。絵羽のバイトを頼んできたのも徳田」

これといって変わった話ではなかった。黒木のアンテナは、どこに反応しているのだろう。

「モンミュザール大学のホームページに、先月その徳田の訃報が載ってた」

先月なら、絵羽が日本に帰ってきた月だった。

「じゃ絵羽は、その葬式に出てから帰国したのかもな」

何気なくそう言うと、黒木の声が揺らいだ。

「その点は不明だ。大学裏サイトによれば、徳田はゼミの学生たちがバイトをしていたワイナリーで死んだらしい。警察が捜査中だ。事故か、あるいは事件、つまり殺人か」

耳元をいきなり不穏な風が吹きぬけた気がした。

「そのワイナリーの近くに、世界のセレブを会員としている『ブルゴーニュワイン騎士団』の本拠地がある。ワイナリー系のあらゆる情報を網羅してるんだ。当たってみるよ。日本にも支部があって、知り合いの父親が理事をしてるから」

3

エジプト綿の白いカッターシャツを着、制服の袖に腕を通して詰襟のホックを全部、留める。いささか緊張している自分を鏡の中に見つけた。選択は、その人間の信念や人生観に立脚してなされるべきだ。

高等部に進級して以来、絶えず倦《う》んでいた。その毎日にケリを付けられるのは、自分が誰かの役に立てた時だとわかっている。誰かと出会い、その期待に応えられた時だ。俺は行く。絵羽に会ったら、彼女の儚《はかな》さが真実かどうかを確かめ、仮説を証明して命題の結論とする。そして支えとなる事で自分自身の現状を脱却するんだ。

誘惑に惑わされたり、甘い思いをしようとの下心を持って来たわけではないと、まず絵羽に宣言しよう。絵羽の部屋に入ったら煩悩は完璧に抑える。後になって思い返した時、そんな自分を誇れるようにだ。自尊心、おまえの出番だぞ。自己崩壊したくなかったら、しっかりするんだ。

「どこに行くの」

二階から降りたとたん、母と玄関ホールで鉢合わせた。

「今日は、学校休みでしょ。バッグ持ってないから、塾でもないわね」

うるせ。

「まさか女に会いに行く訳じゃないでしょうね」

その、まさかです。大当たり。

「部屋に戻りなさい」

腕を摑《つか》まれ、思い切り振り切る。母は後ろによろけ、和典の手は螺旋《らせん》階段の錬鉄の手摺りにぶつかった。指先がたちまち変色し、爪の間から血が噴き出して絨緞《じゅうたん》に滴り落ちる。

「そこにいなさい。今、救急箱を持ってくるから」

奥に入っていく母を見送りながらポケットからハンカチを出し、指に巻き付けて玄関を出た。その手をポケットに突っこみ、もう一方の手で駐車スペースの隣りに停めてある自転車を何とか道路に出す。飛び乗って駅に向かった。

俺の血、止まれよ。流血しながら歩いてたら、マジ不審者だろうが。駐輪場に自転車を停め、恐る恐るポケットから出してみると、腫《は》れ上がっているものの出血はなかった。うまく動かせなかったが、まぁよしとするしかない。くっそ痛ぇ。反対の手を回し、後ろポケットに入っているスマートフォンを抜き取る。絵羽の家をまだ知らなかった。学校の事務室に電話をかけ、理数工学部の顧問補佐と部活の件で至急連絡を取りたいと告げる。こちらまで電話をしてくれるように頼んで番号を知らせた。

おそらくこの駅周辺か、もしくは近隣の駅付近に住んでいるだろうと見当をつけ、移動に便利なように駅のベンチで待つ。五、六分でかかってきた。

「上杉君、来てくれる気になったんだ。うれしいな」

声に嗤笑《ししょう》が混じっている。あーだこーだと理屈を並べたものの誘惑に勝てず、おめおめとやってくるのだと思っている様子が明らかだった。くっそ今に見てろ、ガツンと言ってやる。

絵羽の説明通りに歩き、マンションの前に立つ。デコラティブな壁に沿って屋上まで目を上げながら一瞬、そこから飛び降りたという麻生高生に思いを馳せた。いくつものライトで華やかに飾られた玄関を入り、教えられた部屋番号をテレビモニター付のオートロック解除システムに打ちこむ。画面に番号が浮かび、間もなく絵羽の声がした。

「六階よ」

おそらく地上までの距離は、十メートルを超えるだろう。俺は飛ばんぞ。エレベーターで昇り、絵羽の部屋のチャイムを押す。

「いらっしゃい」

開いたドアからのぞいたのは、勝ち誇ったような眼差だった。冷ややかな薄笑いがにじんでいる。忌々《いまいま》しく思いながら、ただ見つめ返した。

「どうぞ」

踏みこむと、背後でドアが閉まる。目の前に絵羽と二人の空間が広がった。鼓動が高くなる。見れば絵羽は、素足だった。白い磁器に似ていながら温もりを感じさせる小さな足。

「こっちよ」

先に立ち、狭い廊下を歩いていく。ボブの髪は後頭部で一つに纏《まと》められていた。剥《む》き出しになった細い首筋からコロンが漂ってくる。肌の匂いが交じっていた。全身が心臓になったかのように脈打つのを止められない。落ち着こうとして目を伏せれば、ピンクの踵《かかと》が見えた。息を吸いこみ過ぎ、うまく吐けずにむせ返る。おい、速攻でやられてんじゃねーよ。

「入って」

突き当たりのドアの向こうに部屋が現われ、正面にある窓の外にバルコニーが見えた。麻生高生が飛び降りた場所だった。そこに近づき、窓を開けて熱くなった頬を風にさらす。下を見れば、通り過ぎる車は考えていたサイズより遥かに小さかった。十五メートルはあるかも知れない。

「バルコニー付きなんですね」

背中を見せるなと言った黒木の言葉を思い出し、あせって向き直ると、すぐそばに絵羽が立っていた。

「ベッドも付いてるのよ」

気取った感じのする黒い瞳が潤《うる》み、透明な光が揺れている。行きたいんでしょうと言われている気がした。行きましょうかと誘われている気すらする。必死で言葉を捜した。

「残念ですが」

ようやく見つけたひと言を、懸命に紡ぐ。

「俺が来たのは、それを使わせてもらうためじゃありません。あなたに聞きたい事があったからです」

話しながら何とか落ち着きを取り戻した。心でエールが響く。いいぞ、そのまま押せ。

「あなたのご実家で何が起きたのかは知っています。お気の毒でした。あなたは葡萄《ぶどう》園を再建しようとして協力者を求めている。それがあなたの言うパートナーだ。違いますか」

絵羽は表情を失い、しばし口を噤《つぐ》んでいた。自分の心の中深く入りこみ、何やら模索している様子だった。どう出てくるかが読めず、和典は警戒を強める。やがて沈黙は、投げ出すような吐息に変わった。

「お見事。その通りよ。私は家族と葡萄園を失って喪失感を抱え、すべてを取り戻すつもりでいる」

よし仮説は証明できた。命題は成立したのだ。

「降参ね」

こちらに向いた顔から、蠱惑的な表情が立ち消える。まるで仮面でも外すかのように、絵羽はそれを投げ捨てたのだった。感動するほどの鮮やかさだった。鮮やか過ぎて演技のような感じがしないでもなく、和典は慎重にと自分に言い聞かせる。

「あなたみたいな角度から切り込んできた子は今までいなかったな。私がコンタクトしたのは理数の全国模試の上位者ばかりで、誰もが自信家、いい家の子で生活態度もきちんとしている。でも例外なくエモーショナル。自分を抑えられないのは若さのせいね」

部屋に引き返し、体を投げ出すように低いソファに座る。脇には木製のスタンドがあり、大判のスカーフが掛けてあった。鳩羽《はとば》色の地に、黄枯茶《きがらちゃ》や錆鼠《さびねず》のペーズリーを散らしてあり、絹らしい光沢が随所で光をはね返している。

「で、あなたは、私に協力してくれるの」

絵羽の目から初めて、一途《いちず》さがのぞいた。瑞々《みずみず》しく真剣なその眼差に、吸いこまれそうになる。懸命に自分を抑えながら歩み寄り、充分に距離を取ってその前に立った。ここに来たのは命題を成立させ、絵羽を支えるためだ。甘い罠にかかりにきたのだとは、思われたくない。

「協力の内容によりますね」

絵羽は食えないと言わんばかりの苦笑いを浮かべ、腕を組んでソファの背にもたれかかった。

「うちの園の葡萄は、病気にやられたの。かつて日本には存在しなかったEutypiosisよ。この時は薬剤も効かず治療法もなく、祖父も父も、秘伝の一手も全く歯が立たなかった。生産量が低下し、そのうちに全滅。絶望した父が、家やワイナリーや畑にまでガソリンをまいて火をつけたの」

声には、上澄みのような静けさと落ち着きが籠《こも》っている。自分を襲った不幸を何度となく思い返し、見つめ返してきたのだろう。

「真夜中で、何が何だかわからない状態でとにかく逃げ出して、気がついたら、手にあれを持ってた」

その日が、壁際にある飾り棚を指す。

「私が初めて作ったワインの一本よ」

薄い緑色の、なだらかな肩をした瓶だった。赤いワインが入り、ラベルには「失楽園」と書かれている。

「たまに夢を見るの。あの家で今も暮らしている夢。祖父母と父母と一緒にテーブルを囲んで、今年のワインの試飲をしているところ」

ひとしきりその瓶を眺め、吐息を漏らしてこちらに向き直った。

「悪夢は二度と見たくない。Ｅｕｔｙｐｉｏｓｉｓには ＩＮＲＡが抗生物質を開発したけど、今後も現われるに違いない新しい病気やウィルスに対抗するには最新のバイオの活用しかないと考えて、火事の後すぐ、最先端をいくアメリカの大学に学びに行ったの。完璧な技術を手にして、強くなって戻ってこようって思っていた」

バイオというのはバイオサイエンスの事だろう。ゲノム情報を使っての遺伝子組み替えや細胞融合、培養をする生物工学と呼ばれる分野だった。

「あっちで研究が進んでるのは、バイオとナノテクを融合させる事。これを活用すれば、葡萄の木の中にナノファイバーを網の目のように注入できる。光合成の効率を上げると同時に病気やウィルスから守る事も可能、ＩＴ管理もできるの」

それは、すげぇかも。

「まだ実験段階だけれど、実現すれば安定した葡萄作りができると思った。これをやろうって。でも日本に帰ってきてぶつかったのは、資金の壁。ワイナリーを再建しようにもお金がなかったの。銀行は貸してくれようとしないし。知り合いを当たって援助を頼んだけれど、それもダメ。絶望しそうになった。でもチャンスがめぐってきたの。ここ数年、日本ではビールの売り上げが低迷しているでしょ。それで各ビールメーカーがワインづくりに乗り出してきたのよ。中でも国産葡萄でワインを作るのがブーム。今年後半になってメーカーは、葡萄農家の支援や農園拡大に資金を投入し出した。それがわかってすぐ申請したの。今は交渉中。でも十年の期限付きなの」

急いでいると言ったのは、そのせいか。だが十年あれば、大抵《たいてい》の事はできそうに思える。葡萄栽培はそうではないのだろうか。

「園もワイナリーも焼け落ちた状態だから、土を入れ替えて一からの作業になる。苗木を植え、葡萄作りを始めてワインができるまでには五年かかるの。初期投資として畑に二千万、ワイナリーに三千万が必要。でもワインが出庫できるようになって、たとえば一本三千円で売れれば、その半分は利益だから、そう遠くない時期に採算が取れる。それまでの間の資金を確保して、後は自分の情熱をキープできればいいだけ」

そこで言葉を切り、黙りこむ。自分の父親が持っていなかったその力を、自分の内に確認するかのように頷いて顔を上げた。

「アメリカのあの技術を実現させる頭脳がほしいの。私のためにそれを研究し、結果を出してくれる人がほしい。それがパートナーよ。最初の仕事は、国際的に評価されている生物工学者のいる日本の大学を選んで進学する事。分子生物工学、生化学、生命科学、情報生命工学を学んでからアメリカに留学、先進理工系の大学でバイオとナノをマスターする。その間に私は資金を用意し、苗木を植え、ワインができる畑を作っておく。お互いに六、七年でそれをやり終え、その後は神戸のワイナリーに籠《こも》って一緒に実践するの」

和典は、まじまじと絵羽を見つめる。飛び降りた麻生高生は、十七歳だったと思い出した。脳裏にヨハン・ベトガーの伝説が浮かぶ。十七歳だったベトガーは、その才能を見込まれ、アウグスト強健王から磁器の開発を依頼された。城に幽閉され、自由を奪われた生活の中で製作には成功するものの発狂して人生を終えたのだった。絵羽の思い描いた人生、きっちりと定められたその未来図に押しこまれるのは、魂を幽閉されるようなものだろう。その恐ろしさに身震いする。

「ここから飛び降りた高二生にも、そう言ったんですか」

絵羽は、なぜそんな事に拘《こだわ》るのかわからないといったような表情になった。

「もちろんよ。私との話では、進路を生物工学に変更する事になっていた。でも家族が反対していて、彼はそれを押し切れなかったの。家出するように勧めたんだけど、それも躊躇《ためら》っていた。意志が弱かったのね」

声の間から、嘆くような吐息が漏れる。

「それにしても飛び降りるなんて思わなかった。警察には呼ばれるし、塾は辞めざるを得なくなるし、救いは新聞や週刊誌に私の事が載らなかった点だけね。進路を決めてる子だと厄介《やっかい》な事になるってよくわかったわ」

自分が追いこんだとは思わないのか。

「何、その目。私は条件を提示しただけよ、パートナーになるの、ならないの、あなたが受けなければ別の子にするって」

それは和典も言われた事だった。かなり煽《あお》られ、感情的になった記憶がある。踏み止まれたのは、まだ頭が冷めていたからだ。

「彼は断わればよかったのよ。そして私から遠ざかって、私が別のパートナーを選ぶのを見ていれば、ね」

それができなかったのだ。すでに絵羽にのめり込み、夢中だったのだろう。パートナーになりたくてたまらず、だが反対する家族を説得もできず捨てる事もできず、行きついたのは、絵羽が他の誰かを選ぶのを見ないために自分を終わらせるという結論だったのだ。それは殺人に近くないか。

「パートナーに必須なのは、私に献身的に従ってくれる純粋な心、圧倒的な頭の良さ、学問に対する妥協のなさ、打算のなさ、そして進路をまだ決めていない事。そのすべてを兼ね備えているのは、十六歳から十七歳までのピュアな秀才だけよ」

絵羽の目の底で、火がちらつく。おそらくそれは葡萄園が燃え尽きた時、彼女が見ていた炎なのだ。それがそっくり燃え移ってきて、今、絵羽を焼いている。

「他人を利用せず、自分自身でその道を邁進《まいしん》したらどうですか」

絵羽は、軽く首を傾げた。

「残念ながら、そこまでの才能はないみたい。自信もないしね。私にできるのは、適材を見つけて、その柔らかな心に私のヴィジョンを刻印する事だけ」

寄生すると言ったらどうだ、その方が適切だ。

「さっきからのその目、やめてくれないかな。あの子の事で、私の責任を問うのはお門違いよ。あの子こそ、これ見よがしにここから飛び降りて、私の計画や人生に傷をつけたんだから」

悲鳴のように高くなっていく声の中に、怒りと、自分を責める気持ちが入り交じっていた。言葉で何と言っていようと、絵羽は傷ついているのだ。負傷して倒れ、それでもなお立ち上がって戦場に向かおうとする兵士のようだった。帰る国もなく、勝利のために前進せずにいられない思いつめた兵士。

パートナーが見つかるまで絵羽は、この前進を止めないだろう。どれほどの犠牲者が出てもそれを踏み倒し、どんなに自分が傷ついてもきっと諦《あきら》めない。見ていられないほど痛々しかった。抱きしめて、もう止めなよと言ってやりたい。終わりにしなよ、俺がパートナーになるから。そう言えたらどんなにカッコいいだろう。どれほど自己満足できるだろう。だが踏み切れなかった。

支えになりたいと思う気持ちは嘘ではない。しかし、すべてを捨てて献身するだけの覚悟まではできていなかった。自分の人生を歩みながら、その中で絵羽を支えたいと思っていたのだ。

「全部話したから。あなたの答を聞かせて」

答えられずにいると、絵羽は静かに笑みを広げた。

「ベッドに行きましょうか。そしたらきっと返事ができるようになる」

ベッドの中には、どんな絵羽がいるのだろう。飛び降りた麻生高生は、それを知っていたのだ。彼は命をかけてその道を選び取ったと言えなくもない。耳に爆笑が聞える。和典が今立っているその位置に、かつて立ったかもしれない彼が大声で笑っていた。やりたいんだろ、勇気がないのか。マンション前の地面に散った血が、和典の踏んでいる床にヒタヒタと浸《つ》いてくる。

「さ、シャワーしてきて」

絵羽は顎《あご》を上げ、白い喉を見せた。

「私はもう、すませてあるから。バスはあっちよ」

緊張で体が強張っていく。痛みを感じるほど心臓が強く打ち、それが指の先まで伝わってきた。バランスを失ってよろけそうになったのか、あるいはバスに向かって踏み出すつもりだったのか、はっきりとしないまま足が動く。

どこかで音がし始め、それがポケットのスマートフォンだと気づいたのは間もなくだった。全身に絡《から》みついていた緊張が切れる。別の世界から突然、絵羽の部屋に放りこまれた気分であたりを見回した。俺、今、マジ危なかったぞ。冷や汗を感じながらスマートフォンを摑《つか》み出す。発信先を見て、そのまま仕舞いこんだ。母からだった。

「出なくていいの」

絵羽の視線が、ふっと止まる。不審に思いながらその先を追い、自分が先ほどまでポケットに入れていた手を出してしまっている事に気付いた。

「どうしたの、それ」

あわてて隠す。

「だめよ、冷やさなきゃ」

絵羽は慌《あわ》ただしく立ち上がり、冷蔵庫から保冷剤を出してきてテーブルに置いた。棚から救急箱を取り上げ、こちらをにらむ。

「座って」

しかたなくソファに腰を下ろし、目の前に跪《ひざまず》いて手当てをする絵羽を見ていた。ミルク色のマニキュアを塗った指先は細く冷たい。体も冷たいのだろうか。ほっそりとした項《うなじ》に纏《まつ》わる後れ毛は柔らかく、羽の先のようだった。体中が羽根布団のように柔らかいのは知っている。

「電話かけてきたのは、彼女でしょ。出ないのは、喧嘩してるとか、かな」

彼女がいたら、その子しか見えなかっただろう。絵羽と出会った事自体に然《さ》したる印象を抱かず、関心も寄せていなかったに違いない。

「母です」

絵羽がこちらを振り仰ぐ。

「お母さんと、うまくいってないの」

溜め息が出た。

「家は、母の王国です。母のルールで動いている。専制君主だ。民主的な考えを持つ自分とは、当然うまくいきません」

何と答えるだろう。そう思いながら絵羽の様子を窺《うかが》った。スタンダードに、どこの家も似たり寄ったりよ、か。私もそうだった、かもな。ありがちな答を聞くのが不快で、耳をふさぎたくなる。自分がいかに母に支配されているか、どれほど苦痛を感じているか、おそらく誰にも理解できないだろう。

「あなたは従うべきよ、家のルールを決めるのは親の権利だから」

宣言するかのように言われ、怒りに似た反発が胸に渦巻く。おい、封建時代かよ。

「あなたの家は、親が作った家でしょう。あなたは、そこで食べさせてもらい、学校に行かせてもらっている。つまり保護されて生きているわけよ」

つい声に力が入った。

「保護というより支配ですね」

絵羽は、かすかに笑う。

「保護されている人間は、保護している人間が作ったルールに従うのが当たり前でしょ。たとえ保護者のルールが間違っていても、理屈に合わなくても、逆らう資格なんかない。保護されている立場で、権利を主張するのは間違いよ。以上、保護を支配と読み替えたければ、どうぞご自由に」

人権を真っ向から否定するような言葉だった。啞然としながら、これまでそんなふうに言われた事は一度もなかったと思い返す。子供は、親と同じ権利を持つ人間ではないのか。

「つまりあなたは、力や金を持っている人間が、それらを持たない人間を支配するのは当然で、持たない人間に同等の権利はないと言いたいわけですか」

絵羽は顔を曇らせる。

「あなたは頭がいいのに、考え方が浅いのね、残念。どんな親も、働いて家庭という環境を整え、維持しているのよ。働くって、自分の時間を使う事よ。自分の時間は、自分の人生なの。それを差し出して、金銭に替えているのよ」

胸を突かれた。

「親が自分の人生を削って働いているおかげで、あなたは今、生きる努力をせずに生きていけてるでしょ。第三世界の子供たちを見てごらんなさい。あなたより幼い子が毎日、自分を削って必死で生きているから」

絵羽はアフリカの大学で学んでいた。その折に見たのだろう。

「自分の時間を自由に使えるだけで、どれほどありがたいか考えてみて。あなたにはそれができる。でも自由な時間を金銭に替えなければならないあなたの親には、それができないのよ。恵まれない子供たちも、そう」

今まで当り前としていた世界が大きく揺らぐ。ゆっくりと崩れかかり、そこに絵羽の声が流れこんできて新しい形に纏《まと》め上げた。

「親の決めたルールに従いたくなければ、その家から出て、自分の時間を使って稼いで生きていく事。そうしたらどんな主張だってできる。でも親の王国に住んでいるのなら、そこ固有の法律を守らないとダメね」

絵羽の色に染められた現状を呑みこみ、その言葉に沿って理不尽な母を捉《とら》え直す。そうか、あの人は俺のために自分の人生を削ってるのか。それなら少しは、威張る権利があるかもな。

「あら」

ふいに上がった絵羽の声に、驚いて目を上げる。

「そんな顔もするのね」

降り注ぐ陽射しのような微笑を浮かべていた。突然の優しさに戸惑い、横を向く。どんな顔だよ、俺には見えてねーし。

「初めて見た、ちょっとだけだけど笑ってるとこ。すごくかわいい」

足音がし、絵羽の体重を受け止めたソファがゆっくりと沈む。体が傾き、肩が絵羽に触れそうになった。あわてて重心を戻す。

「あなたが今、そんなふうに純粋でいられるのも、親に保護されているからよ。自分で生活を支えるようになると、中々そうはいかない。誰もそうよ、もちろん私も」

そう言って黙りこむ。そっと視線を向けると、絵羽の目の中にあの夜の蜻蛉《かげろう》がいた。今にも崩れてしまいそうな儚《はかな》さを抱える眼差。それは和典にとって、いくつもの後悔に繋《つな》がるものだった。思わず手を伸ばす。指先が触れる前に、絵羽が倒れかかってきた。首に腕が巻き付く。

「好きよ」

熱に炙《あぶ》られているかのような掠《かす》れた声だった。

「あのショウウィンドウの前で初めてあなたを見た時、感じたの、この子は私を助けてくれようとしているって」

あの一瞬の自分を思い出す。何か手を貸せるだろうか、確かにそう思っていた。それを汲《く》み取った絵羽の研ぎ澄まされた感覚に驚く。それとも、これも誘いの一つか。そう言って繋がりを強調しようとしているだけかもしれない。いまだに絵羽の真意が読めなかった。

「声をかけようとしたら、まるで風みたいにさっと姿を消してしまって、がっかり。でもまた会えて、思いがけず庇《かば》ってもらったり、可愛い所を見られたりしてうれしかったな。毎日少しずつ惹かれていって、今では大好き」

背骨が、ドロッと熔け出すような気がした。本心ではないかもしれない。例《たと》えそうだとしても、誰に逆らえるんだ、この状況。

「パートナーになってほしい。なってくれるよね。約束して。ほら指切り」

言われるままに小指を立てながら視線を上げ、絵羽の目の中にある冷ややかな芯に気付いた。慎重にこちらの様子を窺《うかが》っている。一気に体が縮み上がった。くっそ豹変しやがった。立てた小指を折り、手を握りしめる。絵羽はかすかに笑い、立ち上がった。

「あのワイン、開けてみましょうか。破滅を免れた一本だから、きっと力強いはず」

歩み去った絵羽の体の跡に、空気が流れ込む。急に寒くなり、絵羽を失ったように感じた。もう一度そばに取り戻したいと願いながら、そんな自分に必死で抗《あらが》う。

「ご存知かと思いますが、未成年はアルコール禁止です」

絵羽はナイフの付いた栓抜きを摑《つか》み上げ、こちらを向いた。

「あら飲むのは私よ。その後で、あなたに移してあげる。でも未成年って、キスも禁止なのかしら」

射とめるような眼差を注がれ、目を背《そむ》けるしかない。アイシングされた片手を見下ろしながら自分に問いかけた。どうすんだ、このままじゃベトガー蓊地《まっしぐら》だぞ。抜き差しならない状態に引きずりこまれるのは、理性の欠如の証拠だ。命題はもう証明できただろ、立てよ、とにかくここを出る。自分を急《せ》き立てつつ、いっこうに上がってこない腰に苛立《いらだ》った。てめー、立てっつってるだろーが。視界の端で光が瞬く。目を向けると、壁に付いたドアフォンがチャイムを鳴らすところだった。

「はい」

ドアフォンの前に立った絵羽の向こうで、画面に身分証明書が映る。

「警察ですが」

絵羽の背中が竦《すく》み上がった。

「上田絵羽さんですね。ブルゴーニュのモンミュザール大学教授で、先月死亡した徳田さんについてお話を伺いたいんですが、今よろしいですか」

4

それは黒木が気にしていた男だった。先月ワイナリーで死亡し、事故か事件か捜査中だと話していた。

「どうぞ、六階です」

絵羽はドアフォンを切り、壁にもたれかかる。

「悪いけど、今日は帰って」

頰から血の気が引いていた。

「警察が来ると、あなたにも迷惑がかかると思うから」

和典は立ち上がり、今にもしゃがみこみそうな絵羽に近寄る。

「徳田って誰ですか。ブルゴーニュならフランスですよね。なぜ日本の警察が」

絵羽の目の中で、瞳が縮み上がった。

「早く帰って」

叫ばれて、やむなく玄関に足を向ける。振り返ると、絵羽は鏡に向かい、口紅を直していた。手が震え、唇から大きく食み出す。乱暴にティッシュで拭ったせいで、さらにひどくなった。泣き出しそうになっている。引き返しかけ、鏡の上で目が合った。

「早く帰ってって言ってるじゃないの」

外に出るしかなかった。遠くでエレベーターが開く。響き出す靴音に急かされながら辺《あた》りを見回し、壁に収納されている取っ手を見つけた。パイプシャフトだろうと見当をつけ、開けてみる。

いく本ものパイプやメーターの間に何とか体を押しこめそうな空間があった。近づいてくる足音が廊下の角に差しかかり、影が床に伸びるのを見ながらそこに入りこむ。パイプとパイプの間に片足を押しこみ、もう一方の足を床近くのメーターに載せ、しゃがみこみながら上部に並んでいる二つのメーターの間に顔を入れた。

「ああ、すみません。警察です。先ほどお話しした件ですが」

戸をわずかに開け、部屋の前に立った男たちを観察する。全部で三人、その内の二人は玄関に入った。それでスペースがいっぱいだったらしく、一人は外に食《は》み出している。ドアの開閉部分に立っており、隙間から中の声が漏れてきた。

「フランスの警察が捜査中で、当局からインターポール事務総局を通じて我が国の警察庁刑事局に問い合わせがありました。これを受けた国際捜査管理官の依頼により、私たちが事情を伺いにきたんです。ご協力願えますか。もちろん任意ですが」

絵羽の返事は聞えない。

「あなたは今年八月からブルゴーニュ大学ディジョンキャンパス、通称モンミュザール大学のゼミに参加していましたね。そして徳田教授が死亡した当日、フランスを出国した」

いささか驚く。選《よ》りに選って当日かよ。殺して逃亡したと勘ぐられても、しかたのないタイミングだった。間が悪いな、気の毒に。そう思う胸の隅で、絵羽が抱えている業火がちらつく。激しくも不安定なその揺らめきの中で、それまで思ってもみなかった考えが芽吹いた。戦《おのの》きで息が乱れる。警察と聞いた時の絵羽の怯《おび》え方が思い出された。

「徳田教授のスマートフォンに、あなたからの着信記録が残っていました。当日の着信は、死亡する四十分前。徳田教授の生前に話した最後の人間が、あなたなんです」

電話で呼び出し、殺害したのかもしれない。

「その時の教授の様子は、どうでしたか。よろしければ、話した内容をお聞かせください」

葡萄《ぶどう》園の再建に関わる事なら、絵羽はきっと何でもする。その心に燃えている残忍な火が、絵羽を駆り立てるのだ。どんな事もしてしまうだろう。

「空港から、帰国の挨拶をしたんですね。その日、あなたがモンミュザールを発ったのは、何時でしたか」

相変わらず絵羽の声は聞こえなかった。

「それを証明できるものがありますか。あるいは証明してくれる人がいますか」

沈黙が広がり、数分の後、勢いのよい声が上がる。

「ああ搭乗券の半券。なるほど。この時間にシャルル・ド・ゴール空港を発つ飛行機に乗ったのなら、逆算してあなたがモンミュザールを離れなければならなかった時間がはっきりします。いや、助かりました。お伺いしたかった事は以上、ご協力に感謝します。念のためにパスポートの出入国記録を見せてください。この半券は、お借りしてもよろしいですかね」

あっさり引いたのは、重要な嫌疑がかかっていた訳ではないからだろう。仕事の実績を作るために足を運んできたというところか。和典は、魂を吐き出すような溜め息をつく。取りあえずよかったと思いつつ、得体の知れない不安のような疑惑を消せなかった。

あの麻生高生が飛び降りた時、絵羽にはアリバイがあった。だが追いこんだのは、間違いなく絵羽なのだ。法律はそれを問題にしなくても、和典のルールでは殺人に等しい。徳田も、同じかもしれなかった。

「今、預かり証を書きます」

警察官が手続きを終え、立ち去るのを待つ。足音が移動し始め、話し声が小さくなっていった。

「ディジョンからパリまではTGVで一時間三十分以上、ディジョン東部にあるモンミュザール大学からシャルル・ド・ゴール空港となると、市電とTGVでほぼ二時間余と聞いている。パリを経由していればもっとかかる。彼女に犯行は不可能だ」

ガスメーターの跡のついた額を撫でながらパイプシャフトを出る。とたんにスマートフォンが鳴り出した。あと三分早かったら、警察に見つかっていただろう。画面に浮かぶ黒木の文字をにらむ。きさま、俺の寿命、縮めんじゃねーよ。

「徳田教授について情報だ。残念ながら評判はよくないね。能力の方も疑わしいかも。醸造発酵学でドクターを取ったのは、つい二年前だ。この大学の教授の中では異例の遅さらしい」

和典は眉を上げる。権威の評価、イコール能力の高さではないだろう。

「日本人だからじゃないか。フランスの大学の排他主義とか」

わかってないなと言いたげな笑いが聞こえた。

「フランスは今や多民族国家だ。少し前の大統領や首相もフランス人じゃなかったし、国粋主義を謳《うた》ってた右翼の国民戦線も、最近は方針を変更してる」

黒木がフランス事情に詳しいのは、親族がパリにいるからだった。フランス語も自在に操《あやつ》る。

「徳田は、白い手の研究者と言われてたんだ」

何だ、それ。

「現場で実験や実証をし、畑づくりから栽培、収穫、醸造までやっていると、土や実験薬や日光で手が荒れる。だが徳田は、それらを生徒たちに任せて結果のレポートだけを出させ、自分は冷暖房完備の研究室に籠って博士号を取るための論文を書きまくってたらしい。同じ大学で微生物を研究している教授から、その手じゃドクターは取れないと毒づかれて、こう言い返したそうだ。論文に手の画像は添付しないよって」

つまり、かなり嫌な奴なんだ。

「二年前、徳田がドクターを取った時には、モンミュザールの奇跡と呼ばれたそうだ」

そんな教授の下に、絵羽はなぜ二度も入ったのだろう。最初は徳田という人物を知らなかったとしても、二度目はどうしてだ。考えをめぐらせながら、先ほど絵羽が、その時の話を省《はぶ》いた事に気付く。葡萄園やワイナリーの再建を悲願としてアメリカで先端技術を学び、その後モンミュザールに行ったのだから目的があったに違いない。それをなぜ話さなかったのか。ひょっとしてパートナーとして徳田を誘いに行ったのだろうか。断わられ、その結果、対象を十代に変更したとか。

「徳田って、年いくつなの。妻子は」

黒木は記録を調べていたらしく、ちょっと間を置いて答えた。

「享年四十三、妻子あり」

じゃパートナーはないな。コスパが悪すぎる。となると考えられる関係は、葡萄園繫がりか。

「徳田が絵羽の生家やワイナリーと関わりがあったかどうかわかるか。親戚とか、会社関係者とか」

予想外の質問だったらしく、黒木は声に戸惑いを滲《にじ》ませた。

「ワイナリーがかつて発行していた季刊誌がネットで公開されてる。絵羽の家と分家の家系図が載ってたけど、徳田という姓はなかったと思うな。外戚となるとわかんないけどね。それに徳田が渡仏したのは、高校の時だ。繊維関係の仕事をしていた父親がリヨンで会社を興す事になって一家で移住したらしい。それからずっとフランス暮らしだから、神戸の葡萄園と接点があるとは考えにくいよ」

大きな荷物を降ろしたような気分になった。絵羽が犯罪に手を染めるとしたら理由はただ一つ、ワイナリーの再建のためだ、それ以外にはありえない。徳田がそこに関わっていないのなら、絵羽もまた徳田の死と無関係のはずだった。

「けど醸造発酵学とワイナリーなら、ジャンルは同じだ。目に見えない所で繋《つな》がっていた可能性は否定できないな。SNSとかさ」

下ろしたはずの荷物が再び圧《の》しかかってくる。勢いを増す不安を噛みつぶしながら、絵羽の部屋のドアを振り返った。そこを叩いて真実を聞き出したい思いに駆られ、そんな自分を自嘲する。本音を素直に話すような相手かよ。それどころか、さっきの続きに持ちこまれ、どっぷり罠に嵌《はま》りこむのがオチだ。

絵羽の顔に一瞬、浮かんだ儚《はかな》さが胸を横切る。大好きというささやきも甦《よみがえ》った。あれは、本当に罠だったのだろうか。あの絵羽の言葉は、ほんの少しも信用できないものなのか。その中には、わずかな真実もなかったのだろうか。

あったと思いたい。倒れてきた絵羽の心許《こころもと》なげな体や、首筋に触れた息の柔らかさを思い出す。初めて聞いた掠《かす》れた声、そのかすかな震えも耳の底に残っていた。絵羽の体の奥で生まれ、息吹と共に唇からこぼれ出てきたあえぎのような声。

もっと聞きたい。どこまでも限りなく聞いていたかった。もし絵羽が本当に心を開いてくれるなら、そこに自分だけを入れてくれるなら、それだけでどんな事も許してしまうだろう。目的のためなら犠牲を顧みない冷酷さも、自分自身の自尊心まで踏みにじっているような哀れさも、きっとそのまま受け入れてしまう。

「上杉、どうかした」

その声で、妙に浮かされている自分自身に気付いた。おいマジでやられてんじゃねーだろうな。あれは虎口だ。生還したんだ、頭冷やせ。豹変する女に膝を屈するのは不本意だろ。

「何でもね。情報サンクス。またよろしく」

電話を切り、ズボンの後ろポケットに差しこむ。直後それが再び鳴り出した。何だよ、うざいな、言い忘れか。出してみれば絵羽だった。躊躇《ちゅうちょ》しながら、取りあえず出る。

「さっきはごめんなさい。もう終わったから戻ってきて。あなたの答をまだ聞いてないし」

今、俺は冷静だ。のめりこんでない。この状態なら判断を間違う事もないだろう。電話で話ぐらいはしても大丈夫だ、たぶん。

「残念ですが戻れません。ご提案については時間をください。考えます」

渋るような返事が聞こえた。

「私は急いでいるって言ったでしょ。でも、いい答をほしいから、そうね、一週間なら待ってる。それで返事がなければ、大椿君に声をかけるから」

煽《あお》りやがって、ちきしょう。

「じゃあね」

通話の途絶えたスマートフォンを握りしめる。パートナーになれば、今よりもっと絵羽を知る事ができるだろう。もっと親しく、もっとそばまでいける。だがそれは、絵羽の周りを回る衛星になるようなものだった。限りなく近づくものの、絵羽という大地にはきっと着陸できない。なぜならパートナーとは、ワイナリーの再建を目指す絵羽がそれを優先して選んだ契約者に過ぎないからだ。

和典がパートナーになり、再建計画が軌道に乗って先の見通しが立ったなら、絵羽の胸の火も落ち着くだろう。その時は、人生を見直す気になるかも知れない。自分に相応な年齢の男と恋愛し、結婚して家庭を持とうと絵羽が考えたら、十八も年下の和典は、すぐそばでそれを見せつけられるに違いなかった。

だからといって今、パートナーになるのを断われば、絵羽との関係は切れる。交渉の舞台には大椿が呼び出されるのだ。もし大椿が引き受けたら、どれほど耐え難い気持ちになるだろう。その時になっていくら歯噛みしても、もう手遅れだった。絵羽と特別な関わりを持ち続けたければ、未来の不安には目をつぶってＹＥＳと言うしかないのだ。

どうする。考えあぐね、黒い雲の広がる空を仰ぐ。切羽詰《せっぱつ》まって絵羽のマンションから飛び降りた麻生高生の、見てもいない顔を想像した。俺も飛びてぇかも。

絵羽の僂さが真実なら、支えてやりたいと心から思っていた。だが今は怖気付《おじけづ》き、引いている。人生を丸ごとそこに突っこむ覚悟ができず、その勇気がなかった。結果的に絵羽の思い通りになり、いい気にさせるのも癪《しゃく》にさわる。全面降伏してもいいと思えるほど、まだ溺れていなかった。

あの時もし警察がやってこず、絵羽と二人の時間がもっと続いていたら、きっとこうではなかっただろう。おそらく自尊心は打ち倒され、嬉々として絵羽の海に溺れていたに違いない。その結果、自尊心が崩壊すれば、鬱的状態。再び立ち上がり支配を確立すれば、自己嫌悪の虜《とりこ》。どちらにしても刹那の至福だったろうな。

訪れた警察を半ばありがたく、半ば恨めしく思い返しながら、絵羽の犯罪について考える。もし絵羽が徳田を殺しているのなら、そのパートナーとなるのは犯罪者と人生を共にする事だった。常に露見を恐れ、それによって自分の仕事が突き崩されるのを覚悟しながらの毎日になる。負担の大きさは半端ではないだろう。耐えていけるのか。

もし殺していなければ、怯えて見えたのは徳田の死に心を抉《えぐ》られていたからだ。今後、警察が学校側に接触すれば、絵羽は働きづらくなる。助けてやりたい。

あちらこちらに考えが飛び散り、何一つとして纏《まと》まらなかった。息をつき、いったん頭から全部を追い出してから、現状を再び並べてみる。それをじっと俯瞰《ふかん》していて、不確定要素が多すぎる事に気付いた。そのせいで解決方法を組み立てられないのだ。基本条件を確定する必要がある。絵羽は本当に徳田を殺したのか、その動機、その方法、そして二人の関係。それらから導き出した答を基本条件として踏まえて、パートナー問題に当たる方が効率的に思えた。時間は一週間しかない。

絵羽と徳田、双方を知っているのは山沖だけだった。教員室を訪ね、それとなく聞き出すのがいいだろう。土日祝日も出勤しているという噂だから今日もいるに違いなかった。生徒や教師が少ない時の方が聞きやすいし、時間の制限がある事を考えれば早めに片づけたい。

細かな雨が降り出していた。傘を取りに家に戻るのが面倒で、駅へと足を向ける。慎重にしなければと思った。山沖と絵羽の関係が影のように心に圧《の》しかかっている。その重さの中に、小さな粒のような疑問が浮かんでいた。山沖と絵羽は、いつどこで知り合ったのだろう。

山沖はずっと東京、絵羽は神戸。専攻は山沖が数学、絵羽は農芸化学、接点はない。その後、絵羽はフランスに渡った。留学先の大学にいた徳田は、高校時代からフランス在住、山沖とは友人。渡仏前の段階で友人になっていたと考えるのが自然だろう。そして徳田は絵羽のバイト探しを山沖に依頼し、絵羽はこの学校に来た。となると山沖と絵羽は、この学校で初めて出会った可能性が高いのではないか。親密な関係になるには時間が短すぎる。

心に差していた影が一気に晴れる思いだった。山沖から感じた絵羽の匂い、あれは自分の錯覚だったのかもしれない。うれしいその結論を確固としたものにしたくて、論証を固めにかかる。

なぜそんな錯覚に陥ったのか。

立ち止まり、記憶の中を丁寧《ていねい》に探った。因数分解をする時のように、結果を形作っている要素を一つずつ剝《は》がし取りながら、これ以上分けられない根源まで突き進む。やがてそこに横たわる一つの因子にたどり着いた。教員室の椅子。

和典がブースを訪ねた際、絵羽は山沖の椅子に座っていた。あの時はただ驚き、気を取られていたのだが、考えてみればこれまで山沖の椅子に他の誰かが座っているところを見た事がない。椅子はその持ち主固有のもの、歯ブラシやコーヒーカップと同じように、持ち主以外は使わないものなのだ。そこに絵羽はゆったりと座り、山沖はそれを許して立っていた。

論証を固めようとして逆の結果を得た事に、息が詰まる。初対面ではあり得ない。二人は今見えている以外の、何かによって繫《つな》がっているのだ。

第三章　ユダか

1

土曜の校内は無人という訳ではなかったが、時おり人影を見かける程度で、眠っているかのような静けさが漂っていた。強くなってくる雨の中を、中庭を突っ切って真っ直ぐ教員室に向かう。裏切られたような思いを抱えていた。

絵羽は、あれほど長く自分を語りながら、山沖についてはひと言も話さなかった。その山沖が今、和典が構築していた絵羽という像に決定的に割り込み、罅《ひび》を入れているのだった。

他人と交わらず世間に煩《わずら》わされず、の精神で生きているはずの男が女と関わっていてどうする。心に描いていた孤高の数学者のイメージ、尊敬に値するそれがあっさりと突き崩され、憤懣《ふんまん》やる方なかった。足運びが荒くなる。

二、三段の石垣で囲まれた並木の近くまで来た時だった。その半ばほどの木の根元に、大椿が腰かけているのが見えた。雨に打たれながら目を伏せ、両手で持った小振りの箱を見つめている。臙脂《えんじ》色の包装紙にピーコックグリーンのリボンがかかっていた。まるで自分の心臓でも持っているかのように両手でそっと包み、あるかなしかの微笑を浮かべて見下ろしている。

声をかけたものかどうか迷った。ライバル宣言を受けて以来、口をきいていなかったし、プライベートをのぞいたような気がして、ここは見なかった事にするのが無難かとも思った。迂回《うかい》しようとして引き返しかけると、その気配で気づいたらしく声が飛んでくる。

「上杉、何でここに来てんの。もしかしておまえもプレゼント持ってきたの」

振り向けば、大椿は半ば立ち上がりかけていた。焦《あせ》っているようにも、怯《おび》えているようにも見え、訳がわからない。

「ああ見たとこ、何も持ってないか。じゃ偶《たま》々《たま》だね」

安堵したらしく大きな息をもらし、再び座りこむ。身を乗り出し、和典の脇を通して校門の方を見やった。平たく彫りの浅いその顔は、いつになく明るい。何だろ、こいつ。

「それ、濡れてるけど、いいのか」

大椿はあわてて制服の前ボタンを開ける。持っていた箱をカッターシャツに押し付けて前身頃《まえみごろ》を掻き合わせた。

「絵羽ちゃんに誕生日プレゼント渡すんだ、今日だろ」

あっさり打ち明けられ、驚きながら思い出す、大椿にプライベートという観念はなかったのだと。自分を、皆と共有したい奴だった。

「あ上杉、忘れてたの」

教室でそんな事を話していたような気もする。和典の意識は、その程度だった。

「ダメじゃん。女心、わかってないね」

おまえに言われたくねーよ。

「でも僕にとっては好都合だなぁ。これで差、縮められるもん」

満足げに服の下の箱を抱きしめる。確かな未来を描いた地図でも抱えこんでいるかのようだった。

「それどころか一気に逆転かもね。悪いな、上杉ぃ」

最後の音を伸ばす甘えたようなしゃべり方を、久しぶりに耳にした。頻繁《ひんぱん》にそう呼ばれていた時には、切れの悪い話し方だと感じていたが、改めて聞くと意外に温かい。親しみを籠《こ》めようとしているのだと、初めて気が付いた。

「受け取ってもらえないかもしれないと思って、昨日、帰りがけに恐る恐る聞いたら、じゃ明日、部室でね、って言ってくれたんだ。僕すっげぇ舞い上がって、時間の約束するの忘れた」

バカ。

「いつ来るのかわかんなくって、でも来た時に僕がいなかったら、悪いだろ。それで朝の五時に来てずっと待ってたんだ」

マジか、もう昼過ぎだぞ。

「部室にいたんだけど、一秒でも早く顔を見たくなって部室から出てドアの前に立ってて、それから廊下まで歩いて待ってて、次は昇降口で、今はここ。部室に行くならこの道が一番近いからきっと通るし、校門から入ってくればすぐ見えるからさ」

一途さに胸を打たれた。同時に、我武者羅《がむしゃら》に突き進む直向《ひたむ》きさを恐ろしくも感じた。きっと絵羽のためなら何でもするだろう。それはワイナリー再建のために何でもする絵羽に、どこか似ていた。

今朝、大椿が一人でその情熱を全開にしていた時、和典は絵羽と一緒にいたのだ。覚悟さえあれば、どこまでも親密になれる状態だった。大椿ほど真摯《しんし》ではなかったにも拘《かかわ》らず、和典はそのチャンスを手に入れたのだ。疾《やま》しさと優越感の中に、一心不乱に邁進《まいしん》する大椿に対する畏怖《いふ》が入り交じり、胸で複雑な渦を巻く。

「ねぇねぇ、僕が何をプレゼントするかわかるかな」

知らねーよ、ぬいぐるみか。

「絵羽ちゃん、葡萄《ぶどう》が好きみたいだからさ、葡萄のぬいぐるみ」

当たりかよ、おまえ小学生か。

「喜んでくれるかな」

驚くなよ、絵羽が一番喜ぶプレゼントは、おまえの人生なんだ。

「これで心をゲットして次に進むぞ。部屋に入れてもらえるのは、いつかな。ああ我慢できない、早くやりたい」

こいつ、自分の人生プレゼントしかねんな。

「もし絵羽のオッケイが条件付きだったら、おまえ、どうする」

大椿は、打ち返された卓球の球のような速さでこちらを見た。

「どんな条件でも、即、呑む」

だめだ、軽く落ちる。いや、落ちればいいのか。絵羽に夢中になって大椿が進路を変更すれば、数学畑で目障《めざわ》りなライバルが消える。そう考えつつ大椿に庇《かば》われた事に思いを馳《は》せた。借りがある以上、浮かされて将来を踏み誤るのを見過ごしにはできない。だがライバル視されている今の立場で、絵羽はおまえの純粋さに相応《ふさわ》しい女じゃないとアドヴァイスしても空《むな》しいだろう。信じてもらえない上に、逆にいっそう突っ走る危険がある。

「おまえさ、絵羽ちゃんって、どういう女だと思ってるの」

大椿は、溶《と》けてしまいそうな笑みを浮かべる。

「可愛くてエロくて、頭がよくてやさしくて最高の女に決まってんじゃん」

その脳裏には、和典が見ている絵羽とは違う絵羽が生きているのだった。それは大椿が作り上げた虚像であり、自分の吐いた糸を理想の形に紡いで押し被せたような木偶《でく》だった。だが和典にしても、どれほど絵羽をわかっているというのだろう。耳に息を感じるほど近づき、今後の人生を共にする話までしていながら、自分の認識と現実の誤差に憤りながらここまでやってきたのではなかったか。

「成功を祈るよ、じゃな」

踵《きびす》を返すと、大椿の声がした。

「上杉ぃ、この間の事、ごめんな」

振り返れば、大椿は拳の色が変わるほど強く服の前身頃を引っ張り、掻き合わせながら下を向いていた。

「すげぇくやしくって、ついあんなふうに言ったんだ。すぐ後悔したけど、絵羽ちゃんに関しちゃどうしたって負けたくなかったから、このまま突っ張るしかないって思ってた。もう絶対、口きくもんかって。でも今、偶然出会って、なんかスパークした感じでつい話しちゃって、やっぱ友達でいる方が楽しいなって感じた。だけどライバルだし、僕どうしよう」

こういう時、近寄って頭でも撫でてやれたらいいんだろうな。それができるほど素直でも大人でもない自分に苦笑する。

「取りあえず複雑な関係、って事で。また話そうぜ。じゃな」

大椿に背を向けて歩き出しながらポケットからスマートフォンを引き抜き、黒木にメールを打つ。

「頼まれてよ。大椿っているだろ。あいつを引き受けてくれ。開けっぴろげで警戒心ゼロだから近づくのは簡単だ。絵羽にゾッコンなんだけど、これ以上傾倒しないように指導してほしい」

人心掌握術に長《た》け、日々それを磨くのを趣味としている黒木なら、興味津々で取り組んでくれるだろう。そう思っていると、間もなく返事が来た。

「人にものを頼むなら、まずその理由を説明しろ。もしかして自分が絵羽に近づくために、ライバルを排除したい訳か」

自尊心を傷つけられ、いささかムッとする。冗談言うなと打ち返したかった。何年、友達やってんだ。俺がそんな小細工するような男に見えるか。だが黒木はきっと、こう返してくるだろう。先に俺の質問に答えろ。

話せば、絵羽のパートナー計画に触れざるを得ない。自分の中で答が出ていない今の状態で、誰かに漏らしたくなかった。躊躇《ちゅうちょ》しながら問題を整理する。絶対命題は、何だ。大椿のフォローだろう、それに尽きる。あいつを何とかしてやらなきゃならん。だが和典自身は役に立たなかった。誰かに頼むよりないが、信頼できるのは中学でグループを組んでいた三人、黒木を除けば小塚と若武だけだった。

小塚に対人問題は無理、河馬《かば》に空を飛べと言うようなものだ。若武なら、黒木のように理由など聞かず、ああいいよと言うだろう。男は人の頼みを絶対に断わっちゃならないと信じている勇み肌だった。そこがいいところなのだが、無鉄砲で大雑把《おおざっぱ》、常にミスが多い。慎重を要する現状に投入すれば、逆に新しい問題を引き起こすに決まっていた。となると黒木しか残らない。

自分の交友範囲の狭さを嘆きながら今日の出来事を全部メールにし、改めて大椿の事を頼んで黒木に送った。山沖に投げる質問を模索しつつ中庭の左手に建つ西棟に入る。教員室は、その二階にあった。手で雨の滴を払い、黒木からの着信音が鳴らないように切ってから階段を上る。

以前に山沖と話したエデンの園の続きからいくのはどうだ。男を騙《だま》したイヴをどう思いますか、とか。そこから女一般の話に流し、絵羽個人に持っていって徳田との関係に繋《つな》げる。いや絵羽に触れると山沖は警戒するかもしれない。最初に聞いたモンミュザール大学にいる友人というところから入ろう。留学に興味がある事にすれば、徳田やその周辺情報について聞き出しやすい。徳田のゼミにいた絵羽についても、当然、話が及ぶだろう。答えている山沖の表情を窺《うかが》う自分の目の底で、容赦《ようしゃ》ない光が瞬くのが見えてくるような気がした。

教員室のドアを入る。中はひっそりとし、人の気配はまったくなかった。通路を通り、山沖のブース前まで行ってパネルをノックしようと手を上げる。中から密やかな声が漏れてきた。

「急に呼び出したのは、お説教のためだった訳ね」

絵羽だった。息も止まる思いでパネルを見つめ、その向こうに絵羽の顔を思い浮かべる。何でここにいるんだ。

「あなたはお忘れかも知れませんが、今日は私の誕生日なんです。そういうタイミングで呼び出されたら、女としては期待するものよ。それなのにお説教だなんて」

声は、憤りに震えている。

「バンプ扱いは止めて。私はパートナーを捜しているだけよ。女は男とは違うの、筋肉量はもちろん脳内もね。それを補うべく与えられた武器が、女の魅力ってものよ。使って何が悪いの」

手に余るといったような溜め息が聞えた。

「君は変わったね。そういう人ではなかったのに」

嗤笑《ししょう》が広がる。軽く淡く、漣《さざなみ》のように和典の耳に押し寄せてきた。

「家と家族とワイナリーを一度に失ったら、誰だって変わるでしょ。もっともあなたは用心深いから、ああ、臆病と言い換えた方がいいかもしれないけれど、そんな状況に陥《おちい》る前に逃げ出すでしょうけどね」

声の底にわずかに、愛おしむような優しさが横たわっている。それが絵羽の憤慨に複雑な陰影を与えていた。

「あんなつまらない女、自分の意見も信念もなくて人から言われた通りになって黙っている事しかできない女と結婚してまで、研究環境を堅持しようとしたんですものね」

山沖は、かすかな笑い声を立てる。

「黙っていられるのも、能力の内だよ」

今度は絵羽が、長い吐息をついた。

「研究のためなら何でも利用するのは、徳田と同じね。もっともあの人は、あなたほどストイックじゃなかったけれど」

笑いが滲《にじ》み出し、絵羽の声に崩れた響きを添える。もし悪魔が笑ったなら、きっとそんな声を立てるだろうと思われるような、そこから罪が香り立ってくるような声だった。絵羽がそんなふうに笑うなどとは思ってもみなかった。

「モンミュザールの夜は、とても楽しかったのよ。もっとも楽しみを求め過ぎて、あの人は死んでしまったんだけれどね」

布を擦《こす》る音がし、パネルの上から和典の頭に何かが垂れ下がってくる。目を上げれば、鳩羽色《はとばいろ》の地に黄枯茶《きがらちゃ》や錆鼠《さびねず》のペーズリーを散らした大判のスカーフだった。絵羽の部屋で見かけた事を思い出す。そこから水のようにコロンの香りが流れ落ちてきた。革の椅子が軋《きし》む。

「あなたって、こういうのが好きだったでしょ。今でもやってるの、あの女と。あら失礼、御令室となら合法よね」

椅子は、規則正しく軋み続ける。おい何やってんだ。

「下卑《げび》た真似はやめなさい。お互いにもう二十代じゃない。流れ過ぎた時間は呼び戻せないよ」

何が起こっているのかわからず、苛《いら》立《だ》ちが膨れ上がる。我慢できずに、もがくようにあたりを見回した。隣りのブースに入れば、パネルの隙間から中をのぞけると気が付く。

「君は、そろそろ不可能を知るべきだ」

悪魔は神と同様、自分に不可能を許さないと言った山沖の言葉が思い出された。あの時、山沖は絵羽を思い浮かべていたのだろうか。

「私に指図しないで。はっきり言ってあげましょうか。あなたが勇気がないばかりに踏みこめなかった楽園の象徴、それが私よ」

こっそりと移動し、足音を忍ばせて隣りのブースに入りこむ。息を潜《ひそ》めながらその境に身を寄せ、向こうをのぞいた。

「だからあなたは、いつまでも私に憧れる。絶対に突き放せない。そうでしょ。永遠に私の協力者よね」

これまで絶望した事など何度もあると、思っていた。だが本当はなかったのだ。絶望というのは、まさにこの事だった。目をつぶる。体の奥から湧き上がる凄《すさ》まじい力に突き上げられ、揺さぶられて息が乱れた。耳に山沖の声が届く。

「私は、言うべき事は言った。もう話はない。帰りなさい」

再び椅子が大きく軋む。パネルの上で、スカーフが小さな悲鳴のような音を立てた。わずかな風が起こり、コロンが頬を撫でる。

「帰ります。誕生日プレゼントを持った子が、外で待っているのよ」

それを聞いてようやくわかった。校門から入った並木道には大椿が座りこんでいたし、先ほどからは和典も一緒だった。絵羽はそれを見かけ、迂回してこの棟に入ったのだ。

「放っておけないものね」

大椿に接近するらしい。和典は絵羽が出ていくのを待ち、間隔を取って後に続いた。どうする、止めるのか。傘を開いて雨の中に踏み出した絵羽は、黒い影のように並木に向かう。ついていくと、やがて向こうに大椿の姿が見えた。先ほどの位置からまた移動し、今では校門のすぐそばに立っている。

屋根の下に避難しようとは思わなかったらしく、すっかりそぼ濡れ、大きな顔に髪を貼り付かせていた。雨に叩かれるその姿は哀しくなるほど惨《みじ》めだったが、同時にどこか崇高な感じがしないでもない。絵羽への愛に身を捧げている殉教者なのだ。そこに近寄っていく絵羽の背中に、蝙蝠《こうもり》の黒い翼が生えているのを想像する。絵羽の信者に、今ブースの中で何が起こっていたかを教えてやろうか。そう考えている自分の背にも黒い翼があるのかも知れなかった。

「ごめんなさい、遅くなって」

絵羽は大椿に傘を差しかけ、あのスカーフを襟元から引き抜いて髪や顔を手早く拭う。

「まぁ頬が冷たくなってる」

白く小さな手を押し当てられ、大椿は半ば呆然としながら服の下から箱を出した。

「これ、誕生日おめでとうございます。気に入ってもらえるとうれしいです」

絵羽は、とっさにスカーフを自分の肩にかける。傘の柄を顎《あご》の下に挟みこみ、両手を空けると箱を持っている大椿の手を包みこんだ。

「ありがとう」

そのまま放さない。和典の位置からは見えなかったが、おそらく大椿の指の谷間を撫でているのだろう。絵羽は大椿を気に入ったのだ。その従順さにおいて、何でも言うなりになりそうな頭のいい人形として。

思い通りにさせてたまるか。和典は歩み寄り、声をかけようとして大椿の表情に気付く。陶然としていた。自分の作り上げた虚像に血肉が通い、自分に向かって働きかけてくるところを目の当たりにしているのだ。ギリシャ神話のピグマリオンさながら、至福の境地にいるのだった。

和典は唇を引き結ぶ。自分が絶望しているからと言って、大椿の希望を突き崩していい事にはならない。朝から待っていた大椿には、この幸せを味わう権利があるはずだった。話すのは、今でなくてもいい。

踵《きびす》を返し、山沖のブースに向かう。山沖は、どういうつもりでいるのか。終始、絵羽を拒んでいた事に期待をかけ、足を急がせる。先ほどできなかった質問の答と一緒に、はっきりさせるつもりでパネルを叩いた。

「山沖先生、失礼します」

返事をもらってからそれを開ける。いつものように山沖の後ろ姿が見えた。

「モンミュザール大学にご友人がいらっしゃると伺いましたが、その方のことについて聞かせてください。僕も留学したいと思っているんで」

背中の向こうから声がする。

「彼は高校からフランスだった。留学の参考にはならないだろう」

出した枕をあっさり蹴飛ばされ、二の句が継げない。押し黙るよりなかった。

「先月亡くなったよ。葬儀には、私も妻と一緒に参列した。私の妻は、彼の妹なんだ。私の妹は彼に嫁いでいるし」

つまり絵羽が言っていたつまらない女というのは、徳田の妹なのだ。

「私と彼は高校の友人で、私の妹は彼に憧れ、当時から付き合っていた。彼の一家がフランスに移住してからはメールでのやり取りが続いて、彼が醸造発酵学を専攻すると聞くと、妹も同じ分野を選んだ。それで神戸の大学に行ったんだ」

読めたぞ、その神戸の大学に絵羽がいたんだ。絵羽と知り合った妹は、何かの折に兄である山沖に引き合わせた。二人の関係は、そこから始まったのだ。

大学生の絵羽を思い描く。その時、山沖は大学院生か、あるいはすでに就職し、数学の道を歩む事を決めていたのかも知れない。出会いは遅すぎたのか。いやワイナリーが倒産さえしなければ、絵羽は数学者の妻に収まった可能性もあるだろう。

「上田絵羽さんも、葬儀に出たんですか」

滑らかに話していた山沖の声は、一瞬、途絶える。

「いや」

沈黙の後の短い否定が、それ以上の何かを語っているかに思えた。

「なぜでしょう。留学先の恩師ですよね」

山沖は再び黙り込み、やがてきっぱりと答える。

「本人に聞いたらどうだ」

それ以上は何も言うまいと決めているらしかった。毅然としたその背中を見ながら和典は、先ほどのぞき見た光景を思い出す。

胸を抉《えぐ》ったのは、絵羽の目だった。山沖の膝の上に跨《また》がり、これ以上近寄れないほどの距離から彼を見すえていたその目の中に、哀願するような光、縋《すが》りつかんばかりに切なげな瞬きがあった。山沖を批難し、攻撃し、嘲笑《あざわら》っていながら、なおひたすらに求めているのが一瞬でわかった。

「他に質問は」

言葉が胸に流れ込み、絶望を揺する。淡い泡がいくつか生まれ、希望のように光りながら浮き上がってきて質問になった。

「先生は、葡萄が好きですか。ワインはどうです」

困惑したような笑いが広がる。

「ワイナリーの葡萄園を写真で見た事がある。丈の短い木々が作る計り知れないほど深い暗さや、数字にも表せず数学でも読み解けない原始性に恐怖を感じた。私の入れる世界ではなかったね。ワインに限らず、アルコール類は好まない。自分が酔っているという感じが嫌なんだ」

仮令《たと》えワイナリーが存続していたとしても、そこで絵羽と共に暮らし、数学をするという選択肢は存在しなかったのだ。

「覚えていらっしゃるかどうかわかりませんが、前にエデンの話をしました。アダムを騙《だま》したイヴをどう思いますか」

投げ出すような吐息が零《こぼ》れる。

「好きだよ」

さっきまでここにいた絵羽に向かって言っているように聞こえた。

「憧れるんだろうね。もっとも悪魔と付き合えないように、イヴと付き合うのも難しいが」

声の中で、しみじみとした静けさが谺《こだま》する。

「エデンの園については、蛇の姿となった悪魔がイヴを唆《そそのか》したという解釈が一般的だが、イヴと悪魔は一体なのだという説もある。男にとって女は、時に、自分を堕落に誘って止まない悪魔だ」

山沖の胸で何年も積み重なり、次第に形を変えてきたいくつもの想いが籠《こも》っていた。

「アダムは、イヴに恋していたんだろうな。だから彼女に動かされた。恋は常に、誰にとっても狂気だ。コントロールできないからね。なぜコントロールできないかといえば、法則がないからだ。つまり数学的にも証明不能という事になる。だが不可能は、自分の小ささを思い知るために必要なものだよ。謙虚になり、学びを愛する人間になれる」

数学を選択した山沖は、それを最優先とする自分の人生に絵羽を巻きこむ事を潔しとしなかったのかも知れない。それだけ大切に思っていたのだろう。あるいは絵羽の性格から、そういう人生には耐えられないと判断したのかもしれなかった。絵羽もそれをわかっているのだ。だから適当な所で切り上げた。

だが二人の心には、なお強い想いがある。結ばれなかった事を恨んでその責任を相手に押し付け合いながら、いまだに断ち切れず関わりを持たずにいられないのだ。葡萄が発酵してワインに変わるように、二人の想いも憎しみを伴うものに変容し、続いている。かつて和典は何の根拠もなく、二人が堅固な関係を築いているように感じた事があった。予感のようなあれは、この真実から湧き上がった伏流だったのだ。

「ありがとうございました」

一つ残らず弾け飛び、その残骸をきらめかせる希望を見つめながら頭を下げる。絶望というものに底がない事を初めて知った。あれほど深く落ち、もうこれ以上はないと思っていたその後でもさらに深く、限りなく落ちていく。

「失礼します」

二人の気持ちが呼応している以上、関係はいつまでも続くだろう。実りのない不毛な、しかしおそらく変える事のできない距離が維持されていくのだ、どちらかが死ぬまで。

絵羽の心に迎えられたいと望んでいた。そこに入る事のできる唯一人になりたいと。だがその楽園には既に住人がいたのだった。圧倒的な現実が心を押し潰す。どうしていいのかわからない。

望みは断ち切られ、投げ出されて和典の周り一面に散り敷いていた。それを踏んで歩きながら、立ち直れそうもないほどまいっている自分を感じる。絵羽と関わっていけば、今日のような光景を何度も見なければならないだろう。パートナーになるのは無理だ。

雨に打たれ、ただ歩く。噴きつけてくる砂粒の中を彷徨《さまよ》っているかのようだった。乾き切った砂を吸いこみ、胸を焼きながら途切れ途切れに呻《うめ》き声を上げる。

脳裏に残る二人のやり取りは、追いかけ合う蜜蜂の羽音に似ていた。次第に大きくなり、和典の耳からあふれ出して頭の周りを旋回する。吐き気がした。山沖の上に無造作に跨っていた絵羽の白い大腿、自分がそこから遠く隔《へだ》てられている事に飢えのような怒りを感じる。二人が服を着ていたにもかかわらず、今になれば全裸だったとしか思えなかった。凄まじく膨張していく憎悪が体を吹き荒れ、目の前が見えない。

2

家に戻り、玄関で靴を脱いでいると、奥から母が出てきた。

「手、どう。あら誰かが手当てしてくれたのね」

そんな母を見上げる。どんな親も、子供を養うために自分の人生を削っている。

「誰のお世話になったの」

思わず返事をしそうになり、それが絵羽の言葉であると思い出した。自分の心で絵羽が呼吸しているのを感じ、急に苦しくなる。心に打ちこまれた言葉、根のようなそれは絵羽に続いているのだ。その屈辱に歯噛みする。

「俺の前、どけよ」

立ち上がると、母が悲鳴のような声を上げた。

「びしょ濡れじゃない。そのまま上がらないで」

無視して脇をすり抜け、真っ直ぐ浴室に向かう。壁に組みこまれた洗濯機の前で素早く全部を脱ぎ、放りこんだ。全自動のボタンを押し、指のアイシングを取ってゴミ箱に投げ入れてから浴室に踏みこむ。シャワーを捻《ひね》り、勢いよく流れ落ちる冷水に頭から突っこみ、体をさらした。何もかも流してしまえたらいい。叩きつける水の中から動けなかった。こんな事、夢ならいい。

バスタオルをかぶって自分の部屋に向かったのは、かなりの時間が経ってからだった。そのままベッドに倒れ込む。外では雨がまだ止まない。羽根布団の下で丸くなり、両腕で自分を抱きしめても少しも暖が取れなかった。誰からも、電話もメールも来ない。

死体のように横たわり、天井を仰ぐ。激しく屋根を打つ音がしていたが、それが雨音なのか、それとも自分にだけ聞こえる血の流れる音なのか、区別がつかなかった。吹き荒れる憎しみと怒りを、ひと晩中見つめ続ける。もしかして俺、このまま引きこもりになるかも。

白々と空が明るくなる頃になって、やっと決心がついた。パートナーを断わりに行こう。ついでに毒づき、噛みついてやる。そうすれば嫌われて、諦《あきら》めがつくだろう。自分を攻撃する絵羽を、これまでの絵羽の上に塗りつけよう。上書き保存だ。きっと出会いからの全部を忘れられる。

ベッドを出て、今度は温水シャワーを浴びた。少し落ち着いた心に疑問が湧く。絵羽にほんの少しの力も貸してやらないつもりか。協力者を求めていると知っていながら、彼女が自分の方を見てくれないからって、見過ごしにするのか。ハムラビ法典並みだな。見返りを求めずに助けてやろうという気持ちになれないのか。

日曜の家は、まだ寝静まっていた。台所でシリアルを出し、ミルクをかけて電子レンジに入れる。果物籠からキウイを取り、真っ二つに切ってスプーンを突っこんだ。上ってきた太陽が放つ陽射しがブラインドの間をすり抜け、鉢植えの蘭の葉の上で輝く。問い質す声は大きくなるばかりだった。それでいいのか、それで恥ずかしくないのか、誇れる自分と言えるのか。

髪を掻き上げながら思う、俺って意外に面倒くせー奴だったんだな。どこかで妥協点を見つけなければ、自尊心はいつまでも追及してくるだろう。じゃこうしよう。まずパートナーを断わる、その後できる協力ならすると付け加える、どうだ、手を打とうぜ。心が静かになった。

あのさぁ俺、断わりたくて断わるんじゃないって事わかってるよな。それなのにその後のフォローまで申し出るのは、やり過ぎじゃね。くっそ自尊心、どこまで俺に望んでんだよ。それが自尊心の価値なのかもしんないけどさ。俺、きっと擦りきれるぜ、そのうち。

支度を整える。絵羽と個人的に会うのは、たぶんこれが最後だ。そう思いながら、一番好きなポール・スチュアートのジャケットを選んだ。ライラック色のシャツに、ニットタイを締める。靴は、ヘンロンの革を使ったダーミのスニーカーにした。玄関の姿見の前で髪を整え、全身を見回して思わず照れる。なにげに、しっかり洒落てんじゃん。デートかよ。突っこみながら家を出たのは、十時頃だった。まぁ、ある意味デートかもな、最後の。虚ろな哀しみが胸に満ちる。

空には一片の雲もなく、駅にかけての道はもう人通りが多かった。十時は、誰もが外に出かけたくなる時間だと聞いた事がある。それでデパートも十時開店にしているのだと。

駅から絵羽のマンションに向かう。その重いドアを押し開け、オートロック解除システムの前に立った。絵羽の部屋番号を押そうとした指に、躊躇《とまど》いが巻き付く。本当に断わっていいのか。絵羽は大椿に向かうぞ、それでいいんだな。

いいと言い切れない自分にあせる。マンションの中から出てきた家族づれが脇を通り過ぎ、やってきた宅配業者が和典の後ろに並んだ。はっきりしない自分を持て余し、いったん解除システムから離れて外に出る。駐輪場の脇の、植え込みに埋もれているようなベンチに腰を下ろした。

ここまで来ながら迷ってどーすんだ、断わる気だったんだから断われよ。さっさとしろ。

マンションに出入りする人々を眺めながら、飛び降りる崖を目の前にしている気分で溜め息をつく。パートナーになっても辛いだけだとわかっているのに、絵羽との関係を切るのが切なく、躊躇《ためら》われた。先ほど、誇れる自分などとフォローを主張したのは、ただ絵羽と繋《つな》がっていたい一心だったのではないかとさえ思えてくる。思いがけない弱腰に自分でも呆《あき》れ返った。

時間が過ぎていき、責める声が勢いを増す。生涯を注ぎこむ事は回避しながら、何とか絵羽とうまくやっていきたい訳か。それ汚ねーじゃん。大椿を見ろよ。あいつは堂々、犠牲を払った。潔かったぞ。選べよ、パートナーになるか、絵羽と切れるか、どっちかだ。

結局、一時間近くそこから動けなかった。腰が上がったのは、心が固まったせいではない。黒木が目の前を通り過ぎ、ドアを押して中に入っていったからだった。

あいつ、このマンションに知り合いでもいたのか。そう思いつつ、辺《あた》りを窺《うかが》うような様子にどことなく不審なものを感じる。

部分的にシースルーになっているドアからのぞけば、黒木は解除システムの前でいくつかの番号を押していた。呼び出し音が鳴り響くまで待ち、その音に重ねてそっとドアを開ける。黒木の後方に歩み寄った瞬間、解除システムの画面が瞬き、そこに絵羽の部屋番号が浮かび上がった。

「遅かったのね。情報、持ってきてくれたの」

こちらに背を向けている黒木の、笑みを含んだ声が響く。

「もちろん。開けてよ」

セキュリティを解除する音がし、黒木は奥の扉を入っていった。冷や汗が噴き出す思いで立ちつくす。なんだ、これ。やがて玄関ドアから子供たちが飛びこんできて、ホール内を燥《はしゃ》ぎ回る。甲高い声がキンキンと脳裏に突き刺さった。追い立てられるようにその場を離れ、マンションを出て夢中で歩く。

俺、完璧、思考停止状態かも。マジでバグりそう。つぶやきながら冷静になろうと努める。部屋でお勉強を教わろうって話じゃない事は確かだよな。

道脇のショウウィンドウに自分が映る。洒落こんだ姿が滑稽だった。くっそ、あの二人どこまでの関係だよ。ジリジリと焦《こ》げるような思いに急き立てられ、足が早くなる。

黒木とは、小学校からの付き合いだった。人当たりはいいものの自分を閉じている所があり、塾の女子たちからはミステリアスと言われていた。家庭環境については、ある程度知っている。だが全部を把握している訳ではなかった。逆に黒木の方は、和典が絵羽に引っかかっている事を知っている。

それを無視して接触か。いい度胸だな。いつからだ。止めどなく不信感が湧き上がり、足元を浚《さら》う。安定の悪い簀子《すのこ》の上に乗っているような気分だった。

最初の電話で黒木が、相当ヤバいと言っていたのを思い出す。あれは実際に絵羽に接触した感想だったのかもしれない。絵羽はチューターを始める前、西進ゼミナールでアルバイト講師をしていた。西進にコネを持っている黒木と面識があってもおかしくない。

とすれば、和典より黒木の方が先に知り合っているのだ。くやしかったが後手となれば、先手に一目置かざるを得ない。だが何も言わないって法はないだろう。言えない事情があったのか、それとも故意にか。

瞬間、暗く冷たいものが蛇のように体の底を走り抜けた。初めに絵羽にやられたのは、黒木だったのかもしれない。ぐらついていた足下の簀子が一気に引っくり返った気がした。

絵羽は言っていた、パートナー候補は理数系で全国模試の上位者ばかりだと。黒木は、そこに当てはまらない。だが人脈を持っているし、情報も摑《つか》んでいてこの学校や生徒に関しては誰よりも詳《くわ》しかった。パートナー候補を見つけねばならない絵羽にとっては、必要な人材だったはずだ。

絵羽は山沖から聞いたのではなく、黒木の情報で大椿や和典を選び出したのではないか。そうだとすれば和典が黒木から聞かされていた話は、絵羽に都合よく脚色され、同時に和典を誘い込む罠になっていた可能性がある。今までそれを鵜呑みにしてきた自分の危うさに青ざめる思いだった。黒木の後ろで嗤《わら》っている絵羽が見えるような気がする。自分が今、知っている話のどこまでが本当で、どこからがフェイクなのか見当もつかなかった。

憤りを冷まそうとして、大きな息をつく。黒木が絵羽とどう関わろうと、和典に口を出す権利はない。だが誑《たぶら》かされ、操作された情報を友人に流す行為は見過ごせなかった。それは裏切りだろう。汚ぇ真似すんじゃねーよ。

問い質《ただ》そうとしてスマートフォンを出し、ＬＩＮＥを開きかけて迷う。返す波のように自尊心が立ち上がった。黒木が情報を操作している証拠はないだろ。想像だけで嚙みついたら、突然に見せつけられた関係に逆上したと思われるぞ、カッコ悪すぎる。再びスマートフォンをポケットに押しこむ。で、どうすんだ俺。

3

黒木は本当に誑《たぶら》かされ、ユダとなったのか。ベッドに寝転び、白い天井を見上げて考える。和典が見たのは、黒木が絵羽にコンタクトしているところだけだった。だがその後、黒木は絵羽の部屋に入っていったのだし、第一、絵羽が自分に近づいた人間を利用しないはずがあるか。

ワイナリー再建のためなら何でもするのだ。自分の役に立ちそうな男を誘い、惑わせて落としもする。死んだ麻生高生もそうだったのだろうし、和典も、もし和典が断われば大椿も、おそらくそうなるのだろう。誰もが簡単に取りかえのきく男の列に並ばされているのだ。

自分が大きな穴のような虚《うつ》ろさを抱えこんでいる気がした。それが膨《ふく》れ上がり、体中に染み透っていくのを感じながら思う、もしかして徳田も、その列の中の一人だったのかもしれないと。ワイナリーの再建に必要なのはパートナーばかりではないだろう。何らかの目的があって絵羽は徳田を誘った。二度目にモンミュザールに行ったのは、そのためだ。それが決裂して殺害に至ったとか。

確たる証拠もなく、ただ漫然と考えを積み上げる。当《あ》て所《ど》なく、どこまでも拡散していく思いが手に余った。真夜中過ぎになり、ようやく方法論を組み立てようと試みる。最優先は何だ。もちろん現状を正確に把握する事だろう。そうすれば、黒木が情報を操作したかどうかがはっきりする。

黒木から入ってきた情報は、麻生高生の自殺、絵羽のプロフィル、徳田のプロフィルとその死の四つだった。このうち黒木や絵羽以外の人間によって肯定されている事実は、二つ。

一つは絵羽のプロフィルの一部分で、彼女が家と家族とワイナリーを失っている事だった。絵羽が山沖に話し、山沖はそれを否定せずに会話を進めていたのだから事実と考えてもいいだろう。もう一つは徳田の死。これは山沖も口にし、警察もそれに沿って動いていて間違いがなかった。それら以外は、第三者の裏打ちがなされていない。

これらを調べ、真偽をはっきりさせて、まず事実を摑《つか》む事だ。麻生高生の自殺については、新聞で調べられる。だが他の二つについては、いったいどこから情報を得ればいいのだろう。関係者の顔を、ひと通り脳裏に浮かべてみる。山沖は、あの様子ではもうしゃべりそうもなかったし、大椿は何も知らないだろう。警察なら、ある程度の情報は持っているだろうが、和典に漏らすはずもなかった。

後は、絵羽の実家のある場所やモンミュザールの大学を訪ね、関係者に話を聞くしかない。だが噂に信憑性はないいし、皆が個人情報の保護に神経質になっている今、どれだけの話を聞けるか保証の限りではなかった。

行き詰まり、寝返りを打って嘆息する。全滅だ、ちきしょう、方針がまるで立たん。頭にある真偽入り交じった情報を時系列順に並べ替えたり、場所や個人ごとに纏《まと》めたりしていて、急に自分の立ち位置に気が付く。

おい、絵羽と山沖の繫《つな》がりがわかって、パートナーを断わる気になったはずだよな。じゃ黒木が情報操作してようといまいと、どうでもいいじゃないか。断われば、絵羽とは切れる、もう他人事だろ。頭が冷えてから、黒木とゆっくり話し合えばいい。

そう思いながら決断できなかった。パートナーを断わるだけの覚悟がいまだにできない。断わろうと思う側から迷いが生じ、二の足を踏ませるのだった。

きさま、いつまで取り替えのきく男でいるつもりだ、さっさと思い切れ。グズグズすんじゃねーよ、毅然としろ毅然と。自尊心はがなり立てるものの、断わったらそれですべてが終わるという気持ちが足を引っ張っていた。終わればいいじゃん、終わらせろよ。思い切れない自分に苛立《いらだ》つ。

堂々巡りをしながら、何の結論も出せないまま夜が明けた。眠れなかった目は、いくら洗っても渋さが取れず、太陽が痛い。ダイニングに入り、パンケースの蓋を開けていると、母が姿を見せた。どことなく疲れている様子で怠《だる》そうにやってくる。絵羽の言葉が胸に甦《よみがえ》った。親は自分の人生を削っている。

「おはよう」

そう言われたものの、とっさに喉が開かず返事ができなかった。絵羽の考えを心に根付かせている自分への腹立たしさもある。最初のひと言を無視したら、後はもうそのままいくしかなかった。

母の投げかける言葉に答えずにいるうちに、自分の沈黙がのしかかってきて耐え難くなる。摑《つか》んでいた馬蹄形のデニッシュを口に突っこみ、ドアを出てから洗面所の水道にかぶりついて流しこんだ。デニッシュの中に入っていた胡桃《くるみ》が喉に詰まり、嘔吐しそうなほど咽返《むせかえ》る。おい出すなよ、みっともねーし。死んでもいいから呑んどけ。自分を叱咤しながら身支度を整え、登校した。

学校に着き、校門を通り過ぎると、辺《あた》りが妙に騒がしかった。通路の脇にある花壇の周りに人だかりができている。生徒も教師も入り交じっていて、中に絵羽の姿があった。登校したばかりらしく肩から黒いバッグをかけ、黒いパンプスを履き、青褐《あおかち》のスーツの胸元に白いバインダーを抱きしめている。足を止め、その顔に見入った。

朝の光の中、生え際の和毛《にこげ》が風に揺れる。時おりきらめいて頬に纏《まつ》わる様子は儚《はかな》く、初めて出会った時の絵羽が思い出された。唇は相変わらず物言いたげで、今にも開きそうだ。皆の中に立っていながら、その視線は周りとは違った方向に向けられている。校舎の窓から花壇を見下ろしている山沖を見ているのだった。和典は口を引き結ぶ。

ただじっと山沖を見つめる絵羽は、直向《ひたむ》きな想いを捧げているようにも、一心に恨んでいるようにも見えた。数学を選んだ山沖が弛《たゆ》む事なく日々邁進し、目標に近づいていくのに比べ、絵羽はゼロからの出発を余儀なくされている。形振《なりふ》り構わずワイナリー再建の夢にしがみついているのは、家や家族への思いだけでなく、自分より数学を取った山沖に一矢報いたいからかも知れなかった。

「捕獲、完了」

頭上から声が降ってきて皆が顔を上げる。教員室の窓から小塚が顔を出していた。

「二階の天井裏で、冬眠態勢に入ってました。ほら」

片手に持った大きなビニール袋を突き出して見せる。中では、青灰色をした太い蛇が蜷局《とぐろ》を巻いていた。太さは五、六センチほどあり、伸ばせば三、四メートルに届きそうに見える。女性教師の悲鳴が上がった。

「そんなもの見せないで、もう無神経なんだから」

　小塚は急いでビニール袋を引っこめようとし、窓枠にぶつけて取り落としそうになる。生徒も教師も一瞬、その場から逃げ出す気配を見せた。小塚があわてて袋を引き上げ、胸の中に抱えこむ。

「大丈夫です。青大将は無毒だし、性格も穏やかで大人しいから」

　和典の周りで、ささやきが広がった。

「気持ち悪いって感覚は、あいつにはないのか」

「ないんじゃない、生物部だから」

「ん、あいつら皆、ちょっと変だよ」

「合宿の時イグアナを枕に眠ったって噂あるし、あのでかい蛇にも名前付けてあんだぜ。確かローラちゃんだ」

「メスかよ。どこでわかんの」

　男性教師が太い声を上げる。

「小塚君、花壇で目撃された蛇が、なんで天井裏にいたんだ」

　小塚は、後方に立っていた部員に蛇の入ったビニール袋を渡し、何やら指示を出してからこちらに向き直った。

「残されていた糞の状態から考えると、数日を花壇で過ごし、その後、鼠を追って天井に入りこんだみたいです。青大将はかなりの速度で垂直移動ができますから。そのまま冬を越すつもりでいたようですが、冬眠の続きは生物部でさせます」

女性教師陣が顔を見合わせる。

「って事は、この校舎には鼠もいるって事よね」

「蛇も嫌だけど、鼠だってすごく嫌。早急に駆除してもらいたいわ」

「生物部にやらせればいいんじゃない。ついでに天井裏をきれいに掃除してほしい。きっと糞が散乱してるに決まってるもの」

「二度と逃がさないって一札、入れさせないとね」

十五分前の予鈴が鳴り響く。生徒も教師も捕物の興奮にざわめきながら三々五々、昇降口に向かった。和典は、絵羽の後ろ姿を見つめる。

絵羽は、幸せなのだろうか。家やワイナリーを焼いた炎をなお胸に燃やし、山沖との愛憎を引きずりながら人生を送って、それで満足できるのか。

今のように手段を選ばず突き進んでいけば、いつか成功し、達成感を得られる日がくるのかも知れない。だがそれは幸福とは別のものだろう。その時、絵羽は自分の足の下に横たわっている犠牲者を見なければならないし、いくら望んだとしてもおそらく山沖は数学を捨てない。そのために必要な妻のいる家庭も維持し続けるだろう。絵羽と山沖の関係を元に戻す事は、決してできないのだ。それでもやるのか。

ポケットでスマートフォンが鳴り出す。取り出せば、若武からだった。

「おまえ、許さんぞ」

唐突《とうとつ》なのは、今に始まった事ではない。小学校からの仲間の中では、若武が一番幼かった。小塚にも無邪気な所があるが、あれは子供っぽいというよりはそういうキャラクターなのだ。若武の場合は充分、邪気がありながら、なお妙に子供だった。なんだ、こいつと首をひねりたくなるような事を、始終言ったりやったりしている。

「小塚を泣かすな」

小塚なら、ようやく帰ってきたローラちゃんと再会の喜びに浸ってるとこだ。泣いてないぞ。

「どうせ、おまえじゃ黒木にゃ勝てん。潔く諦《あきら》めて身を引け」

黒木にも繋《つな》がる話か。俺、何やったんだ。

「忠告したぞ。じゃあな」

切りそうになった若武を、急いで引き止める。

「半端《はんぱ》な話し方すんなよ」

若武の言動のスイッチは、男気《おとこぎ》だった。動かすのに、さして苦労は要《い》らない。

「男らしく、さっさと全部を説明するんだ」

しばらくの沈黙の後、いかにも気が進まないといったような声が聞こえた。

「おまえさぁ噂になってんだろ、チューターとさ。で、そのチューターのマンションから昨日、黒木が出てくるとこを見かけた奴がいて、スマホで写真撮ってインスタにアゲたんだ」

ああ噂、千里を走るの図だな。

「それを小塚が見てさ、上杉と黒木が対立したらどうしようってマジ心配してるわけ。さっき天井裏で蛇を確保しただろ。あれ、小塚に頼まれて俺がやったんだ。早朝部活でピッチに出てたら、コーチが呼びに来てさ、蛇の居場所がわかったんだけど、生物部には蛇に対応できるほど速く動ける奴がいないから力を貸してくれって言ってきてるって。で、とっ捕まえて小塚に渡したんだよ。花壇の前に皆が集まってたから、取りあえず捕獲を報告した方がいいって話になって、小塚が窓から顔を出したんだ。その時、おまえ、下にいただろ。じいっとチューターを見つめてたって小塚が言ってた。あの様子じゃ上杉は本気だ、きっと黒木との友情は決裂する、そんな所を見るのは嫌だ、辛すぎるよ、小学校からずっと仲間だったのにって泣き出しちゃってさ。で、俺が今電話してんだ」

事情はわかった。

「女に関して黒木と事を構えようなんて、百年早いぜ。おまえに勝ち目なんかない。どうせ敗退するなら、対立する前に自主的に引け。そうすりゃ友情は生き延びるし、小塚も安心するんだ」

ああ外野がウザい。

「いいか、身を引けよ」

偉そうに言ってんじゃねーよ。

「おい若武、同じ事、黒木にも言ってやんな。チューターのお気に入りは、女に慣れた男じゃなくて偏差値の高い男らしいぜ」

電話を切り、ポケットに押しこんだ。黒木は自分がアゲられたインスタを見ただろうか。それを理由に和典が問い詰めたら、いったい何と答えるつもりか。小学校以来続いてきた友人関係を、ここで断ち切ってもいいと思っているのだろうか。それほど絵羽にのめりこんだ訳か。哀しみの底で怒りが蠢《うごめ》く。じっと見つめていると手に負えないほど大きくなってきた。どうしても止められない。そんな自分が疎《うと》ましく、業を煮やして再び、絵羽との事は黒木の問題だと切り離す。俺には関係ない。あいつの好きにすればいいんだ。

同時に自分も、同じ問題を抱えている事に気がついた。で、どうすんのよ俺は。絵羽のような不実な女、目的のために手段を選ばない女のために、小学校以来の友達を向こうに回すのか。対立して小塚を泣かせるつもりか。

答が出ない。いざその時になったらどちらか自然に決まっていくのだろうが、流されるようなそんな態度は自分らしくなかった。はっきり決めろよ。自尊心に急《せ》き立てられながら、踏ん切れない。

もどかしい思いを抱え、雲の中を歩くように昇降口に向かった。目を上げれば、西棟に続く渡り廊下を絵羽が通っていく。相変わらずバインダーを抱いていた。立ち止まり、その動きを目で追う。

一歩進むたびに髪が降りかかる白く小さな顔、華奢な肩、それらはつい一昨日、和典のすぐそばにあったものだった。あのまま居たら、もっと親密になれただろう。

そう思ったとたん、自分が取り替えのきく人間である事に我慢できなくなった。パートナーを受けるにしろ受けないにしろ、この状態はもうごめんだ。絵羽の胸に嫌というほど強く、一生消えないほど深く自分を刻みつけてやりたい。荒々しい苛立《いらだ》ちが戸惑いを押し砕く。どうすればいい。簡単だ、誰よりも自分が絵羽の過去を知っていると本人に知らしめる事だ。それで特別な存在になれる。

「お早うございます」

声をかけると絵羽は立ち止まり、屋外にいる和典に目を留めた。渡り廊下の窓に寄り、そこからこちらを見下ろす。

「おはよう、上杉君」

誰に見られても構わないチューターの顔だった。和典は窓のすぐ下に歩み寄り、絵羽に向かって爆弾のように質問を投げる。

「山沖先生に聞いたんですが、あなたは徳田教授の葬儀に出なかったそうですね」

絵羽は顔を強張らせた。

「なぜですか」

抱えていたバインダーをぎこちなく広げ、部活の用件でも話しているかのように視線を走らせる。長い睫の影を頰に落とし、無言でページをめくった。

「二度も留学したゼミの恩師でしょう。僕がいた時、警察が来たのもその件でしたよね」

通り過ぎる教師や生徒たちには、絵羽がスケジュールでも確認しているかのように見えただろう。だが近くにいた和典には、動揺している事がよくわかった。やがて密やかな答が耳に届く。

「余計なことに首を突っ込むのはやめて」

声は震えていた。怯《おび》えているのかもしれない。もっと怯えればいい。ひどく冷淡な気持ちで追及を重ねた。

「あなたの部屋で話した時、二度目にモンミュザールに行った事に触れませんでしたね。隠していたんですか。どうしてですか」

絵羽は、髪が跳ねるほどの勢いで顔を上げる。

「いい加減にして。あなたには関係ないでしょう」

押し殺した声は、悲鳴に似ていた。関係なかったら聞いてやしない。そう思いながら黙っていると、絵羽は泣き出しそうな顔になった。

「お願い、パートナーになって」

痛いほどこちらを見つめ、抑えた声でささやく。窓から乗り出した体は、今にも崩れ落ちてきそうだった。

「ワイナリーの再建は、私の課題よ。どんな事をしてもやらなければならないし、すべてに優先するの。でも私も女だから、気持ちを抑えられない時もある」

目の底で、真実が光のようにきらめく。思わず息を呑んだ。

「一昨日は、あなたの電話を待ってた。昨日もずっと待っていた。あなただけを待っていたの」

絵羽は、和典が取り替え可能な人間ではない事を認めたのだ。信じられず、見つめ返す。自分はたぶん縋《すが》るような目をしているのだろうと思った。何に縋っているのだろう。きっと希望にだ。土曜日の教員室で、絵羽が山沖を見ていた目と同じに違いない。

「あなたの彼女に嫉妬しながら、待っていた」

爆発するような喜びが体を走り回る。その雄叫びの激しさに戦《おのの》きながら、なお信じられず、ただ絵羽を見つめた。

「私がパートナーに望んでいるのは、あなたなのよ。お願い、YESと言って」

和典は答えられない。昨日は、YESどころかNOと言おうとして足を運んだのだ。戸惑いが吹っ切れず断われなかったが、今ここで百八十度の転換も難しい。

「今週の土曜日まで、猶予期間のはずです」

そうとしか言えなかった。YESと答えれば、和典は自分の未来を注ぎこむ事になるのだ。踏み切るには、あまりにも絵羽を知らなかったし、その気持ちが山沖に縛られている事を知り過ぎていた。

「僕の質問に答えてください」

絵羽が放つ熱に炙《あぶ》られ、渇いていく喉を押し広げて自分をYESに近づけるための問いを繰り返す。

「二度目のモンミュザールには、何をしに行ったんですか」

絵羽は乗り出した体を引き、窓の向こうに収まった。朝日を受けた蜘蛛の糸のように輝いていたその視線は曇り、さっき一瞬、素通しになった心はもう見えない。

「最初の時と同じ、ゼミに参加しに行っただけよ」

それなら隠す必要はなかったはずだ。和典は迫ってもよかった、自分にYESと言わせたいなら本当の事を打ち明けろと。だが弱味に付け込むような言い方は浅ましく、そんな人間と思われたくなかった。

「土曜日まで待って、あなたが受けてくれないなら他の子を選びます」

閉じられたバインダーがわずかな風を起こし、和典の頬をなでる。通りかかった教師が足を止め、絵羽がそれに応じながら窓を閉める音が聞こえた。二人で歩み去っていく。

絵羽が立っているのは、流れる砂の上なのだ。和典の目の前にいながら瞬時に遠ざかっていく。それは絵羽がたどり着いてしまった運命なのかもしれなかった。和典もまた自分の運命の中にいる。無闇《むやみ》に未来を擲《なげう》つ訳にはいかず、それが和典を絵羽から引き離すのだった。隔《へだ》たるばかりの自分たちを呆然と見つめるしかない。だが本当に人間は、与えられた運命の中でしか生きられないのだろうか。

五分前の予鈴が鳴る。昇降口に足を向けながら絵羽の目にきらめいた光を思った。あれは恋情だ、確かに見た、間違いない、それなのにこのままか、それでいいのか。胸が捩《よじ》れるような気がする。焦《じ》れる心の奥で、自尊心が冷笑した。おい馬かよ。人参代わりに女心をチラつかされて驀地《まっしぐら》か。誰にでも、あのくらい言うに決まってるじゃないか。真《ま》に受けてやられてんじゃねーよ。

そうかも知れなかった。だが、そんな事はもうどうでもいいと思えた。それが自分に向けられたのは確かなのだ。短くても、ほんの一瞬でも確かなものだった。それだけでいい。他の事なんか構わない。何とかならないのか、何とかしろよ俺。

ほとんど夢中で答を捜す。それに応じて、心に住むあらゆるものが声を上げた。普段は隅《すみ》に追いやられ、ほとんど存在を認めてもらえない卑劣さや横着さ、虚栄、欺瞞、貪欲までもが何かを言い張る。台風の真下に立つ木々のように滅茶苦茶に揺すられ、目がくらんだ。中心になっているのはやはり自尊心で、女に浮かされているんだ、正気に戻してやれと焚き付けている。その実は、自分が最高位に君臨したいがために、取って代わる危険のある絵羽を排除しようとしているのだった。

いつもそうだ。こいつを何とかしない事には未来はない。揉みしだかれながら自尊心の攻略法を考える。どんな高峰より高くそびえるそれは、堅固にして尊大だった。だが潔さや正当さ、公明正大な理論には絶対に逆らわない。むしろ嬉々として服従するのだ。それを掲げて戦うしかなかった。

四苦八苦して考えを纏《まと》め、呼びかける。いいか、俺は浮かされてなんかない、マジ冷静だ、よく聞けよ。もう長く現状に倦《う》んできた。ずっと誰かの期待に応えたかったんだ。それが自分の力を確信させてくれると思うからだ。その相手に絵羽を選んで、どこが悪い。確かに謎は多すぎる。だったら、はっきりさせればいいじゃないか。絵羽を洗い浚《ざら》い調べて、全部を明らかにすればいい。その上で、絵羽の提案に人生を注ぎこむだけの価値があるかどうかを考えるんだ。もしその価値がなければ、きっぱり繋《つな》がりを絶つと約束する。どうだ。

ざわめいていた心が静まる。自尊心も納得せざるを得なかったらしく、湧き起こっていた様々な声もようやく沈黙した。和典はほっと息をつく。とたんに自分が掘った墓穴が目に入った。どうやって絵羽を調べればいいのだろう。事情を知っている者は限られており、聞ける事はひと通り聞いてしまっている。新しく、しかも正しい情報を齎《もたら》してくれるような人間は、もう一人もいなかった。

自尊心が薄笑いを漏らす。派手に宣言した割には、もう降参かよ。超早ぇじゃん。馬鹿にした物言いを苦々しく思いながら、最後の手段に出る覚悟を固める。絵羽の実家やワイナリーのあった神戸に行って知り合いを探すか、モンミュザールに行って大学関係者を当たるか、どちらかだ。

徳田の死と絵羽の関係をはっきりさせたいならモンミュザールだろう。だが遠すぎ、向こうの人間との会話にも自信がなかった。神戸には母の生家がある。幼い頃からよく行っており、土地勘もあった。まず、そっちで絵羽のプロフィルを調べよう。

4

それが真夜中に逆転した。羽根布団を抱えて飛び起きる。今まで接触してこなかった人物で、絵羽に詳《くわ》しい人間がいる事を思い出したのだった。一人は山沖の妻で徳田の妹、もう一人は徳田の妻で山沖の妹。それは黒木からの情報ではなく山沖の話であり、信用できるものだった。

山沖の妻は夫の管理下にあり、接触しにくい上にしゃべるかどうかわからない。だが徳田の妻は既に夫を亡くし、自由の身だった。絵羽についても徳田についても知っていて、もしかして彼の死んだ日もそばにいたかもしれない。先月の死去で、弔問客が訪れてもおかしくない時期だった。思わず両手に力が入る。よし、聞きに行くぞ。

部屋の電気をつけ、アプリを開いて自分の貯金額を確認してからネットで格安航空券を捜す。ついでに民泊を当たり、カード決済で予約した。明日発ち、絵羽に返事をする期限内に調査を完了する。こちらに戻る時間がなければ、現地から連絡すればいい。時差を考えれば、向こうでの調査に使える時間は最大で四日間だった。これで何とかしよう。

サイトから渡航同意書をダウンロードし、親のサインを自分で書く。言葉は、多少わかるフランス語と英語で賄《まかな》うしかなかった。念のために語学アプリからフランス語を選んでスマートフォンに入れる。最後に親への言い訳が残ったが、明日学校に行く振りをして空港に向かってしまえば必要ないだろう。

警察に行方不明者届を出されないために、部屋に書き置きを残す事にする。メモパッドを取り出し、いざ書こうとして文面に困った。ちょっと出かけます、では滑稽だし、すぐ戻ります、でも奇妙な感じだった。そもそも日頃、親に使い慣れないデスマス調で書く事自体に抵抗がある。考えた末、戻る日付と便名を書いておけば、取りあえずはその日まで待つだろうと判断した。父も母もクリニックを経営する医師であり、自分の子供に関して不穏な噂が立つのは避けたいに決まっていた。

行くと決めてからチラリとも迷わず、一直線に進む熱の高さに自分で驚く。おそらくモンミュザールに期待しているのだ。何もかもを解決してくれる真実が、そこで手に入るような気がする。徳田の妻に聞けばすべてがわかり、そして自分は絵羽を知って帰ってくるのだと確信していた。

　いつもの朝のように食事を済ませ、パスポートや身繕い用品、数枚の着替えだけを入れた軽いバックパックを背負って家を出る。真っ直ぐ空港に行っても時間があり過ぎると考え、学校に寄り欠席届を出すことにした。騒ぎにならずにすむ。

　そのまま登校し、事務室の窓口で用紙を請求すると、事務員に驚いたような顔をされた。

「お休みするの。一年生は、明日から中間考査でしょう」

　頷いて用紙を受け取る。欠席は、結果に響くだろう。数学トップの座を、また持っていかれる。それだけではない。トップから二十番くらいまでは、同点や一点差が目白押《めじろお》しになってい た。考査を受けない事でいったい何人に抜かれるのか、見当もつかない。山沖の言葉を思い出した。男にとって女は時に、自分を堕落に誘って止まない悪魔だ。

　モンミュザールに行っても空振りかも知れない。何か悲惨な事がわかり、打ちのめされるかも知れなかった。だが行く事だけが絵羽を知る手段なのだ。行くしかない。

　一人の女を知りたいがために自分の未来に繋《つな》がる現在を擲《なげう》つのは、きっと堕落だろう。絵羽に会う前は思っていた、自分なら絶対アダムのようにはならない、今もエデンの園にいると。だが今、堕ちながらわかった。アダムは騙《だま》されて知恵の実を食べたのではなく、おそらく自分の意志で食べる事を選んだのだ、イヴへの愛の証に。楽園から追放された訳でもない。誰にも干渉されずイヴと二人で暮らすために、そこを出たのだ。恋する女と一緒なら、暮らす場所なんかどこだっていい、世界中が楽園じゃないか。今まで馬鹿だとばかり思っていたアダムと、意外に気が合いそうだった。

「上杉先生、おはよ」

声をかけられて目を向ける。向こうから黒木が歩いてきていた。

「機嫌よさそうだね」

絵羽は昨日、ずっと和典を待っていたと言った。その時、部屋には黒木が来ていたはずだ。それにも拘《かかわ》らず、絵羽は和典を待っていたのだった。勝利感が胸を満たす。

「ああ最高かも」

黒木はちょっと笑い、和典の肩を叩いてすれ違っていった。呼び止めて、インスタを見たかどうか聞きたかった。自分の決意を告げ、どんな反応をするかも見てみたい。口を開きかけたが、結局、思い留まった。勢いに乗ってここで半端な会話をしてもしかたがない。小学校以来の友人なのだ。すべてがわかり自分の態度が決まってから、しっかりと向き合うべきだ。そう思いながら後ろ姿を見送った。

「上杉ぃ」

震えるような声に背中をなでられて驚く。振り返ると、廊下の曲がり角の壁に取り縋《すが》るようにして大椿がこちらを見ていた。

「よく冷静に話せるよね。大注目の中なのに」

瞬間、急に時間が動き出したかのように周りの生徒たちが動き始めた。和典が気づかなかっただけで、周囲は固まっていたらしい。きっと皆、和典の噂も一昨日のインスタ情報も知っており、話題の二人の鉢合わせに固唾を呑んでいたのだ。

「僕だったら、飛びかかって引き裂いてるよ」

おまえ、野獣かよ。

「なんで僕のライバルって、こんなに多いんだろ。上杉はまぁ許せるけど、黒木は嫌だ。タラシって噂だし、ヤバすぎるもん」

こちらに歩み寄りながら、切々と訴える。

「僕よりイケメンだし、脚も僕より長いし、首も細い、背も高い」

おまえに比べたら、誰だってそうだろ。俺だってそうだぜ。

「僕より断然、雰囲気があるし、いかにも女を惹き付けそうだ。絵羽ちゃんは、きっと黒木に騙《だま》されるよ」

それは、騙されるとは言わねーと思う。

「黒木が出てきたら、僕はもうダメだ」

いや、おまえには強みがある。黒木は、雨に打たれて女を待つ事なんかできない。たぶん俺にもできないだろう。おまえは自然にそれができる男だ。もし俺が女だったら、絶対おまえを選ぶよ。絵羽が、そうかどうかは別問題だけどな。

「あのさ、捧げた情熱は、きっと報われるって。頑張れ」

大椿に頑張られたら、自分の首を絞《し》める事になるとわかっていたが、放っておけなかった。

「絵羽ちゃんも、そのうちにきっと気付くさ」

俺って、いいカッコしたい奴なんだろうな。偽善者かも。

「上杉ぃ、ありがと。協力してまず黒木を倒して、その後は正々堂々、戦おうな。でも誕生日プレゼントでリードしてるから僕の方が有利かも。悪いな」

おい、自分ひいき目のその価値観、捨てろ。

「事務室の方から来たみたいだけど、何やってたの。通学バッグじゃないしさ」

大椿は、まだ夢の中にいる。絵羽の目的も、その執着も必死さも、自分の気持ちさえ裏切る恐ろしいほどの不実さも知らない。それは幸せに違いなかった。

「たまには替えてみようと思っただけ」

こいつには借りがある。モンミュザールですべてがわかったら、帰ってきて順序立てて話そう。絵羽の全部を知って考えようとしている自分と、同じ土俵に立たせてやる。もし自分が絵羽を選び、大椿も同じ選択をするのなら、その時は戦闘開始だ。ガチでやろうぜ。

第四章　アダムの女

1

成田からパリまでは、ほぼ十二時間半。飛んでいる間にスマートフォンで各新聞を検索し、麻生高生の事件についての報道を調べた。黒木の話に間違いがない事を確認し、取りあえず友情を更新する。後はひたすら眠っていた。

シャルル・ド・ゴール空港はパリの北東、フランク王国の時代から王家の居城のあったサンリスと、十三世紀から王家の墓所が置かれたサン・ドニの間にある。以前に何度か親に連れられてきていたが、古い歴史を持つイル・ド・フランス内にありながら、機能性を徹底させたためか、人の心が留まらずただ流れ過ぎていくだけの場所のせいか、とにかく無機質で殺風景な空港だった。成田も羽田も、こうではない。

十月の終わりでも、空港周辺からパリにかけては既に冬だった。空は厚い雲に閉ざされて低く、街角に風が吹きすさんで街路樹を揺すり、石造りの建物や橋の袂《たもと》には枯葉が吹き溜まっている。

空港からTGV南東線の終点ディジョンまで一時間三十六分。高速で走っている間に時間の壁を超えたらしく、ディジョン付近ではまだ秋の気配が濃かった。

郊外から街に向かう道には、所々に荘厳で華美な建造物が建っている。えっとゴシック様式だっけ。確かここ、ジャンヌ・ダルクの百年戦争に一枚噛んでて負けた都市だよな。それで力を失ったんだから最盛期は十五世紀初めまで。となるとフランス・ルネサンス前だから、ゴチで当たりだ。俺偉い、世界史も結構イケるかも。

市電に乗り換えるために案内板に従って構内を歩いていくと、アトンシオン、アトンシオンと連呼しながら台車を押してくる係員に出食わした。その後ろから制服姿の男女の警官が流れこんできて和典の行く手にポールを立て、規制線の黄色いテープを張り始める。構内放送がなく事情がわからないものの、それを突っ切らなければ駅から出られなかった。和典の後ろで、見る間に人集《だか》りが膨《ふく》らんでいく。

くっそ説明なしかよ。いつまで待たせるんだ。警戒は緩《ゆる》く、突破しようと思えばできそうだった。試みるべきかどうか迷う。調査期間は今日も入れて四日しかなかった。何も知らされないまま、ここに突っ立っているのは馬鹿らしい。だが捕まって連行でもされたら余計に時間を食うし、何といってもカッコ悪かった。

やがてサイレンを鳴らした警察車両が二台、レッカー車、救急車が到着する。何か起こったらしかった。やっべ、テロかよ。スマートフォンで情報を摑《つか》もうと必死になる。空《むな》しい努力を繰り返しつつ十五分ほどが過ぎた頃、ごく軽い爆発音が響き、ようやく放送が流れた。あわててアプリを開き、音声のフランス語を聞きとって翻訳、日本語で画面表示するように設定する。ところが雑音がひどい上に早口で、翻訳できなかった。耳でもほとんど聞き取れない。規制線が解かれ、堰《せき》を切ったように改札に向かう人混みに押されていつの間にか駅を出た。何が何だかわからず不満だったが、誰もが何事もなかったかのように黙って自分の行くべき所に向かっていくのを見て、まいいかという気持ちになる。

スマートフォンに送られてきていた地図を見ながら、今日泊まる民泊所のあるアパルトマンを目指した。数センチ四方ほどの正方形の石を埋めこんだ石畳は古く、所々で波打つように歪《ひず》んでいる。その窪《くぼ》みに雀が数羽集まり、何かを啄《ついば》んでいた。時々ホッピングする様子が可愛らしく、驚かせないようにできるだけ離れて通り過ぎる。

目的の場所にたどり着き、地番を確認していると、出入り口の階段に腰かけていた作業服の老人に怒鳴られた。あせりながらも翻訳アプリを起動させるまでもなさそうだと判断し、耳を頼りに英語で対応する。

どうやら、なぜもう少し遅く来なかったのかと言っているらしい。近くのボーヌでは十一月に祭りがあり、世界中から十万人がやってくる、若者なら輝かしき三日間を見るべきじゃないか、というような主張で、よく聞いていると語調が激しいだけで怒っている訳ではなさそうだった。見れば、座っている階段の脇にはカップがあり、その隣りにワイン瓶が置かれている。どうやら酔っているらしい。

何とか解放され、俺、観光客じゃねーしとつぶやきながら予約した部屋まで上り、ドアを開ける。道路に沿って窓が一つ、パイプベッドとテーブル、椅子が置かれており、室内ドアの向こうにバスルームを兼ねた洗面所とトイレがあった。なぜか便器まで全部がピンクで統一されている。どっと疲れが出る気分だった。改めて予約契約書を見れば、この民泊の名前はハルモニア、つまり調和というのだった。ピンク以外で調和取ってほしかったと思うのは、俺だけか。

バックパックを置き、身軽になってアパルトマンを出る。先ほどの老人はもう姿がなく、ほっとしながらも何となく物足りないような気分で駅まで歩いた。このアパルトマンの住人だったのだろうか、それとも近所の暇人《ひまじん》か。色々考えながら一番乗り場から市電に乗る。

乗客は圧倒的に二十代初めの男女で、そのほとんどがモンミュザールで降りた。車外に出ると、小高い所に補強をした城が見える。駅の案内板はディジョン市モンミュザール地区と題されており、城の辺《あた》りはスポーツ公園と書かれていた。大学の位置を確認し、そちらに足を向ける。前方には、先ほど市電から降りた乗客がひと塊になって歩いていた。皆、大学に向かっている。細い並木道の両側には商店やコンビニが並んでおり、学生街の匂いがした。伯父の住むJR御茶ノ水駅や神保町界隈を思い出す。

大学の正門には、ブルゴーニュ大学ディジョンキャンパスと彫り込まれていた。事務室まで行き、徳田教授の家に弔問に行きたいと申し出る。もちろん日本からわざわざ来たとも付け加えておいた。

事務員は自分だけで判断できなかったらしく中に入っていき、しばらくして出てきて自宅は教えられないと答えた。墓地の場所なら話せるというので、それを聞く。クレマンセというところで、ここから南西に約三十キロ、市バスが通っているという話だった。行くしかない。

駅に戻り、三十分近く待ってバスに乗る。古い市門を出ると、道の西側一帯が葡萄《ぶどう》畑だった。所々に麦や玉蜀黍《とうもろこし》の畑が点々と埋めこまれている。穏やかに傾斜したその丘の裾野に切り開かれた街道を、バスはのんびりと走った。停車場に人がいないとクラクションを鳴らし、あわてて飛び出してくる老婦人を待ったりもする。本数が少なく、一台逃すと困るのだろう。ほっとしたような表情に多少の気恥ずかしさを浮かべながら苦しげな息で乗りこんでくる様子に、疎《まば》らな乗客が優しい眼差を向けた。和典も笑みを広げる。これ、うちの近くでやったら、クソババァ頑張んじゃねーよ、次のにしろ、の嵐だろうけどなぁ。一時間に一本弱のそのバスは、和典の常識の外にある世界を進んでいるらしかった。

葡萄畑は紅葉している。ほとんどの葉が黄色、その中に時折り赤と、取り残されたような緑が混じっていた。夕方前の、まだ力を失っていない陽射しが風にそよぐ葉をきらめかせる。枯れた黄色が一瞬、目を射るような黄金の光を放った。風が強くなるにつれて畑中の葉がそれに呼応し、丘全体がきらびやかに輝き立っていく。思わずスマートフォンを構えた。

絵羽も、これを見たのだろうか。体の芯まで染み透るようなこの黄金の海の中に立てば、絵羽は頬だけでなく肩にも胸にも照り返しを受け、きっと異世界の人間のように見えるだろう。それに見惚れる自分を想像しながらバスに揺られていた。

クレマンセで降り、走り去るバスを見送る。誰もいない街道に一人立って周囲を見回し、畑の向こうに十字架を掲げた教会を見つけて歩いた。ロマネスクの極め付けのような素朴な外観で、正面入り口の上にテレビセットのような壁が二枚立ち、その間に渡した横木に鐘が下がっている。近寄って扉を開けば、中は薄暗く、ガランとしていた。祭壇も内部装飾もなく、隅の方に集会の時に使うらしい祈禱台の付いた長椅子が積み重ねられている。

しばらく待ってみたが、人が来る様子はなかった。墓地に行ってみようとして南側の側廊の出入り口を開ける。出た所に花壇があり、その向こうに数段の階段があって、上に墓地が広がっていた。苔むし、優しく傾《かし》いでいるその階段を上る。日当たりの良い、小さな墓地だった。徳田の名前を捜し、墓碑を端から一つずつ読んでいく。地面に埋めこまれているものや十字架、あるいは彫像など様々な墓石の中で、時おり雲母が陽射しを跳ね返し、先ほど見た黄色の紅葉のようにきらめいた。通り過ぎる風が花壇の花の香りを届け、あたりに穏やかな時間を広げる。墓碑に名前を刻まれている人間がもしここで全員生きていたら、この静けさはないだろう。騒がしさや喧騒やトラブルは、魂の活動の証なのかもしれなかった。

「Ｔｉｅｎｓ」

声の方を振り向けば、スカーフを被った老婆が通路で足を止めている。顔中に地層のような皺《しわ》が横断していたが、目はあどけなく、警戒の光はなかった。ただひたすら不思議そうにしている。和典が徳田の墓地を捜している事を伝えると、付いてこいと言いながら歩き出した。

行き着いた所は、横長の黒御影の前だった。名前には、博士を示すＬｅＤｏｃｔｅｕｒが付き、その下に一行、日本語が刻まれている。

「空《むな》しくはない、ワインさえあれば」

言葉の前後は、盃のようなもので飾られていた。老婆が指差して言うには、デュタストヴァン。独特な単語らしく、日本語変換機能が作動しない。綴りはduTasteVinかと思いながら、スマートフォンで意味を検索する。利き酒の際にワインを注ぐ盃とあった。まだ新しい墓石で、きれいな表面が痛々しい。会った事もない相手だったが、一応手を合わせ、冥福を祈った。親戚かと聞かれ、迷いながら生徒と答えておく。

老婆は頷き、家はこの裏手にあると墓地の向こうを指差した。司祭様に聞けば電話番号もわかると言う。ここでは教会を中心にしたコミュニティがまだ機能しているのだろう。大学に比べて人間的な対応をありがたく思いながら礼を言った。老婆は何てことないといったように手を振る。真っ直ぐ行くんだよ、そしたら右手に見える赤い煉瓦屋根の家だ。どこまでもずっと真っ直ぐ歩くんだ、あんたが私ぐらいの年になるまでね。声の後ろを笑い声が追ってきたから冗談だったのだろう。いささか驚いた。言うんだ冗談、化石みたいなのに。

葡萄畑の間の道を通り、徳田の家に向かう。間近で見ると畑には、摘み残された葡萄が所々に残っていた。滅紫《めっし》色の粒は丸く、食用の葡萄よりずっと小さい。列になった葡萄の木々の端には例外なく薔薇らしき木が一本植えられていた。何か意味があるのか、それとも習慣か。

時刻は午後七時を過ぎているのに辺りはまだ充分明るかった。道路にトラクターが停めてあるところを見ると、どこかで作業をしている人間がいるのだろう。農道のような道をほとんど塞《ふさ》いでいたが、通る車も他になく、問題ないらしかった。

代わり映えのしない畑が延々と続き、見るのに飽きて、自分の心をのぞきこむ。絵羽は本当に徳田を殺したのか、その動機、その方法、そして二人の関係はただの教授とゼミの生徒か。

やがて道脇の大きな椋木《むくのき》の枝の間に、赤い屋根が見えた。夕方になってきていた。確かに遠い。あの婆さんが言っていた通り、俺、老《ふ》けてるかも知れないな。

玄関ドアに下がったノッカーを鳴らす。澄んだ返事が聞こえ、間もなくドアが開いた。

「司祭様からお電話をいただいて、お待ちしていたわ」

三十代前半の、上品な感じの女性だった。顔の骨格や雰囲気が山沖に似ている。

「徳田のお墓にお参りしてくださったんですってね」

髪をまとめて薄いベールのような黒絹で被《おお》い、顔に化粧気はなかった。それでも唇は赤い。喪を表わす黒い服を着ていたが暗い感じはせず、修道女のように清らかに、健気《けなげ》に見えた。

「徳田のゼミの生徒さん、かしら」

和典は、尤《もっと》もらしい嘘を並べる事もできた。フランス在住で、以前から徳田のゼミに興味を持っていたとか、日本から父の出張についてきていて事情を知り、弔問にきたとか。だが夫人が注意深い人間で、疑念を持って質問を重ねれば、時間の問題で露見するに決まっていた。嘘でない程度の微妙な答を考え出す。

「いいえ、僕は山沖先生の生徒です。先生を尊敬しているので、その友人である徳田教授の死を聞いて、お悔みを言いたくてやってきました。墓地にお参りしてそのまま帰るつもりでしたが、ここを教えられたので、ちょっと寄らせていただいたんです。あ、上杉和典と言います」

徳田夫人は理解しかねるというような表情だった。だが追及せず、ドアを開ける。

「よくいらっしゃいました。どうぞ」

夫を亡くしたばかりで弔問客に寛容なのか、日常的に学生に接していて、若い人間の気まぐれや短絡、突拍子のなさに慣れているのか。どちらにしても幸いだった。

「徳田の部屋をご覧になるかしら」

玄関のホールを左に曲がり、廊下の突き当たりまで歩く。

「まだ生前のままよ」

和典の家でも、曾祖母が曾祖父の仕事場を残していた。故人が生活していた空間は、消えてしまった魂の記録簿であり、その存在の記念碑のようなものだった。人は、この世から立ち去った家族をいつまでも身近に感じたいのだろう。

「こちらです」

ドアを開けると、一気に光が射しこんできた。正面と右手の窓が庭に面した角部屋で、痛いほどの西日が射しこみ、部屋の中に満ちている。革のマットを敷いた大きな机の上に、徳田らしい男性の写真が置かれていた。仕立てのいいスーツ姿で肘掛の付いた椅子に座り、斜めに引き結んだ唇に得意げな笑みを浮かべている。ダブルカフスの手首からは、ブレゲのスケルトンがのぞいていた。豪奢で洒落た感じは実業界の成功者のようで、研究者のイメージからは遠い。簡素で飾り気のない夫人と並んだら、ご主人様とメイドのようだろうと思わない訳にはいかなかった。

背後の壁は一面、いく枚もの写真を入れた壁掛けで飾られている。写っているのはほとんど大学生で、室内や戸外で楽しげに談笑したり、レポートを書いたり実験をしたりしていた。

「皆、徳田教授の生徒さんですか。慕われていたんですね」

夫人は微笑み、首を横に振る。

「よく見て。学生たちの中に徳田が写ってるのは一枚もないでしょ。大学の行事の時に私が撮ったの。徳田に見せるためにね。徳田ときたら、論文を書く時間を無駄にしたくないってほとんど生徒と関わらなかったのよ。だから、こんなに熱心で素敵な若い人たちが周りにいるんだって事を知らせたかったの」

どれも学生のいい表情を捉《とら》えていた。こんな顔を撮れるのは、優れた観察力や注意力を持っているからだろう。きっと絵羽についても、普通の人間なら見落としてしまうようなところまで把握しているに違いなかった。ここに来たのも、明らかな嘘をつかなかったのも大正解だと和典は自分を褒《ほ》める。問題は、本当の事を話してもらえるかどうかだった。さてどうやってしゃべらせようか。

「でも結局、関心を持ってくれなかったわね。徳田は教育者じゃなかったのよ。だからお葬式も参列者が少なくて、寂しかった。きっと今頃、天国で後悔してるんじゃないかしら。それでせめてここに飾ってみたの。徳田って、人間に興味を持っていなかった人なのね。それは兄と似てる。山沖もそうなの。教育者じゃなくて研究者。でも専攻が数学なら、それでもいいのかもしれない。今でも兄は、教室でそんなふうなのかしら」

肯定してもいいものかどうか迷った。苦笑しながら写真を目で追っていて、中の一枚に釘付けになる。絵羽だった。他の物より大きく引き伸ばされた写真で、長い髪を片手で掻き上げながら顕微鏡をのぞきこんでいる。小粋《こいき》で繊細な横顔は、強い意志に溢《あふ》れていた。あの儚《はかな》さは微塵《みじん》もなく、写真から放たれる輝くような一途さがまぶしい。

留学時代の絵羽、今まで知らなかったそれを目にする事ができ、うれしかった。同時に、誰かに庇《かば》ってもらったのは初めてと言っていた事を思い出す。確かにこれでは、誰も庇わないだろう。どんな人間も近づく余地がないほど、毅然としていた。

「あら、その写真がお気に召したの」

言い当てられ、辟易《たじ》ろぐ。

「上田絵羽よ。誰もが目を見張るような素敵な人だった。今、兄の下でバイトしてるんですってね」

夫人は壁掛けの後ろに手を回し、その一枚を外《はず》した。手元に引き寄せ、愛おしむように見つめ入る。

「この写真、彼女が一番美しかった頃のものよ。強くて明るくて才能にあふれてて、人を惹き付けてやまなかった。神戸の古いワイナリーの一人娘でね、私とは大学で知り合ったの。夏休みに私の家に遊びに来た時、兄と恋愛してね。私、二人を応援していた。卒業後、私は徳田と結婚してこっちに来て、しばらくして絵羽が、兄と徳田の世話で留学してきたの。これはその時の写真。ブルゴーニュ大学には、元々留学生が多いのよ。家にもよく遊びに来て、楽しかったわ。絵羽はその後、南アフリカに行ってワイン造りを勉強して、家に帰って家業に励んでいた。でも初めに作ったのは、失楽園というワイン。その頃、兄と別れたの。恋という楽園を失ったたって意味だって言ってたわ。苦さと恨みの籠《こも》った、でも幾分かは自由になった喜びの交じったワインだって。彼女が失恋に耐えられたのは、ワイン造りという仕事があったからよ。でもそのワイナリーが倒産してしまってね。再建するって決意してアメリカに先端技術を学びに行ったの。葡萄園を甦《よみがえ》らせることは、家族を甦らせる事だからって」

黒木の情報は正しく、ほんの少しも歪《ゆが》められていなかった。突っかからなくてよかったと胸をなで下ろす。よく考えてみれば、女誑《たら》しと異名を取る黒木が女にのめりこんだり、利用されたりするはずもなかった。あの時、自分はどうかしていたのかもしれない。猜疑心が広がっていた心には、爛《ただ》れたような痛みが残っていた。今夜、黒木に電話をしよう。

「絵羽の事だから、きっと成功させるはずだって私は信じてるけど」

二度目の留学についてはまったく触れない。それは絵羽自身も隠していた事であり、そこに徳田の死が絡《から》んでいるのだった。

「伺ってもいいですか」

夫人が頷くのを見て、言葉を選んで口を開く。

「上田絵羽さんは、アメリカ留学の後もう一度この大学に来ていますよね。二度目は、何を学ぶためだったのですか」

夫人の顔から突然、表情が遠のく。そのまま動かずにいて、やがて止めた映像が動き出すかのようにぎこちなく歩き出した。

「カフェを入れましょう」

部屋のドアを開け、廊下に向かって声を張り上げる。

「桜子《さくらこ》、ちょっといらっしゃい」

階段を走り降りる足音がし、ドアの向こうから丸い目がのぞいた。

「はい、マム」

夫人はしゃがみこみ、目の高さを同じにして両手でその頬を包む。

「お客様です。山沖伯父さんの生徒さんで、上杉さんよ。カフェを入れてくる間、お相手をしていてね」

出ていく夫人と入れ替わりに入ってきたのは、黒いワンピースを着た少女だった。靴も黒い。背丈は和典の胃の辺《あた》りだったが、怖《お》じる様子もなくすぐ前までやってきて頭を下げた。

「徳田桜子と申します。年齢は八歳です。どうぞよろしく」

和典も自己紹介をする。内心、困ったなと思った。子供は苦手だ。何を話していいのかわからない。一人で待たされている方がずっとましだった。

「上杉さんね」

桜子は値踏みでもするかのように和典の周りを一周し、正面に戻ってこちらを見上げた。

「恋人、いるの」

ぶっ。

「キスは何回くらい経験あって」

こいつ、どうしてくれようか。

「私、初キスはもうすませたけど、その相手とは別れた。つまんない男だったんだもの。同い年って幼稚すぎてダメね。上杉さんくらいならちょうどいいかも。私をどう思う」

頭が痛くなるような質問だった。和典はしゃがみこみ、桜子の肩に手を置く。年齢に相応《ふさわ》しい話をしようと考えを巡《めぐ》らせていて、はっとした。何でこのタイミングでカフェを入れにいったんだ。話の流れを思い出しながら、胸が冷たくなるような気がする。これ、相当ヤバいかも。

和典が恐れていたのは、山沖に電話をされる事だった。山沖が事情を知れば、和典の自宅に連絡を取る可能性がある。クラス担任に話す事も考えられた。それは今後の和典の生活に大きな影を落とすだろう。阻止《そし》しなければ。

「ねぇ、強盗ゴッコしよっか」

桜子の言葉が信じられず、聞き返す。何の迷いもない返事が耳に届いた。

「上杉さんが強盗よ。私は人質なの。素敵でしょ」

目を輝かせる桜子に、唖然とする。このガキ、頭大丈夫か。

「そういうのって大好き。ワクワクするもの」

もっと子供らしい遊びをと言いかけ、思い直した。これ、使えるかもしれない。

「クラスの女子も皆、誘拐されるのが超好きよ。誘拐に憧れてるの」

クラスそろって、どういう趣味だよ。

「でも上杉さん、武器を持ってないのよね。あ、台所に包丁がある。それを使えばいいと思う」

せっかくの提案だったが、乗る気になれなかった。ここで刃物を持ち出してしまったら関係に罅《ひび》が入り過ぎる。ゴッコだったといっても取り返しがつかず、何も聞き出せなくなるだろう。

「台所に行こう、ママを驚かせるんだ」

その手を摑《つか》んでドアを出た。忍び足で桜子の案内通りに進み、そっと台所をのぞく。夫人はこちらに背中を向け、カップを温めていた。すぐそばに携帯電話がある。息を呑んでいると、そこから着信音が上がった。待っていたかのように夫人が手を伸ばす。

「ああ兄さん、コールバックありがと」

コールバックかよ、おお危ね、危機一髪じゃん。

「お忙しいのにごめんなさい。さっきかけたのは、ね」

桜子の手を握ったまま台所に押し入る。

「ママ、助けて。この人強盗よ」

絶句した夫人を見つめながら、桜子の肩にかけた手に力を込めた。

「電話を切って、テーブルに置いてください」

夫人は張り付いたようにこちらを見つめたまま、携帯電話を耳から離す。その指が通話を切るのを確認し、ほっとした。

「乱暴しないで。何が望みなの」

さて、どうするか。持って回った言い方や、長期戦は得意ではなかった。思い切って本音で当たってみようか。うまくいかなければ、また別の方法でやり直すだけだ。

「上田絵羽が二度目の留学をしていた時、ここで起こった本当の事を知りたいんです。それを聞きたくてやって来ました」

しゃがみこみ、桜子の頭に手を置く。

「これでゴッコは終わり。さ、ママの所に行って」

桜子は剝《むく》れ上がった。

「短すぎよ、上杉さん。私まだ全然楽しめてないよ」

その頭を撫で、夫人の方に押しやりながら立ち上がる。

「上田絵羽について、それから徳田教授の死について話してください」

夫人は桜子を抱きしめ、肩越しにこちらに顔を向けた。恐怖感は薄れていたが、まだ緊張が解けず、表情は堅い。

「あなたの最初の説明、まるで変だったから何かあると思っていたの。でも人にものを聞く時は、まず自分の事情から話すのが礼儀ってものじゃないかしら」

それは、あなたが話せば、こちらも話してもいいと言っているのと同じだった。思わず笑みが零《こぼ》れる。夫人はきっと協力してくれるだろう。

「全部お話しします。ただ山沖先生には言わないでください。プライベートな事なんで知られたくないんです」

夫人は、ようやく表情を和らげた。

「それは聞いてから考えます。でもその前に夕食を食べなきゃ」

2

夜になっていた。家の全部の窓に鍵をかけ、カーテンを閉めてから三人で食事を済ませる。その後、夫人は桜子にベッドに行くように言い、こう付け加えた。

「今日のお祈りをする時に、強盗ゴッコについて神様に懺悔《ざんげ》なさい。もう二度としないって約束だったでしょ。皆が迷惑します。わかったわね。お休みなさい」

桜子はやや萎《しお》れて部屋を出ていき、呆《あき》れて見送っている和典に、夫人が笑った。

「常習犯なの。だから強盗自体には驚かなかったけれど、あなたの目が真剣だったし、ここに来た時の説明もおかしかったから、もしやと思ってあせったわ」

夫人は庭に面したカーテンを一枚だけ開き、再びテーブルに着く。窓枠に切り取られた夜の中で、爪の先のような月や小さな星々が静かに息づいていた。

「フランスでは、庭は建物の裏にあると決まっているの。それが見渡せるところが上席。あなたが今座っている所よ」

青い野外灯に照らされているテラスや芝生は、冷ややかな色を帯びている。その向こうに広がるプールの水面で光が揺らめき、所々に置かれたブロンズの彫像や花鉢を照らしていた。

「ここに越してきて、ちょうど二年」

徳田がドクターを取った年の引っ越しらしい。博士号を持つ教授の報酬は、高額なのだろう。

その当主を失って、家族はこの暮らしを続けていけるのだろうかと心配になる。

「大きな家にもやっと慣れて、これから落ち着いて暮らせるはずだったのに、まさか徳田がいなくなるなんて思ってもみなかった」

どこからもどんな音も聞こえず、紫紺《しこん》色の闇は限りなく深く感じられた。その底を潜《くぐ》るようにして、昼間見た積み残しの葡萄の香りが漂ってくる。

「じゃ、あなたのお話を伺いましょうか」

感情を排し、的確な言葉で語ろうとして和典は、時々口ごもった。話は長くなっていく。何度も注ぎ足したカップの内側に、濃いカフェの輪がいくつもでき上がった。

「そうだったの。絵羽ったら、あなたみたいな若い人にそんな話を持ちかけるなんて。それ、犯罪ね」

信じてもらえない可能性もあると考えていた。それが意外にもすんなりと受け入れられ、多少驚く。

「否定しないんですか、絵羽はそんな人間じゃないって。だって友達でしょう」

もし自分なら、気心の知れた友人の悪行を、出会ったばかりの人間から聞かされれば、全面否定に違いなかった。

「なぜ否定しないのか、教えましょうか」

夫人はテーブルに両肘をつき、指を組んで顎を乗せる。

「絵羽が、そういう人間になってしまった事を知っているからよ、ワイナリーを失ってからね。

葡萄園《ぶどう》の再建のためなら何でもする。自分を貶《おとし》める事だって、するわ」

眼差は、まっすぐ夜の向こうに注がれていた。

「ワイナリーは、絵羽にとってすべてだったの。山沖との恋に破れてひどく傷ついた時も、それがあったから立ち直れたと言ってもいいくらい」

顔を倒すようにしてこちらに視線を流す。浮かんだわずかな笑みは、やるせなげだった。

「あなた、この恋の事情、聞きたいかしら」

教員室での二人のやり取りを思い出す。

「聞かせてください」

絵羽と山沖の間の深い愛憎の原因を、はっきりと摑《つか》んでおきたかった。

「兄がいけないのよ。卑怯だった。絵羽を好きで付き合っていたのに、突然、別の女性と結婚したの。徳田の妹よ。とてもおとなしくて気のいい、ちょっと優柔不断で優しい子。私と彼女は親しかったし、私を通じて絵羽とも知り合っていたから私たち三人は仲間みたいなものだった。私と彼女は、自分たちにない強さを持っている絵羽に憧れていたの。兄の方は絵羽に夢中だったから、ああもちろん、そういう素振りは見せなかったけれど、私にはわかった、絵羽以外の女性なんて眼中にないって事がね。でも自分が数学の道を進むと決めた時、逆らわずに尽くしてくれる従順な相手がほしくなったのよ。そういうタイプなら誰でもよくて、昔から知っていた彼女にしたの。兄は結局、自分と数学だけしか愛してなかったのね」

絵羽と山沖の会話を、ひと言ひと言思い浮かべる。事実を知り、その光に照らして二人を見つめ直した。お互いに違う人生を選び、別々の道に踏み出していながら惹かれる気持ちを絶てず、怨嗟を抱きつつ愛し合っている繋《つな》がりは、いったい何と呼べばいいのだろう。不幸な関係という以外の言葉が見つからない。いや、さらに不幸なのは俺かもな。そこに囚われている。

「今、兄が絵羽をチューターとして受け入れているのは、その負い目があるからだと思うわ」

二人の心がなお切れていないと知ったら、どんな顔をするだろう。言ってみたい気もしたが、この善良そうな夫人の心を乱すのは、とんでもない不心得のように思えてできなかった。

「当時の絵羽にしてみれば、恋人を仲間に取られたって感じだったんでしょう。ひどく傷ついたの。でもその時はワイン造りで心を癒やす事ができていた。ところがそのワイナリーまで失って、絵羽は追い詰められてしまったのよ。アメリカの大学に留学して、その後しばらくして、こっちに来るってメールがあったから、慰めるつもりでいたの。でも会って、びっくりした。自慢だった髪をバッサリ切って、どことなく虚《うつ》ろで思いつめていて、まるで何かに取り憑《つ》かれているみたいだった」

溜め息が漏れる。そこから流れ出たやり切れなさが雫《しずく》のように床に滴《したた》り、軽い音を立てて転がっていった。

「絵羽がやってきた表向きの理由は、徳田のゼミに参加するため。でも本当は葡萄園を再建するお金を手に入れるためだったの。徳田を恐喝しにきたのよ」

喉が一気に干上がる。ワイナリー再建のために何とか資金を集めようとした話は、絵羽本人から聞いた。だがそんな事までしていたとは思わなかった。それが二度目のモンミュザール訪問の目的だったのだ。隠すはずだ。

「徳田の博士論文を読んだけれど、あれは自分のレポートの移し替えとしか思えない。そのおかげで博士号を取れたのだから、報酬をもらいたい。出さなければ、盗用として大学の論文審査会に訴え、新聞社にも通報するって」

黙って耳を傾けながら、心にある絵羽の顔がまたも新しい罪で彩られていくのを見つめる。

「確かに徳田は長い間、博士号を取れなかった。現場に行こうとしなかったからよ。そういう姿勢が大学の教授陣から批判を浴びていたの。絵羽も、現場に接しないとそこでしか見えないものを見落とすって言っていたわ。彼女は徳田とは反対で、誰よりも小まめに畑やワイナリーを見て歩くタイプだったから」

ここまで歩いてきた道沿いの葡萄畑の中に、そんな絵羽を置いてみる。風に髪を揺らせながら葡萄畑を歩いていく絵羽、小さなその手を枝に差し伸べている絵羽、一心に葡萄を摘む絵羽、そんな無垢な姿が絵羽のすべてだったなら、ああ、どんなにかいいだろう。

「モンミュザールで博士号を取るには、博士論文審査会で合格点をもらわなくちゃならないの。その審査会が開かれる前段階として、博士論文の指導資格を持つ教授たちの下読みがあるのよ。彼らの間で審査会を開くかどうかが決まる。一人でも、審査会必要なしという教授がいれば、それで終わり。いわば門前払いね。その教授の中に徹底した実践主義の老教授が一人いて、どうしても徳田の研究を通さなかったの。でも徳田は平気だった。私がお説教をすると、こう答えるのよ。ヨーロッパが帝国主義だった時代、研究者は全員、白い手をしてたんだぜ。学生が集めてきたデータを纏《まと》めるだけだったんだ。それでも卓越した才能を持って多くのデータから本質を抽出し、科学を進めてきた。僕はその高貴なる伝統を守ってるのさ。現場なんて、能力のない奴が重視するものだ。今に教授たちの方が僕に跪《ひざまず》くよってて」

自信家だったらしい。

「徳田の家は、北関東の名家なのよ。男子は誇り高く、女子は従順に育てられる。それが行き過ぎたみたいで、傲慢なところがあったの。まぁ男としては魅力的だったけれどもね」

夫人は悪戯《いたずら》っ子のような微笑を浮かべる。引きこまれて和典も微笑んだ。徳田という人物には、今までいい印象を持っていなかった。だが話を聞いているうちにその像が膨らみ、一人の人間としての厚みを持って立ち上がってくるような気がした。大胆に自分を誇り、権威に阿《おもね》らない。考え方の是非は別として、そういう男は確かにカッコいいだろう。

「でも私は、何とかしたかった。それで絵羽に相談したの。最初の留学の時よ。絵羽の能力は他の学生とは比較にならないほど高かったし、徳田も、絵羽の勘は素晴らしく的確だ、血統が羅針盤のように彼女を導いているんだろうって感嘆していたから、頼れると思ったの。絵羽は協力してくれた。私にUSBを渡して、この中に自分がワイナリーの現場で見聞きした歴史や発見、様々なデータ、研究室での実験ノート、解決した問題、抱えている課題なんかを全部入れてあるからって言ったの。私はそこまで期待してなかったから驚いて、これじゃあなたが自分で学位を取る時に困るでしょって聞いたのよ。絵羽は笑って、学位なんかに興味ない、ワイナリーでワインを作ってるだけで満足だからって言ってたわ。徳田は、それを自分の論文に取り入れたんだと思う」

曖昧《あいまい》な表現だった。和典が疑問を持つと、夫人はすぐそれに気づいた。

「正確な事は、わからないのよ。それを受け取った時、徳田はお礼を言ったけれど、それ以降は何も言ってなかったし」

はっきりさせなければ、話が始まらないだろう。

「教授の論文と、上田絵羽のレポートを比べたことはないんですか」

夫人は、絶望したように首を横に振る。

「こんな事が起こってから、ようやく確かめようという気になったんだけれど、絵羽のUSBがどこにもないのよ。徳田のパソコン内にもデータが残ってないし」

あったUSBが無くなったという時点で、すでに充分怪しかった。

「でも、もし見つかって比較したとしても、わからなかったと思う。論文はとても長くて、専門用語も多いし。もし絵羽のレポートを使っているにしても、そのままじゃなくて換骨奪胎してるはずだから、その道に詳《くわ》しい専門家でなけりゃ無理だわ」

和典は、数年前に日本で起こった論文盗用騒ぎを思い出す。盗用かどうかが微妙で、論争がかなり長く続いたのだった。

「二年前、徳田が博士号を取った時、問題の老教授はもう退官してたの。徳田はそれでうまくいったんだって言っていたのよ。私は、絵羽に感謝のメールを打った。絵羽も喜んでくれたわ。でもワイナリーを失って二度目にここに来た時には全然違う態度で、五千万を要求したの」

それは絵羽が、ワイナリー再建のために必要だと言っていた金額だった。

「徳田は、誤解だと突き放した。絵羽のレポートは受け取ったが、読んでいないって言うの。忙しくて見ている暇がなかったって。それにレポートはゼミの学生全員が提出していて絵羽のものはその一つに過ぎない、教授が生徒の報告レポートを下敷きにするのは普通の事だって。絵羽には、それが屈辱だったみたい。自分のレポートは特別で、他の学生のものとはクオリティが違うはずだと言い張ったわ。でも徳田は、特別性を認めなかった。読んでないから判断できないし、博士論文審査会で評価されたのは自分のオリジナリティで、それは自分の力だって」

その時の絵羽と徳田の話し合いを想像する。息詰まるようなやり取りが続いたのだろう。それを見ていた夫人も、生きた心地がしなかったに違いない。

「訴えたいなら好きにしてくれ、とも言ったわ。結局、絵羽は引き下がるしかなかった。私は絵羽を追いかけて、もう一度話し合いましょうと言った。徳田を説得するから時間をちょうだい、論文とレポートを比べてはっきりさせればいいじゃないのって。絵羽は激怒していて、こう答えたわ。彼自身がいずれ自分で、自分の罪を証明するでしょうよって」

思わず眉根を寄せる。意味がわからなかった。夫人も同様だったらしい。小さく何度も頷いた。

「その時の、絵羽の目が忘れられない。私たちの友情に終止符を打つ目だったわ。私が徳田を庇《かば》って敵に回ったと思ったみたい。彼女には結婚の経験がないから、そう感じたんでしょうね。未婚の人にはわからないのよ。結婚した男女の心が、時にどんなに遠く離れるものか」

言葉を切って和典の表情を窺《うかが》い、わずかに恥じらいを浮かべる。

「あなたにもわからないでしょうね。結婚した夫婦は、愛し合って一枚岩になっているものと思っているでしょう。それが当然だし、そうでなければ離婚しているって。でも愛がなければ別れるというのは、恋愛している時の法則なのよ。結婚すると、その中間の状態の方が多い。お互いに生身の人間でしょう。揺れるものよ。絶対の夫婦愛なんて言葉、美しすぎて嘘ね。心底、絶望する時もあるし、それがまた静かに希望に変わっていく時もあるわ」

自分の両親を思う。では今、二人は絶望し合っている時なのか。いつかそれが変わり、愛情を取り戻す時期も来るのだろうか。もしそれが本当で、今ひと時の迷いの中にいるのなら、無責任な父も、取り乱した母の醜さも、いく分かは許せる気がした。

「私はその時、心から絵羽の味方だったのに、通じなかったみたい。まぁそれほど怒っていたって事だと思うけど」

いささか無念そうに目を伏せる。

「本当の事を知っているのは、一人で作業していた徳田だけよ。でも絵羽は自分に自信を持っていたから、レポートを盗用したからこそ博士号を取れたのだと思いたかったのだろうし、お金が必要になってからはそれが彼女の真実になってしまったのよ。その後、突然、誰にも言わずに予定を早めて帰国したの。徳田が死んだのは、その夜」

話はついに徳田の死にたどり着いたのだった。窓の外に、夜が潮のように満ちてきていた。

「警察には、この話はしてないの。だって話せば、徳田の論文の疑惑に発展してしまうでしょう。あくまで否定したまま死んだ徳田の気持ちを思えば、それを覆《くつがえ》すような真似《まね》は私にはできない。絵羽と決裂した今では、徳田を信じたいっていう気持ちの方が強くなってきているし」

二人の揉《も》め事を知らなければ、絵羽は多くの学生の中の一人に過ぎない。警察としては、死亡当日に帰国した事に若干の引っかかりを感じ、念のために日本まで問い合わせただけなのだろう。

「それに警察では、もう事故だって決めているのよ」

黒木の話を思い返しながら尋ねる。

「教授は、ゼミの学生がバイトをしていたワイナリーで亡くなったそうですが、死因は。もちろん司法解剖されたんでしょう」

夫人は頷きながらも、信じられないといったような表情になった。

「炭酸ガスよ。炭酸水にしたり、ドライアイスにしたりするでしょ。あれの中毒死。外傷や内出血はいくつもあったけれど、死因になったのはそれなの」

ワイナリーで二酸化炭素を吸った訳か。

「その日は、ゼミが終わってから教室でパーティがあったの。終了後に、一人でワイナリーに向かったみたい。校門でタクシーに乗るところを学生が見ているわ」

現場に行かないタイプって話だったよな。

「その時期のワイナリーには、発酵した葡萄が吐き出す炭酸ガスが溜まっているんですって。いつも行きもしない現場に、急に行ったりするから。しかも夜よ」

なぜ、その時だけ行ったのだろう。ガス中毒になるためか。

「時間がわかりますか」

夫人は、大きく頷く。

「その朝、徳田に頼まれてたのよ、二十時にパーティが終わるから迎えに来てくれって。それで車で家を出て、大学の駐車場に入れて車外に出たとたん、電話があって、パーティは終わったんだが急に用事ができたから悪いけどUターンして帰ってくれ、ですって」

急用ね。

「なんだかすごくうれしそうな、弾んだ声だったからムッとしてね、怒ったら、またいつか埋め合わせをするからって宥《なだ》められたの。話してる最中にノートル・ダム教会の鐘が鳴り終わったから、時間は二十時過ぎ。その三十分後に徳田は死んだのよ。それがわかっていたら、絶対大人しく帰ってなんかこなかったのに」

それらは、ここに来なければ知る事のできない詳細な事実だった。ありがたいと思いながら心に仕舞いこむ。大収穫だった。

「そのワイナリーは、大学からどのくらいの距離にあるんですか」

夫人は壁際の本棚により、黄色の表紙の地図を取り出した。広げながらテーブルに戻ってくる。ミシュランの地方区分図で、ナンバー二四三と書かれていた。

「この辺《あた》りよ」

地図の端に表示されている縮尺を見てから、地図上の長さを目で測り、大学とワイナリーの距離を算出する。法定速度のタクシーなら、十分から十五分前後だろうか。

「あら」

夫人が小さく叫び、両手で唇を覆《おお》う。

「バスの最終は八時だったわ。私ったら、いつもあまり使わないものだからうっかりしてて」

和典は、夜を映しているガラス窓に目をやる。既に月は移動して姿がなく、小さな星々だけが頼りなげに光っていた。得体《えたい》の知れない何かが濡れた口を開けているかのようなこの闇の中、来た時と同じだけの距離を歩く気力は出てこない。かといって他にどうする事もできなかった。深い森の中で突然、迷った子供のような気分になる。

「車で駅までお送りしてもいいけれど、きっともう電車もないわね。ごめんなさい。明日のご予定もあったでしょうに。よかったら家に泊まってらして。朝になったら送りますから」

暗い森に光が射す。迷惑だろうと思いながらも断わる気になれなかった。

「すみません。お世話になります」

夫人は、いそいそと立ち上がる。

「桜子もきっと喜ぶわ。あの子が強盗ゴッコをするのは、好きになった人とだけですもの」

うれしいような、そうでないような微妙な気分だった。

「お客様を迎えるのは久しぶりよ。徳田は人を呼ぶのをあまり喜ばなかったから」

はしゃいだ表情が、その顔を少女のように彩《いろど》る。

「すぐ着替えと寝室を用意します。お風呂に入ってて。場所は、さっき強盗が侵入した台所の隣りよ」

部屋を出て行きかけ、足を止めてこちらを振り向いた。

「あなたに会えてよかった。この全部を一人で抱えているのは、とても大変だったの。誰にも打ち明けられなかったし。あなたに話せて気持ちが軽くなったわ。来てくれてありがとう」

和《やわ》らいだ心が滲《にじ》み出すような笑顔を向けられ、まぶしくて言葉に詰まる。思わず頭を下げた。

自分が少しでも役に立てたのなら、うれしいと思いながら。

3

風呂の温度表示は、華氏だった。最初は温度設定になれず、二度目はうっかりしていて冷水シャワーを二回も浴びる。くっそ、ファーレンハイト死ねっ。

脱衣所にあった白いバスローブを羽織り、その上に置かれていたメモに書かれた部屋に向かう。玄関ホールから階段を上った取っ付きだった。

ドアを開けるとシトラスの香りがし、内装は簡素で清潔、あのピンク民泊所よりずっと好きになれた。低いテーブルの上には、入れたばかりの緑茶とチョコレートが置いてある。脇に、お代わり可能というカードがあった。細やかな心遣いに感謝しながらベッドに腰かけ、それを飲む。

頭を整理しようとして、わかっている事実を並べてみた。夫人の話によれば、徳田の死亡時刻は二十時三十分頃。警察によれば、絵羽が徳田の死亡四十分前に電話をしている。徳田が夫人に電話をかけてきたのは二十時過ぎ。大学からワイナリーまでは、タクシーで十分から十五分前後。

　これらを時刻順にすると、十九時五十分に絵羽が徳田に電話をかけ、二十時にパーティが終わり、徳田は夫人に電話をした。その後、大学を出てワイナリーに到着し、二十時三十分にガス中毒で死亡、となる。

　現場に行かない主義の徳田が足を運んだのだから、その用事というのは当然、仕事ではないだろう。パーティが終わる前に絵羽が電話をかけてきており、徳田は夫人に急用ができたと言っている。そこから考えても、用事は絵羽絡《がら》みだ。

　絵羽は徳田を脅したもののワイナリー再建の金を手に入れられず、しかも自分の能力を過小評価されて屈辱感を抱いていた。殺そうとして呼び出したのかもしれない。だが徳田がそれに応じるだろうか。言い争い、告訴かという話にまでなった相手から、夜、呼び出されて出かける可能性は何パーセントだ。

　しばし考え、情けない結論にたどり着いて力を落とす。相手が絵羽なら、百パーだな。徳田は自信家で、大胆な性格だった。絵羽が電話で謝ってきて、仲直りしたいと申し出れば、妻の友人でもあり、おそらく受け入れるだろう。妻を一人で帰しているところから見れば、絵羽は甘い餌《えさ》でも投げたのかもしれない。いやマジ投げたな、徳田を一人で来させるために。

　渡り廊下の窓から恋情をちらつかせた絵羽を思い浮かべながら、茶を啜《すす》る。もし俺が徳田でも、たぶん行く。恐喝してきた妻の友人を許し、和解するという口実があるのだから、自尊心を黙らせる事も簡単だ。絵羽がその日、帰国する事は誰も知らなかった。ワイナリーに待っていると疑わず、勇んで飛んでいったに違いない。ほとんど操り人形だな、絵羽の思惑通りだ、くっそ。

だがその時、絵羽は実際には空港にいた。ワイナリーの徳田に直接手を下す事はできなかったはずだ。それにもかかわらず徳田は死んでいる。いったいどうやったのだろう。

当日のワイナリーでは、炭酸ガスが発生していた。しかしその中に誘い込むだけで殺そうというのは雑すぎるし、おそらく成功しないはずだ。

炭酸ガスは空気より重い。足の方に致死量のガスが溜まっていたとしても、呼吸をする鼻周囲の濃度は薄いかもしれないし、ワイナリー内の空気の流れによっても変わってくる。しかも吸いこんでも即、死ぬわけではない。四、五パーセント程度なら、まず気分が悪くなるから避難するだろうし、もっと濃ければワイナリーに入った瞬間にわかって、それ以上踏み込まないはずだ。

ましてや徳田は、醸造の専門家だ。白い手の異名を取っているのだから現場には弱いだろうが、そこから上がってくる数字には強いだろう。今の時期と発酵過程、温度の表まで頭に入っていたかもしれない。炭酸ガスには当然、用心していただろうし、ちょっとでもおかしいと思ったらすぐ外に出るに違いなく、殺す事は不可能だ。

確実にやろうと思ったら、ワイナリーで待ち伏せていて徳田を殴り倒し、床の上に沈殿している炭酸ガスの層に埋もれさせるのがベスト。だが、そうすると頭部に殴打の痕跡が残る。警察は事件として捜査を進めたはずだ。夫人の話によれば、そういう動きはないらしい。

となると、考えられるのは二つ。一つは、絵羽の電話は本当に帰国を告げるだけのもので、徳田はパーティ後の解放感に任せてワイナリーに足を運び、事故死した。もう一つは、絵羽はそのワイナリーが簡単には逃げ出せない構造である事を知っていた、あるいはワイナリー内で徳田を一定の場所に留め、ガスを吸い続けるような仕掛けをした。もしガス濃度が一〇%なら、一分で失神する。三〇パーセントを超えていれば、一瞬で死ぬ。

空になった茶碗を置きながら、明日ワイナリーに行ってみようと心を決める。夫人の口から聞いた絵羽の言葉通り、現場でしか見えないものがあるに違いなかった。

寝る支度をし、ベッドに入ってから黒木に電話をする。いく度か呼び出し音が鳴り、出たと思ったら、手の打ちようがないと言わんばかりの口調でいきなり言われた。

「おまえねぇ」

え、何だよ。

「ま、いいや。そっちの話を先に聞こう」

戸惑いながら答える。

「別に用事じゃない、ただ謝りたかっただけ、俺のメンタルの問題として」

せせら笑う気配がした。

「もしかしてインスタ見て、俺を疑ってたのか」

インスタ見てないけど、当たりだ、ごめん。

「何年、友達やってんだよ」

謝るしかなかったが、では黒木はなぜ絵羽の部屋に出入りしていたのだろう。

「おまえ、大椿を止めろって俺に言ったじゃないか。俺にも、得手不得手があんだよ。男に接触して工作するより、女を相手にする方がやりやすい。絵羽を大椿から引き放せば同じ事だろうと考えて、作業中だったんだ」

返す言葉も見つからず、ただただ心で繰り返す。悪かった、マジ悪かった。許せ。あの時、俺はどうかしてた。心にバイアスがかかってたんだ、ほんと申し訳ない。もう生涯、俺はおまえを疑わん、誓うよ。

「ところで、おまえ、今どこにいんの。えらい事になってるぜ」

え。

「おまえの母親、昨日、ガッコに来たんだ」

全身から血の気が引く思いで、身を起こす。まさかそんな思い切った事をするとは思わなかった。以前に絵羽との現場を見られた時、学校に相談に行くとわめいていたが、どうせ保身が先に立つ、できやしないと思っていた。それを、やったのか。

「俺は見てないが、教員室に入ってったそうだ。何で来たのかを突き止めるために、躍起になって情報収集した。感謝しろよ。で、上杉先生、家出してるそうだな。親はその相談に来たんだ」

母は絵羽の顔を知っている。校内で出会いでもしたら、えらい騒ぎになるぞ。どーすんだ俺。

「おい沈黙か」

いくら考えても、どんな手も打てない事がわかるばかりだった。項垂《うなだ》れるしかない。ああ超やべぇ。

「何とか言えよ」

止むをえん、男は度胸、運を天に任せるだけだ。

「俺、今、徳田教授の家にいるんだ。そっち時間で土曜日には帰る。以上だ」

黒木の声が、からかうような響きを含む。

「どうとでもなれって思ってるな」

大当たりだ。

「何かできる事があったら、しとくけど」

ない。あってほしいが、まるっきりない。

「じゃ事態が動いたら、連絡するから」

黒木が先に切った。事情を聞かれなかった事を喜びながら横になる。今話しても、正確さを欠くだろう。全部がわかったら、真っ先に黒木に説明するつもりでスマートフォンをナイトテーブルに置いた。明日ワイナリーで決定的な発見ができるといい。そう願いながら羽根布団の中に潜《もぐ》りこむ。

4

真夜中過ぎ、絵羽がやってきて枕元に跪《ひざまず》き、耳に唇を寄せた。

「彼自身がいずれ自分で、自分の罪を証明するでしょうよ」

声を上げて飛び起きる。息を荒くしながら部屋の中を見回し、夢と知って枕を殴り付けた。くっそ、やたらに出てくんじゃねーよ。

両手で髪を掻き上げ、そのまま仰向けにベッドに体を投げ出す。柔らかな息が流れこんだ耳に、指先が触れた。まるで本当にそばにいるかのよう、寝室に忍びこんできたかのようだった。

溜め息を吐《つ》きながらヘッドボードに組みこまれた蛍光時計を見上げる。

今頃、日本は朝で、絵羽は登校しているだろう。もう随分会っていない気がしたが、よく考えればこちらにやってきたのは昨日で、日本時間にすればプラス七時間、どちらにしても大して前ではなかった。それなのにもう会いたい。何なんだ、ちきしょう。

真夜中の静寂の底から絵羽の言葉が立ち上がり、ゆっくりと胸に這《は》い上がってくる。彼自身がいずれ自分で、自分の罪を証明するでしょうよ。謎だった。解きほぐして解決の糸口を見出そうと考えながら、絵羽の気質に思いを馳《は》せる。

絶対に外《はず》せないのは、口で何と言っていようと自分の行為に確実に傷つく事だった。麻生高生の自殺を語っていた時、それが垣間見えた。和典同様に、尊大で小心な自尊心を抱えているのだろう。それが容赦《ようしゃ》なく自分を攻撃する時の痛みを思い出しながら、謎の言葉の原点はそこだろうと見当をつける。

圧倒的な力を持って人格を統治しようとしている自尊心なら、受けた侮辱を晴らさずにおかない。相手を殺すだけでは収まらないだろう。自分の名誉を傷つけた者が非を認めるまで、攻撃の手を緩《ゆる》める事はない。殺すとしたらその後か、もしくは同時にだ。

　では絵羽の真の目的は、自分の正しさを証明する事、つまり徳田の盗用を立証する事だったのではないか。無人のワイナリーに呼び出したのは、そこで彼の罪を明らかにできると思ったからだ。

　鼓動が早くなっていく。ワイナリーでは、ゼミの学生たちがアルバイトをしていた、絵羽も自由に出入りできたはずだ。何かを仕掛けたのではないか。徳田は絵羽のレポートを読んでいないと言った。それがもし本当なら生き延びられる、しかし読んでいれば確実に死に至る罠を、絵羽はそのワイナリーに仕込んだのではないか。つまり徳田は、死という形で自分の罪を証明させられたのだ。

　背筋が冷たくなる思いでベッドに潜り込む。だが具体的に、どうやったのだろう。ワイナリー内部に不審なものが置かれた痕跡があったり、それが残っていたりすれば、警察も当然、事件性を視野に入れたはずだ。事故と結論付けようとしているのは、変わった事が何もなかったからに他ならない。では絵羽は、いったいどんな罠を仕掛けたのか。

　考えあぐね、次第に眠くなる。さっきまで激しかった鼓動もゆったりと落ち着いていき、やがて落ちるように眠りこんだ。瞬間、

「おはよ」

　声と共に、胸にボールを叩きつけられたような衝撃を感じる。目を剝《む》くと、桜子が圧《の》し掛かっていた。

「昨日、家に泊まったって事は、私の新しいパパになってくれるって事かな」

おまえ、俺をいくつだと思ってんだ、花の高一だぞ。

「お返事して、モンペール」

呼ぶんじゃねーっ。

「パパがいなくなって、桜子、寂しいんだ。泣いちゃうから」

構わんぞ、俺の見てないとこで泣け、好きなだけ。

「上杉さんがパパになってくれたら、うれしいな。毎日、強盗ゴッコできるし」

昨日の懺悔《ざんげ》はどうした。おまえ、全然懲《こ》りてねーな。

「あのねぇ」

話を始める前に俺の上からどけ、重い。

「まぁ桜子」

ノックの音に続いて夫人が現われ、手に持っていた本をテーブルに置いて桜子を抱き上げた。

「お客様に失礼よ」

床に降ろされた桜子は、再びベッドに歩み寄ってきて脇に座りこむ。こちらに向かって可愛らしく微笑む様子は、怪しい事この上なかった。きさま、何か狙ってるな。

「徳田の博士論文を持ってきたわ。ご覧になりたいかと思って」

夫人は先ほどテーブルに置いた本を取り上げ、和典に差し出す。製本、装丁された立派なものだった。

「徳田のパソコンの中を調べ直したけれど、絵羽のレポートはやっぱりなかった。ＵＳＢもないし。どうしたのかしらねぇ」

和典は論文をめくってみる。本文の最初の部分は概要で、それにかなりのページを割いていた。わからない英単語がいくつもある。スマートフォンを引き寄せ、アプリを開こうとしてフランス語しか入れてない事に気付いた。お手上げだな。

そう思ったとたん、冷たい空気が布団の中に入りこんでくる。小さな手が、セットしてある羽根布団の端を少しずつ引き出したかと思うと、一気に持ち上げにかかった。とっさに上から押さえつけ、事なきを得る。桜子はすぐさまベッドに沿って回りこみ、和典の手が届かない部分から引きはがそうとした。あわててそちら側に手を伸ばす。このくそガキ、男の布団を剝《は》ぐんじゃねえ。

「桜子、止めなさい」

腕を摑《つか》まれ、夫人のそばに引き戻された桜子を鼻で笑う。くやしそうに片手でアカンベしてきたが、両目のアカンベを返した。あきらめろ、おまえの負けだ。

「さ、行って。登校の支度をなさい」

桜子を追い出し、夫人はカーテンを開け始める。部屋の隅々にまで朝の光が射しこみ、絨緞《じゅうたん》の上に窓枠の影が広がった。ここに来る時に見た椋木《むくのき》が窓のごく近くにある。太い枝で鳥が二羽、羽繕《はづくろ》いをしながらさえずっていた。何もかもが光の中にあり、きらめいている。

「朝は、ブレスの鶏の卵よ。どうしましょうか。スクランブル、オムレツ、それとも目玉焼き、ポーチドエッグもいいかもしれない。特産の美味しいマスタードもあるし」

カーテンを留める夫人の姿が、朝日の中で影絵のようなシルエットになっているのを見ながら、和典は好みを言った。ついでに付け加える。

「徳田教授が亡くなったワイナリーの名前を教えてください。今日、行ってみたいんで」

夫人は一瞬、手を止め、しばしそのままだった。あ、もしかしてＰＴＳＤ直撃か、やっべぇ。あせったものの、口から出てしまった言葉は元に戻せない。マズったな、結構明るく見えてたから大丈夫だと思ったんだけど、そりゃあるよな相当な傷。

沈黙は次第に重くなっていく。おい、どう収拾すんだ。とにかく謝れよ。いいからまず謝ってみろって、そうすりゃたぶん何とかなる。口を開こうとした時、夫人がこちらを向いた。

「車で送るわ。私も行った事がないんだけれど、ナビがあれば行けそう。何だか恐くて今まで足を運んでないのよ。でもあなたと一緒なら大丈夫な気がする。一度は行っておかないといけないと思ってたところだし、ちょうどいいわ」

浮かんだ微笑みは、愛らしい。前向きな姿勢に心が軽くなり、全力でサポートするぞという気になった。音を立ててドアが開く。

「桜子も行く」

おまえは、ガッコだろーが。

「お昼休みに帰ってくるから、その時に行けばいいでしょ。パパが死んだ所、見たいの」

無心な目でじっと見つめられ、夫人も和典も反対できない。目だけで人の心を思い通りに動かす子供という存在は、そのものが狡《ずる》いというしかなかった。

5

夫人によれば、こちらの学校は給食がなく、かつ昼休みが二時間もあり、各自が自宅に戻って昼食を取るという事だった。

「夏休みも二ヵ月あるの。共働きが多いから、皆さん困っているわ。スペインじゃ三ヵ月もあるみたいよ。それが女性の社会進出を妨げてるって議論になってるんですって」

思いがけず昼までの時間が空き、博士論文を検討するために夫人から英和辞典を借りた。概要から読み始める。古代のワイン造りから現代の葡萄《ぶどう》農家に到るまでの変遷を追い、その中でワインと人間の関係性、大枚《たいまい》をはたく愛好者の熱狂と、それを商売にするネゴシアンや中間業者の構造、その下層に位置する労働者の悲哀を対比させて現代の社会問題として論じ、自分の研究の位置づけとしていた。単なる醸造科学に留まらない考察の深さ、視野の広さが博士号を引き寄せたのだろう。

和典は、徳田の写真を思い浮かべる。あの姿や、現場に足を運ばない姿勢、人間に興味を持っていなかったという夫人の話、どれを取っても徳田が下層労働者に注目したり、その視点で社会を切り取ったりする研究者とは思えなかった。疑問を抱きつつ辞書を引き引き読み進める。あと少しで本文に入ろうという頃、夫人が出発を告げに来た。

「徳田教授は、こういう視点を持っていらしたんですか」

和典が開いていたページに目をやって、夫人は苦笑する。

「ああ、そこには私もびっくりしたわ。前にも言ったと思うけれど、徳田は名家の出で、階級社会を肯定している人だったから。そういう概要を書いたのは今回が初めてよ。心境の変化だったのかしらね」

概要は、論文の骨子ともいうべき部分だった。それまでなかった視点が入っているとすれば、彼が本当は絵羽のレポートを読んでいて、感化を受けた可能性がある。

「博士論文って、新しく書くんですか」

夫人は首を横に振った。

「いえ、ほとんどは科学誌に発表したものよ。たぶん誰でも同じだと思うけれど、それらを集めて訂正をして、手を入れながら仕上げるの。新しく書くのは概要だけって事が多いみたい」

つまり絵羽のレポートから視点や生データを抜き出し、論文に入れ込んで全体を整形する事はできるのだ。だが読んでいないと言われてしまえば、どうしようもない。同じ言葉や文節がそのまま使われている部分があれば指摘もできるが、そんなへまはしていないだろう。では絵羽は、どんな手段を使ってそれを見極めようとしたのか。

「ルート一一六から七四に入ります。シートベルトを締めててね。私、この春スピード違反で捕まったの。でも徳田ったら、捕まってよかった、なんて言うのよ。でなかったら事故を起こしていただろうって。飛ばすのが好きで、つい夢中になってしまうから」

何とも不穏な言葉と共に、昼食を積みこんだプジョーが発車する。

「プジョーの先祖は、水車小屋を持ってた粉挽きだったの。製鉄業に手を出して、その息子たちが自転車を作ったのよ、一八八六年の事。さらに蒸気自転車を作り、一八九二年に対面式の二人乗り自動車を造って今のプジョー社の流れができたんですって。プジョーに勤めてる友人の受け売り」

途中の道で桜子をピックアップし、後部座席に乗せると、バゲットのサンドイッチとミルクを与える。和典にも同じ物を渡し、自分もバゲットを片手にワイナリーを目指した。

「この辺は、黄金の丘って呼ばれてて世界最高級のワインの産地よ。ロマネ・コンティとか各種のシャンベルタンとかね。来月には、ここから少し南に下ったボーヌの街で今年のワインの競売があるの。パレードやコンサートや展示会も行なわれて、栄光の三日間と呼ばれてる。まぁ収穫祭みたいなものね。世界中からワイン愛好家が集まってくるのよ」

あの老人が言っていたのは、その事だったのだろう。和典は輝かしい三日間と和訳したが、栄光の三日間の方がずっと格調高く、カッコよかった。

「地区で言うと、ディジョンの南二十キロ以内のニュイ丘陵と、その南のボーヌ丘陵に分かれていて、ニュイ丘陵では最高級の赤ができ、ボーヌ丘陵では最高級の白ができる、例外はシャブリだけって言われてるの。でも私は、ボーヌ丘陵のヴォルネイの赤なんかが好きよ。心を揺さぶられるもの」

言葉の通じない世界に踏み込んだ感がある。まったく何もわからなかった。後部座席が妙に静かなのに気付き、振り向けば、桜子はひたすら食べている。一瞬こちらを見たその目が、退屈な時は食べるしかないと言っていた。納得し、バゲットを口に突っこむ。

「絵羽が送ってくれた『失楽園』も、ヴォルネイの赤に負けない出来だったのよね。ワインにうるさい徳田も感心していたくらい」

絵羽の部屋で目にした瓶を思い出す。なだらかな肩をしていた。それを見つめて絵羽が漏らした吐息まで耳に甦《よみがえ》る。

「ワインって製造技術もあるけれど、それ以上に葡萄の出来に左右されるの。徳田によると、日本の葡萄は糖度が低く、果実味が薄くてワイン向きじゃないといわれていたみたい。世界から見ると二流、三流の浅いワインしかできないって。でも絵羽は諦《あきら》めなかった。その原因が多雨の日本の気候にあると考えて、畑の水捌《みずは》けを改善して糖度を上げたり、収穫量を緻密に管理して果実味の濃い葡萄を作ろうとしたり、南アフリカで学んだ独特の醸造技術を利用して葡萄が持つ力を引き出したりしたの。『失楽園』は華やかで、深くて切れのいいワインだったわ。呑んだ人間の魂に染みつくような味よ」

それだけの物を作り出す絵羽の力は、ワイナリーの焼失により行き場を失ったのだった。絵羽が再建に取り憑《つ》かれているのは、その体を流れるワイン造りの血に駆り立てられるせいかもしれない。

「コンクールに出せば、相当いい所までいったと思うけど、これは出さないって言ってた。自分だけのものだからって」

それがそのまま山沖との恋の思い出なのだろう。和典にとっては苦いものだった。黙っていると、夫人が苦笑する。

「あらごめんなさい、飲めない人はワインの話なんかに興味がないわよね。ワイナリーの方には、家を出る前に電話しておいたわ。ドメーヌはロラン・マルクさん。快く承諾してくれて、お悔《く》やみまで言われて恐縮してしまった。発酵中のワイナリーに警察が出入りするなんて、迷惑だったに違いないのに」

公営の駐車場に入れ、葡萄畑の中に続く道を歩く。太陽は天心にあり、穏やかな光で辺りを照らしていた。途中で数人の女性たちが立ち止まっている所に出食わす。見れば、その中心には生まれたばかりの赤ん坊を抱いた若い母親がいた。夫人は挨拶の声をかけて通り過ぎ、桜子は足を止めて背伸びをしながらその顔をのぞきこむ。皆が口々に名前や生まれた日を教え、ちょっとした謎かけを持ち出して楽しそうな笑い声を上げた。

「皆、赤ちゃんが大好きね」

まぁプニョプニョしていて、可愛いけど。

「新しい命は希望なのよね。私たちは皆、希望としてこの世に生まれてきているんだわ」

胸を突かれ、夫人を見る。

「生きていく時間が長くなるにつれて、それを忘れたり、見失ったりしてしまいがちなのは、哀しいわね。自分が価値ある命を与えられているって事を、きっちりと自覚していないと」

その表情にいつも纏《まつわ》わっている健気さがどこからくるのか、その時わかった気がした。日常のさり気ない出来事から真実や本質を見出し、目を逸《そ》らさない妥協のない生き方からだ。

「徳田教授とは恋愛結婚ですよね」

そんな夫人が、なぜ傲慢にも思える徳田と結婚したのか不思議だった。

「その動機は」

夫人は、思い出すような笑みを浮かべる。

「徳田は、私が知らない、自分一人ではたどり着けない世界を見せてくれた人なの。私の家は、親戚も含めて教職者が多くて、誰もが常識的で真っ直ぐで、白でなければ黒っていう融通のきかない世界に住んでいるのよ。もちろん兄も、私もね。でも徳田は灰色の世界の住人で、それも黒に近い灰色から白に近い灰色まで変幻自在に自分を変えていく事ができるの。もう中年に差しかかるっていうのに相変わらずヤンチャで冒険家で恐れ知らず。狡《ずる》いとか変節漢とかって批判もあったけれど、その自由さや幅の広さが私には魅力的に見えたのよ」

恋愛の種は、様々な所で芽を吹くらしかった。ふと自分を思い、絵羽を思う。あんなに不実で自分勝手な女なのに、ただ若干の儚《はかな》さを持っているというだけで思い切れない。それを通じて和典は、もう取り返せない自分の過去を見ていた。それらが今、ここで補えるかもしれないと思う気持ちに引きずられている。

「逆に絵羽は、兄の、硬質で変化を許さない強さに惹かれたんだと思うのよ」

顔を上げ、どこまでも続く葡萄畑の向こうに視線を投げた。

「ねぇ、私たちは運命から逃れられないのかしら」

瞳の底まで射しこんだ真昼の光が、一瞬きらめく。強さを湛《たた》えながら同時にどこか柔らかいその不思議な眼差に見惚れながら、自分も似たような疑問を抱いた事があったと思い出す。人間は、与えられた運命の中でしか生きられないのか。

「そんな事ないわよね」

将来を悲観していない目、希望を捨てないと宣言しているような声だった。

「絵羽みたいに自分の運命を克服しようと必死になっている状態は、なお運命の支配下にあるって事だと思うの。運命から逃れるってそういう事じゃなくて、もっと」

その先の言葉を捜し、空中を見回していて、やがて小さな息をつく。

「うまく言えないわ。崩壊したワイナリーと実らなかった恋は、絵羽の心に焼き付けられた二つの刻印ね。絵羽はそればかりを見ているけれど、過去を乗り越えようと足掻くより、別の目標に向かって出発した方がいいと思うの。今までに経験のないような新しい出会いや、心打たれる体験を積み重ねていけば、過去は小さなものになっていくんじゃないかしら。自分が作り上げた現在の力で過去を拭い去る方が、幸せに近づけるような気がする。それができれば、運命から逃れられたって事になるでしょう」

正論だった。だがそんな事ができるのだろうか。自分の過去の中に引きこもっているような絵羽を、いったいどうすれば新しい方向に押し出せるのか。

「この辺ね」

坂道の両側に、褐色や鉛色の煉瓦を載せた大きな家が見え始める。どれも広い庭を有し、樫や楡などの高木に守られた堅牢な作りだった。

「ああここよ、マルク家って書いてある」

道路に面して立派な紋章の入った門扉があり、その奥に並木を配した私道が続いていた。突き当たりに天窓のある大きな屋敷が建っている。立派だったが古く、いくつかの小窓の鎧戸《よろいど》には開けようもないほど蔦《つた》が絡《から》みついていた。

「私、ご挨拶してきます。あなたは桜子を回収してきて」

和典は道を引き返し、まだ赤ん坊をあやしていた桜子を見つける。自分の耳を引っ張って見せたり、頬を膨らませたりして大サービス中だった。声をかけると、左右の鼻に両手の小指を突っこんだままの顔をこちらに向ける。一瞬、唖然とし、後は笑うしかなかった。

赤ん坊に別れを告げ、和典と一緒にマルク家に向かいながら桜子はおずおずと口を開く。

「あのぅ上杉さん、お伺いしたいんですけど」

お、敬語か。下手《したて》に出やがったな。

「もしかして私の事、軽蔑したかしら」

目いっぱい気取ったその言い方に、先ほどの顔を重ね、和典は笑いが止まらなくなる。桜子は、見る間に赤くなった。

「あなたって嫌なやつね。もう絶対口きかないから」

顔を背《そむ》け、マルク家の玄関に通じる道を足早に歩き出す。

「上等だな。最高に間抜けなさっきの面《ツラ》、俺も絶対忘れねーよ」

いきなり立ち止まり、ツカツカと戻ってくると手を上げ、頬を打ちにきた。おお危ね。とっさにその手首を摑《つか》み上げるると、すかさず反対側の手が飛んでくる。したたか打たれた。

「やった。上杉さんって反射神経ゼロね」

くっそ、凶暴な上に小生意気、最低のガキだな。

「マム、どこにいるの」

私道に踏みこんだ桜子の声に応じ、夫人が家の中から出てくる。その後ろから、六十搦《がら》みの男性が姿を見せた。日に焼けていて背が高く、被っているハンチング帽の縁からのぞく髪はほとんど白い。太ってはいないものの年齢のせいか二重顎で、帽子と同色の胸当ての付いた前掛けをかけていた。

「こちらロランさんよ」

歩み寄ってくる体は、一歩ごとに傾《かし》ぐ。腰か足を痛めているらしかった。

「ちょうど地下のワイナリーで、樽の作業中だったところを上がってきてくれたの。全部で百五樽あるんですって。一樽二千フランもするって言うから、それだけでちょっとした財産ね」

夫人の紹介で、和典は握手を交わす。ロランはわずかに微笑み、付いてこいといったように首を傾け、先に立った。

「徳田が倒れていた作業場に案内してくださるって」

夫人の声は震えている。和典は、入り口側の花壇に見入っていた桜子を捕まえてきて、夫人の手を握らせた。二人の先に立って歩きながらスマートフォンを出し、翻訳アプリを設定する。

花壇の脇の小道を通り、垣根に沿って家の裏手に回りこむと、そこに小さな門があり、向かい合いにまだ新しいジュラルミンの扉がついていた。ロランの手の動きに応じ、滑るように開く。油圧か電動式なのだろう。扉の向こうは、ひっそりとした暗闇だった。静まり返っている。

蛍光灯のスイッチを押す音と共に内部が照らされ、手前にある広い空間と作業部屋、その奥に立ち並ぶ巨大なコンクリートの槽がいくつも浮かび上がった。入り口近くは暗紅色、奥の方は練《ねり》色《いろ》に塗られている。事前に想像していたような、簡単に逃げ出せないほど複雑な構造ではなかった。

このコンクリート槽一基でね、十五樽前後のワインができるんだ。一樽は、ほぼ二百三十リットル。売ると、たいてい一万五千フラン前後になるよ。

和典は素早く槽の数を数える。一基あたりの収納量やワイナリーの全容量、この葡萄農家の年収まで計算し、ユーロに直した。そんなことをしても何になる訳でもなかったが、数字が頭に入ってくるとどうしても動かしたくなる。きっちりと結果の出るその作業は、白黒つかない事の多い面倒な日常から自由になる気分を味わえるものだった。

ムッシュ徳田が倒れていたのは、そこだ。どうも裏の門から入ってきたらしい。

それは一番手前とその隣りのコンクリート槽の間だった。床の上には、今はどんな名残りもない。それでも夫人の眼差は戦《おのの》き、桜子の手をしっかりと握りしめていた。

ちょうどアルコール発酵の時期でね、ここにある槽の全部にワインが入っていた。今はもう地下でマロラクティック発酵中で大人しいものなんだが、このコンクリート槽に入っている時は荒々しい。大量の炭酸ガスを噴き出すんだ。作業をするには、その前に何分か換気扇を点《つ》けないと危ない。だがここを歩き回るだけなら、問題はないよ。中毒死なんかしない。梯子《はしご》を上って槽の中をのぞきこんだりすれば別だがね。うちの息子は、それで倒れたことがある。果帽が槽から溢れそうになっているのに気がついて、あせって換気扇も点けずに梯子を駆け上ったそうだ。槽をのぞいたとたんに強いガスを吸いこんで一瞬で気絶。梯子を転げ落ち、床にあったバケツに頭をぶつけた。その音で僕が気づいたから幸いだったんだが、そのまま床に横たわっていたら間違いなく死んでいたよ。

和典は作業所内を見回す。ここにきた徳田は、まず絵羽を捜しただろう。いないとわかれば出ていったはずだ。だがそれでは急死した説明がつかない。

全部のコンクリート槽の周りを歩いてみる。作業部屋の中も含めて隅々にまで視線を走らせた。床には巻き取り機に入ったホースやバケツ、ポンプなどが雑然と置かれている。だが不審なものは何もなかった。コンクリート槽の脇にかけられている梯子を見上げる。ひょっとしてこれを上ったとかか。いや、ないな。現場に興味を持っていない徳田が、わざわざ梯子を上って槽の中の発酵状態を見るとは思えない。

夫人に目を向け、その顔に血の気が戻ってきているのを確認してから通訳を頼んだ。ここを歩き回るだけでは死なないとしたら、徳田教授はなぜ死んだのでしょうか。夫人の流暢なフランス語に、ロランが答える。

そりゃ炭酸ガスのせいで多少気分が悪くなったんだろう。休もうとしてしゃがみこんだとか、あるいはその辺に置いてある物に足を取られて転んだのかもしれない。それで一気に高濃度のガスを吸いこんだ。傷や内出血もあったから、苦しくて床を転げまわったみたいだな、気の毒に。ムッシュ徳田は今まで一度も、ここに来たことがなかった。最初の時に門までは来たがね。自由に入っていいと言っておいたんだが、こんな事になって残念だよ。

徳田の死は、やはり事故なのだろうか。絵羽が罠をかけたに違いないと考えたのは、間違っていたのか。

もちろん事故の方がいいに決まっている。だが徳田に侮辱され、追い払われた絵羽が大人しく引き下がるとは思えなかった。絵羽はそんな女じゃない。絶対、何かやっているはずだ。そう思わずにいられない自分に舌打ちする。嫌な奴。それでもその考えを消せなかった。

ロランが声を上げる。家に入って、カフェでもどうだね。

6

居間に通され、三人で古い暖炉に面したソファに腰を下ろす。ロランはその脇にある肘掛椅子に座ったが、実に不自由そうな動きだった。

どこか、お悪いんですか。

夫人の言葉は、和典のスマートフォンに日本語になって浮かぶ。それに続いてロランの返事が映し出された。

背骨と股関節を悪くして、手術で補強材を入れたら左右の脚の長さが違っちまったんだよ。まぁ葡萄《ぶどう》農家の連中は皆、どっかこっか痛めてるがね。この辺りの農家はほとんど、七万株前後の葡萄を持ってる。その一本一本を世話するとなると、土起こしでも剪定《せんてい》でも、それぞれ七万回ずつ体を曲げなきゃならないんだからさ。

確かに、重労働だった。

朝七時から夜七時まで一日十時間働いて、土日の休暇も夏休みもない、それをもう五十年近くもやってきたんだ。体も悪くなるよ。収入は出来高次第で不安定だし、今は国際的にも国内でもスペインやチリのワインに押されてる、この国じゃ年金も少ない。息子が手伝ってくれてるけど好きじゃないみたいだし、確かに職業としては勧められないね。

表情はどこか寂しげだった。自分が長年続けてきた仕事を息子に継いでもらいたいと望んでいるのだろう。一緒に葡萄を作りたいと。

絵羽の祖父母や両親も、そうだったのだろうか。その思いをしっかりと受け止め、同じ目標を目指した絵羽は、どんなにか自慢の孫であり、頼れる娘であったろう。家族でテーブルを囲みワインの試飲をしたと言っていた事を思い出す。一丸となっていた幸福で豊かな家が、葡萄の病気を発端に悲劇の坂を転がり落ちていくとは、その頃はまだ誰も考えていなかったに違いない。

もっと楽で高給をもらえる職場からの誘いもあったよ。心が揺れたね。だが僕は結局、葡萄が好きなんだ。この仕事が気に入っている。だから他の人生は諦《あきら》めた。これほど好きなものに出会えたことを幸運だと思って受け入れたよ。今じゃ僕の血管には、赤ワインが流れているようなものさ。

カフェを持ってきた妻が苦笑しながら皆に配り、ロランの隣りのソファに身を落ち着ける。退屈していた様子の桜子が、夫人の了解を取って立ち上がり、壁に飾られている写真の前に走っていった。

もうすぐ栄光の三日間ですが、今年のワインの出来は、いかがですか。

夫人の問いに、ロランはパイプに煙草を詰めながら浮かぬ顔になる。

よくないね。いや出来はいいんだが、AOCの規制で生産量を抑えられてるんだ。超過すると、強制的に政府に寄付させられるから余分な儲けは出ない。おまけに今年は、高値がつきそうもないよ。過去三年連続で高値を記録してて、そろそろ反動が出る頃なんだ。買いすぎて捌《さば》けないネゴシアンが手控えるからね。

きつい労働と思うように上がらない収益、不自由な体と三拍子そろっては、いくら仕事が好きでも憂鬱にもなるだろう。広がった重い雰囲気を変えようとして和典は、夫人に聞いてもらう。

葡萄畑の列の両端に植えてある薔薇は、何のためですか。

あれは、炭鉱におけるカナリアのようなものさ。葡萄に虫がつき始めると、まず薔薇が先に枯れるんだ。ローマ時代から使われている危険信号だよ。もっとも最近は、新しい種類の敵が増えてあまり功を奏さないがね。

桜子が戻ってきて、写真を指差しながら夫人に耳打ちする。夫人は微笑み、ロランに向き直った。

娘が興味を持ったみたいなので、教えていただけますか。壁の写真に写っている裸の男性たちについて。

ロランは笑い出し、腰を上げて写真の方に向かう。夫人も立ち上がり、和典も後に続いた。壁に掛けられていたのは古い写真ばかり三十枚ほどで、どれもモノクロ、端の方が黄ばみ、染みが浮いている。写真を入れてある額の新しさばかりが目立っていた。中に全裸の男たちが十人ほど並んでいる一枚がある。和典は桜子に目を向けた。こいつ、どこに興味持ってんだよ。桜子はとっさに夫人の後ろに駆けこむ。悪戯を咎《とが》められた子犬のような素早さだった。

これは一八〇〇年代半ば頃の写真だ。先週、もう長く使ってなかった庭の物置を取り壊したら、先祖のアルバムが出てきたんだよ。アンティックで面白いから飾ってみた。もう誰が誰だかわからないが、たぶんこの辺の葡萄農家の連中だよ。ワインで酔っ払ってふざけている訳じゃない。昔からの伝統で、これも重要な仕事だったんだ。祖父からちらっと聞いた事がある。

夫人が、理解しかねると言ったような表情になる。もしここが和典の教室だったなら、はぁっという勢いのいい疑問の声がいくつも上がっただろう。

この地方じゃ、葡萄の収穫時に気温が低い事があるんだ。そうするとコンクリート槽に入れても酵母が働かない。そういう時、葡萄農家の男たちが真っ裸になって槽に飛びこむ。自分の体温で酵母を温めるためにね。発酵は、摂氏十六度くらいまで上げないと始まらないんだ。今じゃドラポーってラジエーターみたいな機械を使うんだが、一八〇〇年代半ば頃まではこの方法しかなかった。気温の低い年になると村の皆が、今年はアダムの男の出番かもしれないねと話し合ったそうだよ。

摂氏十六度まで温めるという事は、男たちが飛びこむ時にはそれ以下の温度なのだ。まさに体を投げ出しての作業だった。長年の仕事で脚が不自由になったというロランを見ても、ワイン造りというのは自分を捧げての労働なのだろう。

「私、それ聞いた事があるの忘れてたわ」

夫人が両手で口元を覆《おお》いながら目を丸くする。

「絵羽がね、その話をしてくれたの。今はもう廃《すた》れてしまった現場の必殺技だって。で、こう言ったのよ。もし私が全裸でコンクリートの槽に飛びこんだらアダムの女よ、大学祭で再現しようかしら、きっと話題になると思うなって」

ワインの海を泳ぐ絵羽の白い肢体を想像する。肌に纏《まつ》わり、絡《から》みつく暗い緋色が恐ろしいほど鮮やかだった。瞬間、ロランの鋭い声が上がる。スマートフォンに、立て続けに文字が浮かび上がった。

今、なんて言ったね。最後の言葉から少し前の日本語だ。ゆっくり言ってみてくれないか。

夫人は当惑しながら自分の言葉を繰り返す。茫洋《ぼうよう》としていたロランの表情が次第にはっきりとし、その目に揺るぎない光が瞬いた。

それだ、アダムの女、そう言ってた。今までどうもその日本語をうまく思い出せなくて、警察にも何か言ってたとしか話せなかったんだが、今聞いてみると、それに間違いない。ムッシュ徳田は、死ぬ前にそう言ったんだ。遺言にしちゃ妙だがね。

和典の脳裏で凄《すさ》まじい光が噴き出す。今まで集め、蓄積してきた情報のすべてが隈《くま》なく照らし出され、火花を散らすようにして次々と結びつき、一つの線を形作った。

徳田は、梯子《はしご》を上ったのだ。そしてコンクリート槽をのぞきこんだ。現場に興味を持たず、かつ炭酸ガスの危険を知っていたにもかかわらず、わざわざ梯子を上って中をのぞいた。絵羽がそう仕向けたのだ、たった一本の電話で。それこそが絵羽の罠であり、徳田に自分の罪を証明させる方法だったのだ。

それをしかけた絵羽の怜悧《れいり》さに舌を巻く。事件の起こった夜、ここで繰り広げられたに違いない光景が目の前に浮かび出るような気がした。

裏の門から入ってきた徳田が、作業場のドアを開け、明かりをつけて見回し、一番手前のコンクリート槽の梯子を上っていく。嬉々とし、楽しみでしかたがないといったような表情で上までたどり着き、その中を見下ろす。ものの数秒で炭酸ガスのため失神、転げ落ちる。床に横たわり、意識が戻らないままガスを吸い続けて中毒死する。

絵羽が帰国の予定を早めた事を誰にも話さなかったのは、この罠をかけるためだ。そして空港から、パーティ中の徳田に電話をした。恐喝を謝り、今ワイナリーで待っていると告げる。だが自分が待っているとは言わなかった。徳田が死ぬ前につぶやいた言葉、アダムの女を使ったのだ。ワイナリーでアダムの女が待っている。

絵羽が徳田に渡したレポートには、アダムの男の話が載っていただろう。徳田がレポートを読んでいなければ、ワイナリーで待つアダムの女というのは意味不明だ。絵羽から電話をもらったという理由でワイナリーまで出かけたとしても、そこに誰もいない事がわかれば、引き返すに決まっている。当然、コンクリート槽の梯子には上らないし、中ものぞかない。

だがレポートを読んでいれば、それがワインの中を泳ぐ全裸の人間を指しているとわかる。しかも男でなく女となれば、絵羽がワインの海にいると考えるだろう。彼女が槽の中に入っているのなら、炭酸ガスの濃度もそう高くないはずだと判断する。いそいそと出かけ、梯子を上ってコンクリート槽の中をのぞきこんだ。いくつもあったという外傷や内出血は、転げ落ちた時についたものだ。徳田は、絵羽が差し出した試験紙に見事に罪の色を付け、自分がついた嘘を明らかにしたのだ。絵羽はその言葉通り、徳田自身に自分の罪の証明をさせたのだった。

7

眠ってしまった桜子を背負い、夫人と肩を並べて駐車場まで歩く。絵羽はあの麻生高生を殺した時のように自分のアリバイを作り、手を汚さず、徳田を殺したのだ。前者については、絵羽には自覚がなかった。だが徳田に関しては作意的な未必《みひつ》の故意で、本人もそれをわかっている。だから警察の訪問に怯《おび》えたのだ。和典の意識の中では、どちらも殺人だった。

嘲笑が胸に広がる。予想通りじゃないか、絵羽が手を下したのがはっきりして満足だろ。ここまで来た理由の一つは、それを突き止める事だったはずだ。これで思い切れるよな。殺人犯をパートナーにする人生なんか、ハードすぎるぜ。

確かにその通りだった。だがそれでいいのだろうか。それらは確実に絵羽の心に傷を残している。今はワイナリー再建に夢中で見えていないが、一段落すれば、一気に意識に入ってくるに決まっていた。足元に横たわる死体から、絵羽は逃れられないだろう。自分の罪の重みにあえぐ事になる。それが予想できているというのに放っておくのか。

「徳田は、絵羽のレポートを読んでいたのね」

夫人の顔は曇っていた。

「それなのにあんなに強硬に否定するなんて、まったくひどい人」

声の中で、批難と懐かしさが鬩《せめ》ぎ合っている。

「でも、あの人らしいかもしれない」

そういう事は何度もあったと言いたげだった。

「絵羽も、絵羽らしいやり方ね。どんな過ちも絶対、許さない人だったから。他人はもちろん自分にも」

その横顔を見つめ、背中に桜子の重みを感じながら、二人から大切な存在を奪った絵羽の罪の深さを思う。それはいずれそっくり絵羽の上に圧《の》しかかってくるのだ。

それでも我関せずか。人間としてそれでいいのか。中等部の時の繰り返しじゃないか。別れた彼女、院内学級の子供たちの上に絵羽を積み重ね、一生忘れられずに自分の無力さに悩みたいのか。

「絵羽が言っていた通り、徳田は自分の命で罪を贖《あがな》ったのよ。私、絵羽に謝らなくっちゃ。徳田の方を信じようとしていたんですもの」

夫人の心を軽くしたくて、前を向いたままつぶやく。

「それは必要ないでしょう」

麻生高生の死も徳田の死も、自滅と言えなくもなかった。被害者は、残された遺族たちだろう。

「むしろ彼女のした事を警察に訴えてもいいくらいだ。ロランさんという証人もいる。刑事でうまくいかなければ、民事で補償を求めるという手もあります」

夫人は軽い笑い声を立てる。考えてもみないという様子だった。

「それで徳田が戻ってくるとでも思うの」

答に詰まり、黙ったまま桜子を背負い直す。

「そうじゃないでしょう。そんな事をしても傷を抉《えぐ》るだけよ。絵羽の動機を廻《めぐ》って、徳田の論文も問題になってくるでしょうし。それに私は自分の気持ちを爆発させるより、じっと抱えて見つめている方が好きなの。そこからきっと新しい力が生まれてくると思うから、いつかね」

哀しいほどに健気だった。

「絵羽とは、いずれ二人で話をするわ。もう少し気持ちが落ち着いたら。何といっても友達だったんですもの」

夫を失い、子供を抱えた今後が心配になる。

「このままずっとこの国で暮らしていく予定ですか」

夫人は、反《そ》り返った睫毛を伏せた。

「遺族年金の請求をしたのよ、お葬式が終わってすぐに。そういう煩雑な手続きの一つ一つが生きるって事なんだって思いながら。ああ自分は生きているんだって実感したわ。ここにいれば遺族会が遺児の学校の面倒をみてくれるの。私も大学に事務として雇ってもらう予定。大丈夫やっていけるわ。第一、私が日本に帰っても皆が困るでしょう。両親は退職して年金生活に入っているから、自分たちだけを基本に残りの人生設計を立てているでしょうし、兄は研究一筋であまり余裕のない生活だし。私はここで新しい道を切り開くつもり。私がこれからを生きていくって、そういう事なのよ」

区切りをつけるような大きな息をつき、空に目を上げた。

「絵羽は今も、あのワインを大事にしているのかしら。忘れた方がいいのに。あんなワインは早く飲んでしまって、新しい道に踏み出してほしい」

絵羽が、失楽園を飲もうと言い出した事を思い出す。確かに、あの時そう言った。あれは、もしかして過去を終わらせようとの気持ちからだったのだろうか。恋の傷を封印し、和典をパートナーにして新しい道に踏み出そうとの意思があったのか。

まるで気づかなかった自分を、他人のように遠くに感じる。きっと絵羽には、その意思があったのだ。パートナーさえ見つかれば、自分が新しい方向を向けると確信していたからこそ、あれほど必死に、手段を問わず追い求めたのだ。

目の前に、今まで見えなかった景色が開けていく。教員室で立ち聞きした絵羽と山沖の関係、それが生み出した絶望に阻《はば》まれ、考えもしなかった光景だった。

新しいパートナーと歩む道は、絵羽がこれまで通ってきた道と同じではない。似て非なるものなのだ。長年、絵羽は一人で考え、実行してきた。だがこれからはパートナーの意思が加わる。二人で歩く再建の道は、山沖との恋やワイナリー焼失の延長線上にあるのではなく、まったく新しい地平に向かうものなのだ。その歩みと時間が絵羽の過去を踏み拉《しだ》き、ないも同然のものにしていくだろう。

「絵羽が変わるとしたら、新しい恋をした時ね。何かを決意した女を変えるような強い力を持っているのは、恋だけよ。打算も妥協もなく絵羽を愛する人が現れて、一緒に歩きながら新しい経験と生活を積み重ねてくれるといい。過去は気にも留まらないほどささやかなものになっていって、絵羽は運命から逃れられるわ」

胸に、一つの思いを抱きしめる。自分がパートナーになり、絵羽を支え、力を尽くせば、山沖との関係に終止符を打たせる事も、二つの罪の贖罪をさせる事もできるかも知れない。変容した恋から絵羽を救い出し、その心を焼く葡萄園の火を鎮火させ、新しい人生を始めさせる。できるはずだ、絵羽にはその意思があるのだから。後は自分が心を決めればいいだけだ。

よし、倦《う》んでいる現状に決着をつけよう。そうでない人生を切り開き、引きずっている無力な中等部時代に終止符を打つ。そのために決断するのだ。

絵羽の能力は徳田も認めていた。フランスに学び、南アフリカで培った力を存分に発揮して、傑出したワインを造るだろう。和典がバイオとナノをマスターして合流し、一緒に仕事をすれば、世界を舞台に勝負のできるワインが生まれるに違いない。可能性は無限大だ。

心に希望が満ちる。少し前までは傷付き、萎縮し、うすら寒い不安を抱えていたというのに、今、傷は塞《ふさ》がり、そこから新しい芽が吹き出し、手を伸ばすかのように一心に絵羽の方に伸びていく。あれほど絶望した後に、こんな時間がやってくるとは思わなかった。

自分が思い描く未来の中に、絵羽を取り込もう。それこそが絵羽の幸せであり、自分の満足でもあるのだ。

「パパぁ、おんぶしてくれてるのはパパだよね。帰ってきたんだ」

半ば寝ぼけた声を聞きながら、夫人に目を向ける。

「失楽園を飲み干した後、彼女が作るのは何というワインだと思いますか」

夫人は、朗《ほが》らかな声で歌うように答えた。

「決まってるわ、『楽園』よ。あ、『この世の楽園』かもね」

そうしよう。

8

寝ている桜子に別れを告げ、夫人とメールアドレスを交換する。

「アデューじゃなくて、オルヴォアにしておきましょうね。また会いましょう」

ちょっと照れながらビズをし、民泊所に戻った。元気よく歩いていくと、出入り口の階段にあの老人がまた座っていて、声をかけてくる。相変わらずそばにはワイン瓶があり、手にカップを持っていた。聞き取り対応にしたままだったスマートフォンが、その嗄声《しゃがれごえ》の大きさに反応する。ポケットから出してみると日本語が並んでいた。ようボーズ、昨日は帰らなかったようだが、泊めてくれる女でもいたのか。

片目をつぶって親指を立てる。老人は驚いたような顔になった。近頃のガキはマセてるな。和典は笑いながら単語を並べ、いつもここで何をしているんですかと聞いてみる。老人はワイン瓶を取り上げ、カップに注ぎながら、少し離れた路上の箱を指差した。蓋が開いており、刷毛のつっこんである缶がいくつか並んでいる。俺はペンキ屋だ。この辺一帯を塗り直してんだよ。市の仕事だ。

見れば、作業着には確かにペンキがついていた。だがいいのか、酔っぱらいながらで。甘いな、この市。その気持ちが目付きに表われたらしく、老人はワインの瓶を持ち、掲げて見せた。ワインは酒じゃない、神の神聖な血だ。おいボーズ、おまえもペンキ屋になりな。うるさい事は何も言われずにすむ。仕事さえちゃんとやりゃいいのさ。腕は確かだ、見てみろよ。

指差す塀は、斑《むら》もなく実にきれいに塗られていた。飲みながらにしろ、節度は守っているらしい。ビアンに、トレを二つほど追加して褒《ほ》めると、悦に入った笑みを見せた。俺の弟子にしてやるよ。

手にしていたスマートフォンが鳴り出す。黒木だった。片手で別れの挨拶をし、階段を上る。

「上杉先生、よくないお知らせだ」

勿体《もったい》付けんな。余計気になるだろ、早く言え。

「おまえの親がガッコ来た時、どうやら校内で絵羽とすれ違ったらしい」

マジか。

「で、摑《つか》みかからんばかりの大騒動になった」

くっそ、なんて事してくれたんだ。

「今じゃもっともお堅いと言われる教師から生物部のローラちゃんまで、学校中がおまえたちのドロドロ関係を知っている。今後、処分があるかも知れないって話だ」

頭を抱えこみたい気分だったが、どうする事もできない。何が起こっても受け止めるよりなかった。

「わかった。明日早々に帰る。そっち着くのは、明後日だけど」

かすかな笑い声が聞こえた。

こちらの気配を窺《うかが》うような沈黙が続く。心配しているのだろう。

「意外と冷静だね」

「だって、どうしようもねーもん」

退学になるのは困るが、おそらくそれはないだろう。教室が針の蓆《むしろ》でも、学校中から後ろ指を指されても、とにかく休まず通学するつもりだった。進学してバイオとナノの技術を身に付けなければならない。絵羽はチューターを辞めさせられるかもしれないが、構うもんか。学校という羊の群れはもう必要ない。既に素晴らしい羊をゲットしたんだからな。思わず笑みを浮かべる。

かなり立派な羊だぞ、喜べよ。

「詳しくは帰って話すよ。じゃな」

電話を切り、部屋の鍵を開けながら思う。母が学校に行ったのは、息子が得体の知れない女の所に転がりこんでいるか、あるいは二人で逃避行したと考えたからだろう。相談に行ったのだ。まさかそこで当の女に出食わすとは思ってもみず、いきなり目にして頭に血が上ったのに違いなかった。

学校に相談するなどという事は、できっこないと思っていた。リスクが大きすぎる。それを敢《あ》えてやったのは、やらざるを得ない状態だったからだ。母は限界だったのかもしれない。息子との関係がうまくいかないと感じていて、その修復を考え、それ以外はすべて投げ捨てる覚悟を固めたのだろう。そうでなければ、行けるはずがない。

今まで拒絶していた絵羽の言葉が、素直に心に溶けこんでくるのを感じる。親は自分の人生を削っている。帰ったら、きちんと話をしようと思った。

第五章　失楽園

1

絵羽と二人で楽園を作る。そう思いながら金曜日の朝、成田に着いた。早朝の電車で自宅に向かう。玄関前まで来ると、中で電話が鳴っているのが聞こえた。誰も出る様子がない。急いで鍵を開け、踏みこんだとたん、呼び出し音が途切れた。

誰もいないのか。父母のクリニックは十時からで、普通ならこの時間は家にいるはずだった。二人揃《そろ》って学会か、もしくは製薬会社ご招待のゴルフとか。

廊下の奥から何かが聞こえる。近づいていくと、異常に大きな鼾《いびき》だった。父母の寝室から響いてくる。そっとドアを開ければ、母が眠っていた。隣りにある父のベッドはメイキングされたまま、整然としている。彼女の所にでも泊まったのだろう。ナイトライトが点《つ》けっ放しで、テーブルの上のカップとPTP包装シートを照らしていた。歩み寄って手に取り、ハルシオンと知る。全十錠の内、残っているのは一錠だけだった。口を開けて眠っている母を見ながら、その心に圧《の》しかかっている重みを思う。和典もまたその中の一つなのだろう。

薬のシートを置き、そっと退室する。親が弱いなどとは思ってもみなかった。その圧倒的な力に対し、全力で自分を閉じ、戦っていなければ押し潰されると感じていたのだ。いつからそうだったのだろう。自分は現実を見ていなかったのか。いや親の方が変わってきたのかもしれない。

階段を上がり、自分の部屋に入る。机の上に梱包された箱が置いてあった。表に貼られた送り状には、絵羽の名前とスマートフォンの番号が書かれている。住所はなかった。首を傾げながら包装を解く。木の箱が現われ、蓋を取ると黒絹で裏打ちされた中に、あのワイン、失楽園が収まっていた。何だこれ。

階下で、再び電話が鳴り出す。降りていって受話器を取り上げると、いきなり硬い声が飛んできた。

「息子を何とかしてください」

は。

「お宅の息子さんが余計な事を言って、宅の息子を唆《そそのか》したんですよ。どういうつもりなんですか。宅の男子は全員、学者になると決まっているんです」

以前に電話をかけてきた大椿の母親の声だと思い出す。

「それが急に、生物工学に進学すると言い出して」

息が止まりそうになった。嘘だろ。

「その後はアメリカに留学して先進理工系の大学に入るなんて、訳の分からない事を」

マジか。

「お宅の息子さんに責任を取ってもらいます。宅の息子を元に戻してください。あの子は、数学以外にいい所がないんです。もっと言えば、私たち家族全員がそうなんです。数学の畑でなら評価されるものの、他に行けば埋もれてしまう。ごく普通か、それ以下の力しか出せない。そしてそんな自分に満足できない、それが私たちなんです。だから数学で生きていくしかない。その事に、あの子はまだ気づいてないんです。お願いです、助けてください」

声は次第に咽《むせ》ぶようになっていく。自分の鼓動が体中に響いていて、ひどく聞き取りにくかった。なぜ大椿がそっちに進むんだ。絵羽がパートナーの話を持ちかけたのか。まさか。土曜まで待つ約束だ。まだ一日あるんだぞ。俺は受けるつもりで帰ってきたんだ。約束を守れよ。

「お話は承りました。話してみます」

何とか言葉を取り繕い、相手の声を押し潰すようにして電話を切った。胸の底から、失楽園の影が浮かび上がる。あれを送ってきたのは、もしかして絵羽が新しい道を定めたからか。和典も含めた過去に別れを告げようとしている訳か。いや、それなら自分で開けて飲んでいるだろう。真意がわからない。

スマートフォンを出し、絵羽にかけようとして指の震えに気付く。きっと声も震えるだろう。あまりにも狼狽《うろた》えすぎていて無様《ぶざま》だった。こんな所は見せられない。どうする、黒木に頼むか。いや大椿にかけよう。そうすれば事情がわかるはずだ。深呼吸し、息を整えてから登録されている大椿の番号を押す。ワンコールで出た。

「ああ上杉ぃ、ちょうどかけようと思ってたとこだよ」

嫌な予感がする。

「僕、今、絵羽ちゃんの部屋から出てきたんだ。昨日、泊まったんだよ。ああ、ついにやった」

体の芯から熱い風が噴き出し、そこかしこを走り回る。臓器を焼き、神経を抉《えぐ》り、頭へと遡《さかのぼ》って脳裏を焦《こ》がした。気が狂いそうな思いにじっと耐える。自分が少しずつ色を変え、別の生き物になっていくような気がした。

「ねぇ信じられるかなぁ。一晩中やってたんだよ。絵羽ちゃんは、そりゃあもう可愛かった。僕、蕩《とろ》けそうだったよ」

大椿が死ねばいいと思った事は、今までに何度かあった。だが殺したいと思ったのは、今日が初めてだった。

「この勝負は、はっきり僕の勝ちだね。悪いなぁ」

声から、満面の笑みが滲《にじ》み出す。

「実はね、絵羽ちゃんに告白されたんだ。僕の事が、世界中で一番好きだって。そんで自分の事業のパートナーになってほしいって言われた。これからも離れず、ずっと一緒にいたいからって。それって真実の愛だよね。その時の僕の幸福感、わかってもらえるかなぁ。オッケイなら、すぐ進路の変更届を出して親にも話してほしいって言うんで、大忙しだったよ。進路担任に電話して新学期からの選択科目を変更したり、家に帰って親に話したり、色々やった。そして夜、満を持して絵羽ちゃんの部屋に行ったんだ。初めての外泊」

大椿は騙《だま》され、自分の将来を売り渡したのだった。どうするこいつ。このまま放っておいていいのか、単にのぼせてるだけだぞ。

「俺んとこに、おまえの親から電話あったぜ」

大椿は何の問題もないといったような軽い笑い声を立てた。

「僕の一方的な宣言に驚いてたからなぁ。今朝電話入れて、これから直接、学校に行くって言っといたから、一応落ち着いたみたいだけどね。帰ったら話し合うよ。譲るつもりはないけど。だって僕の人生だもの。上杉もそう言ったじゃん」

軽く同意して大椿との話を打ち切り、自室に足を向ける。いく分落ち着いてきた自分を確認し、絵羽に電話をかける決心をした。事情はわかったが、本人の話を聞かねば気持ちが収まらない。スマートフォンの着信履歴から、以前にかけてきた絵羽の記録を捜し出した。キーを押しながら階段を上る。

流れていた呼び出し音が途切れ、絵羽の声が耳に触れると、言いたい事が一気に胸に溢《あふ》れた。急いで部屋に入って壁に寄りかかり、頭を揺する夥《おびただ》しい言葉の群れを見つめる。どれから口にしていいのかわからず、部屋の中を見回し、机の上のワインに目を留めた。

「ワインが送られてきましたが、意味がわかりません」

絵羽との間に、多くの約束はなかった。一週間待つ、それだけが唯一の約束だったのだ。和典は、そのただ一つの上に未来を築き上げてきた。それなのに、なぜ、そのたった一つを守らない。

「説明します。急に学校を辞めなければならなくなったの」

それはきっと和典の母が騒ぎを起こしたせいだろう。山沖も庇《かば》いきれなくなったのだ。だが、それとこれとは問題が違う。たとえ学校を辞めても約束は約束だ、待っているべきだろう。

「それで辞める前にパートナーを確定しておきたかったのよ。あなたから承諾の返事がなかったので、大椿君に決めました。ワインは、お別れの印よ」

胸が底まで裂けていく。絵羽は大椿を選び、和典を取り換えのきく男たちの列に押し戻したのだ。大椿との戦いは、和典の決定的な敗北で終わったのだった。あえぐように息を吸いこむ。声の震えを抑えようとして喉に力を入れた。

「土曜日まで、待つ約束でしたよね」

絵羽は吐息を吐《つ》く。

「あなたを、本当に可愛いと思っていた。生涯を共にできたら、ひどい事がたくさんあった私の人生も素敵なものに変わるかもしれないって」

同じ事を大椿にも言ったのだろう、あの麻生高生にも言ったはずだ。自分を特別だと思いこまされていた屈辱が強い風のように胸に吹き込み、何もかもをなぎ倒していく。不実な女。約束も守らない、自分の目的のためなら心にもない甘い言葉を投げる、不純な女。どれほどの悪態を並べても足りない気がした。

「でも葡萄は、すべてに優先するの。私は確実にパートナーを手に入れなければならない。自分の気持ちに、かまけてられないのよ。あなたを待てなかったのは、信じられなかったから。あなたって他の子と違って、いつも冷静だったじゃない」

思ってもみない非難だった。

「ちっとも乱れず、言葉も冷たかったし態度も冷めていた」

そんなはずはない。

「本心を見せてくれた事もない。温かい言葉をかけてくれた事もない。私を心に入れてくれようとしなかった。だから信じられなかったの」

浮き足立ちながら思い出す、自尊心がいくつもの気持ちを隠し、切り崩してしまっていた事を。自分の感情がどこまで言葉になっていたのか判然としなかった。和典の心で生まれ、絵羽の耳に届く前に零《こぼ》れ落ちてしまった想いが、きっとたくさんあったのだ。

「やっぱり彼女がいるって本当なのね」

だが、今さらどうするんだ。実はいないと言い訳したり、本当はパートナーになりたかったと取り縋《すが》ったり、そんな見っともない真似《まね》ができるか。

「いくら望んでも叶わないものもあるね。そういう夢には、もう慣れてるし。これから神戸に帰って、ワイナリー立ち上げの準備をするの。これでさよならね。もう連絡しないで」

突然突き付けられた別れの前で、ただ呆然とするしかない。

「あ、知ってるかな。十代って一生のうちで一番、純粋に人を好きになれる時期よ。自分を犠牲にするような恋、本当の恋ができる時。私も真剣に恋した事があった。送ったワインは、その残り香なの」

山沖とのかつての恋だけが真剣だったと言われた気がした。それだけが今も、絵羽の中では真実で、美しいのだ。

「じゃ、さようなら」

通話が切れる。壁に寄りかかったまま、落ちるようにその場にしゃがみ込んだ。自分を支えられない。思い描いた未来に次々と亀裂が入り、倒壊していくのを見ていた。飛び散る瓦礫《がれき》に打たれる痛みを感じながら、嘆きや悲しみや怒りと共にその中に埋もれていく。

夢の残骸はやがて冷え、固まって動かしがたいものになった。誰も住まない荒れた地に転がっている岩に似て、冷たい。そこに閉じ込められ、息ができなかった。押し潰されそうな重苦しさの中から、自分の一部がそれを突き破ってすっと抜け出す。自分の中の優れたもの、鋭敏さや周密さ、強気などが力任せに脱出し、自分自身を救おうとしているのだと信じた。頭が冴え、視界が克明になっていく。どんなものもミクロン単位で見えてくるような気がした。

騙《だま》されている大椿を放っておけない。和典から首位を奪うほどの能力があり、人を救うために医者になるという夢も持っているのに、絵羽に惑わされ、いいように利用されるのを見過ごせなかった。本当の事を知らせてやるのが正義だ。自分の義務でもある。とにかく現実を見せてやらなければ。握ったままだったスマートフォンで大椿にかける。

「これ、言おうかどうか迷ってたんだけど、やっぱ言っとく。おまえの絵羽ちゃんだけど、山沖さんと関係があるぜ」

大椿は言葉の意味を理解できなかったらしく、なんとも気の抜けた声を出した。

「昔の恋人同士で、今も切れてないんだ」

勢いのいい笑い声が耳に届く。

「またまたぁ。上杉ぃ、だめだよ、脅そうとしても。絵羽ちゃんは僕をじっと見つめて、大好きだって言ったんだよ」

それが絵羽のやり方だったと思い出す。

「それなら、俺も何度も言われてる」

息を呑む気配がした。

「おまえが校門で待っててプレゼント渡した事があったろ。あの前、絵羽ちゃんは山沖さんと教員室にいたんだ。俺、見たよ」

胸であの光景が光を放つ。その時の絶望と憎悪が喉に突き上げてきて、ゆっくりと言葉に変わった。

「二人でやってたんだ」

大椿は黙りこむ。何もかもが死に絶えたかのような静けさが、耳に流れこんできた。

「信じられないのなら絵羽ちゃんに直接、聞いてみろよ」

返事はなく通話が切れる。よし、義務は果たした。息をつきながら、自分の内に蠢《うごめ》いているかすかな嗤笑《ししょう》を聞き取る。それは次第に大きくなり、勝ち誇り、やがては心いっぱいに響き渡った。その時になって初めて、それまで感じながらはっきりと摑《つか》めずにいたものの正体を察知する。

残骸の中から脱出したのは、優れたものだと信じていた、それが自分を救おうとしているのだと。だがよく見ればそれは、そういう外形を被った悪意であり、その中心は強烈な嫉妬だった。善悪の篩《ふるい》を壊し、強いものだけが脱出したのだ。絵羽と大椿の関係の破綻を一心に望んだ気持ちから生まれたそれこそが、今の和典を救うものだと自分自身が判断したのだった。忠告を装って二人の間に不信を忍びこませ、その関係に罅《ひび》を入れようと謀《はか》った。血の気が引く思いでスマートフォンを握りしめる。

おい自尊心、何してた。悪意をコントロールできなかった事を責めようとし、自尊心こそがその首謀者であると知る。傷付き、復讐の旗を振っていたのだった。

絵羽の事だけではなかったのかもしれない。不動の数学トップと言われた和典から楽々とそれを奪い、和典には到底持てないような情熱で黙々と問題に取り組み、大らかでお調子者で自分を前面に出しながら皆とうまくやっていける大椿に、自尊心は傷付き続けてきたのだ。いつかどこかで一矢を報いたいとずっと狙《ねら》っていたのだろう。

自分に裏切られた思いで、残骸の中に残っていたものを掘り起こす。生真面目さや素直さ、無欲さ、謙虚さなど、非常時には使えそうもないものばかりだったが何とか拾い集め、取り纏《まと》めて自分を動かした。事実を偽ったと大椿に謝り、正確な事を伝えなければならない。

2

身を食《は》むような自己嫌悪を抱え、学校に向かう。自分が留守の間に校内で起こった騒ぎを黒木の電話で聞いた時には、気が滅入った。何が何でも登校すると決めていたものの、敵だらけの戦地に向かう心境だったが、今はまるで気にならない。自分の価値を信じられなくなりそうで、他人の目に構っている余裕などなかった。

教室から部室へと回ってみる。大椿の姿はない。待っていても現れず、授業が始まった。一単元が過ぎる度《たび》に、心臓の音が高くなる。何度か電話をかけるものの、電源が切れていた。何やってんだ、早く来い。頼むから来てくれ。いつもの顔で目の前に立ち、上杉の言葉より絵羽ちゃんを信じる事にしたと笑ってほしかった。自分の悪意の敗北を願いながら急に思いつく、大椿は絶望して自殺するかもしれない。居ても立ってもいられず、立ち上がって教室を出た。

「おい上杉、授業中だぞ、どこ行くんだ」

全身から冷や汗が噴き出す。自己崩壊寸前のこの状態で大椿に死なれたら、俺、完璧、壊れる。百パー、後追いだぞ。

一番早く姿が見られると大椿が言っていた校門まで行き、祈るような思いで登校を待った。来てくれ、頼む。

だが放課後になっても、大椿は現れなかった。相変わらず電話も通じない。故意に避けられているかのような気分になってくる。もし家にいるのなら、固定電話にかければ家族に呼ばれて否応なく出るだろう。急いで帰り、自宅の固定電話に入っている着信履歴から大椿の家にかける。名前を名乗り、本人を呼んでくれるよう頼むと、留守番だという女性が無愛想な声で答えた。

「まだ学校から帰ってきません」

学校には行ってないんだ。先ほど頭をかすめた自殺説に信憑性が出てきたように感じ、喉が詰まる。今にホームルーム担任から、今日の欠席について電話が入るだろう。

「もし本人と連絡が取れたら、僕に電話してくれるように伝えてください」

いったいどこに行ったんだ。このまま大椿が永久に姿を消してしまうように思え、気が気ではなかった。やむなく絵羽にかけ、尋ねてみようとした時、脳裏に確信めいた光が灯る。絵羽は神戸に帰ると言っていた。大椿は、和典の話を確かめようとして絵羽の部屋に行き、すれ違いになったのだ。絵羽に電話し、神戸に向かっていると聞いて追いかけたのだろう。切羽詰まった気持ちだったのに違いない。絵羽の返事しだいでは、今後どんな行動に出るかわからなかった。

神戸のどこだ。焼け落ちたワイナリーか。一部の建物が残っているとか。身をひるがえして階段を駆け上がり、自分の部屋に飛び込む。ワインの箱についている送り状を見直したが、やはり絵羽の名前とスマートフォンの番号しか書かれていなかった。瓶を取り上げると、ラベルの下方に会社名と神戸の住所、電話番号が印刷されている。その電話にかけてみた。使われていない。

絵羽のスマートフォンにもかける。呼び出し音は鳴ったが、出なかった。改めてラベルを見ながら、手がかりはこれだけだと考える。よし、ここに行こう。行って捜して、見つけ出し、連れ帰る。運が良ければ、その途中で連絡がつくだろう。

フランス旅行のカード決済は、まだされていなかった。今なら残高は充分ある。後はどうとでもなれだ。通学バッグから財布だけ取り出してポケットに入れ、部屋を出る。階下まで降り、玄関ホールでウォーキングシューズを履《は》こうとしていると、ホール脇にあるドアが開いた。

「どこに行くの」

母が姿を見せる。

「神戸」

喉からスラッと言葉が出たものの気恥ずかしく、目を背けた。何か聞かれるに違いない。これ以上は話すまいと心を決める。阻止されたら強行突破だ。肩に力を入れ、身構えていたが、母の声は聞こえなかった。いつまで経っても無言のまま、詰問どころか嘆息も漏れてこない。不審に思い、そっと視線を向けると、母は涙ぐんでいた。不意の事で、仰天する。

「どっか痛むの」

思わずそう言うと、母は顔を歪《ゆが》めた。

「久しぶりに話せたから、何だか気が緩《ゆる》んでしまって」

涙がこぼれ、頬を伝う。そのあまりの脆《もろ》さに、狼狽《うろた》えた。

「私も明日、神戸に行くのよ。来年の打ち合わせで」

阪神・淡路大震災で母の生家や別荘も被害を受けた。それ以降、年に数回、神戸に足を運んでいるのは知っている。被害者の一人として、またボランティアとして動いているのだった。

「日曜の夜までいるから、もし時間があったら別荘の方に寄りなさい」

頷く。素直な自分に驚き、訳も聞かず止めもしない母の態度が信じられないまま玄関を出た。最寄駅から東京まで行き、駅弁とコーヒーを調達して最終に近い新幹線に乗る。自由席はほぼいっぱいで、ドアの近くに立った。神戸まで二時間四十七分。ワイナリーの住所をスマートフォンで検索し、駅からの行き方を調べると、市の西部の山の中腹にあり、唯一の交通手段は地下鉄の終点からバスだった。最終バスに間に合わず、タクシーもなかった場合、歩くしかない。体力を蓄えておこうとしゃがみこみ、目をつぶった。時々、大椿に電話をかけながら、ドアの横の壁に凭《もた》れて眠る。

何度か崩れ、名古屋でドアが開いた時には、転がり出そうになった。空腹に気が付き、東京駅で買った弁当を掻き込む。コーヒーを飲みながら次は新神戸に停車するというアナウンスを聞いていた時、スマートフォンが鳴った。取り出せば、大椿からだった。飛び付きたい思いで耳に当てる。

「上杉ぃ」

深い井戸の底から聞こえてくるような声だった。

「僕だよ」

どこか反響する場所にいるのかもしれないと思い、すぐに違うとわかった。声自体が虚《うつ》ろで、その内側で音が響き合っているのだった。

「ごめん」

どうした、何があった、ごめんって何だ。何でも許すぞ、生きていてくれるだけでいい。謝らなくちゃならないのは、こっちだ。

「最後の電話だよ。これでさよならだ」

頭が吹き飛ぶような思いだった。

「落ち着け。大椿、落ち着けよ。さよならなら、いつでもできる。俺、近くまで来てるんだ。今行く。ちょっとだけ待て、ちょっとだけでいいんだ。どこにいる」

泣き出す声に、震える言葉が入り交じる。

「絵羽ちゃんのワイナリー」

やっぱり。

「僕、もう決断した。後戻りはできないんだ」

車内だったが、ほとんど叫ぶように答えた。

「すぐ行く。そこから動くな」

新神戸に着くなり車外に飛び出し、構内を走って地下鉄に乗る。苛立ちながら終点まで行き、地上に出て、幸いにも停まっていたただ一台のタクシーを捕まえた。行き先を告げると、不機嫌になる。そこはもう廃屋だと言い出し、行っても何も見られない、泊まる所もないと続ける。どうも真意は、帰り道に客を拾える見込みがなく空身になるのを避けたいらしかった。何とか頼み込み、走ってもらう。

幅の広い道路は、たくさんの照明で照らされていた。二十度から三十度の上り坂が続き、次第に街灯の数が少なくなっていく。確かに人の姿は皆無、もちろん車も通らなかった。二十分ほどで到着し、真っ暗な闇の中に降りる。

「帰り、連絡くれれば迎えに来るから、これ番号」

最初は嫌がっていたものの、心配になったのだろう。礼を言って差し出されたカードを受け取り、Uターンして戻っていく赤いテールランプを見送った。

道沿いに白いフェンスが続き、月明かりを跳ね返している。人の背丈ほどの門があったが、門扉は壊れ、傾いていた。その向こうに広場と庭が広がり、真っ直ぐな階段がいくつかの踊り場を挟んで五、六十段ほど続いている。上り切った所に、半ば崩れ落ちた建物が二棟見えた。ここが城と呼ばれていた事を思い出しながらスマートフォンを出し、大椿にかける。

「今、来た。どこにいる」

先ほどより落ち着いた息遣いが聞こえた。

「階段の途中だよ」

壊れた門扉を押し開け、カラータイルの階段を上る。月が頭上にきていた。投げ下ろす光が空中で霧に変わり、どこもかしこも濡れたような象牙色に覆《おお》われている。最初の踊り場まで来ると、次の踊り場に両膝を抱えて坐っている大椿が見えた。暗い階段の直中《ただなか》にそうしてしゃがんでいる様子は、広い海に浮かんでいる小舟のようだった。この世のどんなものとも繋《つな》がらず、どこにでも流れていきそうなほど頼りなげにひっそりとしている。和典は駆け上がっていき、その前に立った。

「来たぜ」

無事な姿を見られてうれしかった。

「上杉ぃ、僕の事、怒らないでね」

こちらを仰ぐ大椿の目には、涙があった。

「僕、選ばなきゃならなかったんだ。それで、これまでとは全然違う、別の生き方を選んだ。そのために今まで大事にしてきたものを何もかも捨てなきゃならないとわかっていたけれど、それはしかたないって思ったんだ」

意味がわからない。その隣りに座りこみ、肩を並べた。

「あのさ、具体的に話してくれるか」

大椿は、自分の膝に視線を落とす。

「上杉から電話もらった後、絵羽ちゃんの部屋に飛んでったら誰もいなくて、電話かけたらもう東京駅に向かってるって。会って話したい大事な事があるって言ったら、じゃ神戸で会いましょうか、どうせ明日から土日でお休みでしょうし、ワイナリーも見ておいてほしいからって。それで待ち合わせてここまで来たんだ。焼け残った一棟が奥にあって、そこで話をして、あ上杉から聞いたとは言わなかったよ、でも絵羽ちゃんは全面否定だった。嘘かも知れないと思った。だけど、これだけ言うんだったらそれでいいかなって、僕は絵羽ちゃんを好きなんだから絵羽ちゃんの言う通りだと思っておこうって決めたんだ。絵羽ちゃんを信じる事にしたんだよ」

体中が一気にゆるんだ。それこそ和典が聞きたかった答、自分の悪意の敗北だった。よかったと思いながら、なお頬を緊張させたままの大椿に穏やかならぬものを感じる。背中を冷たい手で撫られているような、迫ってくる凶事の足音が聞えてくるような不穏さが、そこから漂い出していた。おい、この話ここでメデタシメデタシじゃないのか。

「で、僕はたまらなくやりたくなって押し倒そうとしたら、シャワーの後でねって言われた。それで絵羽ちゃんは部屋を出ていって、その後スマホが鳴り出したんだ。光ってる画面を見たら上杉からだった」

絵羽にかけた事を思い出す。たまらない気分だったあの時、大椿はそんな楽しい状況だったのかと考えると、いささか腹立たしかった。

「それを見て思ったんだ、絵羽ちゃんはやっぱり上杉が好きなんだって」

唐突だな、何だ、それは。

「スマホの待ち受け画面に、上杉って文字が出てた。その壁紙が写真だったんだ。上杉の顔で、ピンクのハートマークのフレームの中に入ってた」

遠くでサイレンの音が上がる。

「その呼び出し音が途切れてから、僕、試してみた。自分のスマホから絵羽ちゃんにかけたんだ。そしたら大椿って文字は出たけど、写真もハートマークもなかった。それで絵羽ちゃんのスマホのフォトを開けて見たんだ。ロックはかかっていなかった。中には隠し撮りした上杉の写真がいく枚も入ってたよ。コメントも付いてた。これが一番かわいいとか、この角度はセクシャルだとか、これは最高に好みとか、今夜はこれを夢に見ようとか」

爆発するような怒りが胸に突き上げてくる。だったら、なぜだ。そんな事をするくらいなら、どうして待たなかった。たった数日が、なんで待てなかったんだ。

「ああ絵羽ちゃんは上杉が好きだったんだなって確信して、僕、キレたんだよ」

浮かんでいた涙が零《こぼ》れ、真っ直ぐに落ちて膝を濡らす。

「だって僕がパートナーになるって言ってるのに、どうして上杉なんだ。それはひどいよ」

サイレンは次第に近づいてきた。眼下に見える道を赤いランプを掲げた四台の車両が上ってきて、門の前で停まる。慌《あわ》ただしく数人が降りてきた。

「絶対、渡したくないって思った。それでそのための方法をいくつか考えて、ベストを選んだんだ。絵羽ちゃんが戻ってきて、僕もシャワーをしてきて、二人でやりながら聞いてみた。スマホに入ってる上杉のフォト消してくれるよねって。そしたら僕が見た事を責めながら、絶対消さないって言うんだ。あれは自分が歩いたかもしれない別の人生を感じさせてくれるものだからって。僕は思ったよ、絵羽ちゃんはいつかきっと上杉のとこに行くに違いないって。絶対に行ってしまうだろうって。だから僕はその時、絵羽ちゃんの人生を終わりにしたんだ。上杉に渡さないためにだよ」

思わず突っ立つ。海へと流れていく大きな川が、いきなり逆流するのを見たような気持ちだった。泡立って逆巻くそれは、川ではなく自分の内を流れる血だったのかもしれない。

「マジか」

先ほどの疑問の答が、とっくに出ていた事を思い出す。絵羽は、和典を信じられなかったのだ。和典が本心を糊塗《こと》し、カッコよく見せかけようとしていたばかりに。自分の失敗であり責任だったそれを、忘れたくて必死だった。

「僕は、人殺しとして生きていく道を選んだ。絵羽ちゃんはもうどこにも行けない。ずっと僕のものだ」

愕然《がくぜん》としつつ大椿を見つめる。

「そんな事をするのは卑怯だってわかってた。でも、止められなかったんだ」

闇に向けられた大椿の目は、何かを捜していた。そこに浮かんだ光が、二匹の蛍のように夜の中を飛び回る。

「上杉、ごめん。僕たちは、正々堂々と戦うはずだったのに」

ああそうだったと思い出す。自分は大椿に情報を提供し、借りを返して二人でスタートラインに着くつもりでいた。

「もしかして僕は、自分で意識していなかっただけで本当は上杉に嫉妬してたのかもしれない。成績じゃなくて、それ以外の全部で。絵羽ちゃんの事はきっと、その最後の一滴だったんだ。決着を付け、自分の徹底的な勝ちを決めたい気持だったんだと思う。だって上杉は、いつもクールで、誰に向かってもニコリともせず超然としているじゃないか。高い山みたいで、そこにいるだけでカッコいいんだ。僕がいくら頑張っても追いつけない。だけど絵羽ちゃんに関してだけは、もうどうしようもなく僕の勝ちだって事にしたかった、たぶん」

荒々しい足音が階段を駆け上がってくる。大椿は立ち上がり、こちらを見た。

「さっき警察に連絡したんだ。これでお別れだね」

かける言葉がどうしても見つからない。

「電話したのは、僕です」

駆け寄ってきた警官たちに、大椿は氏名を名乗り、奥の一棟に上田絵羽がいると告げた。担架を持った警官や作業服姿の係員が駆け出していく。大椿は促《うなが》され、階段を降り始めた。途中で振り返り、こちらを見上げる。

「来てくれるなんて思わなかった。うれしかったよ。超嫉妬したけど、でもそれは嫌いって事じゃない。むしろ憧れてた。じゃさよなら」

警官に付き添われ、闇に紛《まぎ》れていく。明かりを点けっぱなしだった車のドアが音を立て、エンジン音が上がり、やがて遠くなっていった。

「君も、署まで来てもらえるか。現場にいたんやったら、色々と聞かせてもらいたいし」

警官と一緒に階段を降りる。手を下したのは大椿だった。だが和典は、それが自分の思い描いた計画であったような気がした。すべての根幹にあったのは和典の悪意であり、自尊心なのだ。大椿を憎悪した自分、約束を守らなかった絵羽を恨みながらその原因を知って表だって責められなかった自分が、二人を破滅させ、その関係を完璧に破壊しようとしてビリヤードのキューのように、大椿の心を突き、この結末へと落としこんだのだ。絵羽が麻生高生を殺し、徳田を殺したように、和典は大椿を誑《たぶら》かし、絵羽を殺させた。あれほど夢中で大椿を気遣ったのも、実は自分を欺《あざむ》くためだったに決まっている。

それは違うという声が、心でいくつも上がった。考え過ぎだ、冷静になれよ。おまえが大椿に話した事は、絵羽が全面否定した時点でもう終わってんだろ。その後は不可抗力じゃないか。懸命に言い張る声に、和典は冷笑を返す。先ほど鮮やかに裏切られた事を思えば、自分など信じられるものではなかった。

「ご遺体、大学の法医学研究室に搬送します」

後ろから声がし、振り返ると、ビニールシートで覆《おお》われた担架が階段を降りてきていた。

「顔、見せてもらっていいですか」

係員が、戸惑ったように警官を見る。

「どうしても目を瞑《つぶ》らんので開いたままですが、その子に見せてええもんですかね」

警官が、こちらの様子を窺《うかが》った。

「大丈夫です。僕はもう子供じゃありません」

ビニールシートが捲《めく》られる。闇の中に、絵羽の白い顔が現れた。初めて会った時と同様にあどけなく儚《はかな》げで、どこか取り澄ましていて冷ややかだった。空中に向けられた眼差は、にらんでいるようでも誘っているようでもある。その目にもう何も映っていないとは信じられないほど、いつもの絵羽のままだった。細い首に大椿の指の跡が浮き出している。その上に自分の手が重なり、力を込めて押さえつけたように感じながら同時に、嘘だろうとも思った。

絵羽がこんなに簡単に死ぬはずはない。こんなに素直に、あっさり逝ってしまうはずはない。いつも強《したた》かに豹変し、狙い澄ました矢を放ってきたじゃないか。絵羽はもっと手に負えなくて、生意気で、常に駆け引きをしていて、隙さえあれば嚙みついてくるような女だ。こんなに従順なはずはない。

躍起になってそう思おうとする胸の内で懐疑の矢が反転し、自分に向かう。死んだ絵羽とこうして向き合っているというのに、なおそんなはずはないと思っている自分は、真に絵羽を見ていたのだろうか。大椿同様、自分の脳裏に描いた偶像を絵羽と信じていただけではないのか。モンミュザールまで行って、いったい誰を捜そうとしたのだろう。自分の未来に取り込める都合のいい相手をか。

「さ、もうええね。行ってくれ」

担架が揺れ、絵羽の唇がわずかに開く。そこから蜻蛉が一匹ゆっくりと姿を現し、羽ばたいて飛び立った。和典の周りをめぐり、闇の中に消えていく。様々に揺さぶられていた心が一瞬、静止し、一つの思いが芽生え、しっかりと根を張り広げた。絵羽が抱え持つものを知りながら何もできなかった自分、それが絵羽を殺したのだ。自分さえもっと的確に行動していればこれは避けられた。そう確信し、大きな叫び声を上げた。自分たちは楽園を作るはずだったのに。

3

「落ち着いたか」

絵羽の直腸温度から死亡時刻が推定され、和典が提出したタクシーのカードによってその車内カメラから同乗時間が証明された。当初、警察が持っていた和典への疑惑は払拭され、ただの参考人の立場で質問に答える。すべてが終わった時には、朝になっていた。

「ご協力ありがとう。家まで送るよ。どこやっけ」

先ほど書いた現住所をもう一度口にしてから、神戸の北野町にある祖父母の家でいいと申し出、住所を教える。

「え、保存地区に住んどるん」

元町の生田神社近くで生まれた祖父が、市内や港を見下ろせる高台にある異人館の一つを買い取り、別荘として使っていた。和典たちが泊まったり、親戚一同が出入りしたりしている。一九七九年、北野・山本地区一帯が伝統的建造物群保存地区に指定され、神戸市から買取交渉もあったと聞いているが、皆が気に入っていて売らなかった。

海から上ってくる朝日を浴びながらサイレンを消したパトカーで家に向かう。常に絶える事のない観光客の姿はまだなく、街は静まり返っていた。急坂の両側に建つ家々の壁に、タイヤの鈍い音が響く。

母は今日来ると言っていたが、さすがにまだ着いていないだろう。そう思っていたのに、警官が押したドアフォンに応じ、姿を見せた。警察との間で、和典の受け渡しが行われる。その説明によれば、昨夜殺人事件があり、その被疑者と一緒に現場にいたため事情を聞き、問題ないと判断して送ってきたという事だった。

警察が立ち去り、玄関のドアが閉まる。大椿は自分の罪の責任を取った。和典の罪は誰も知らず、裁く法もない。だが自分自身が裁くだろう。

「昨日の夜、来たのよ。あなたがいつ来てもいいように掃除しとこうと思って。朝ご飯、食べるでしょ。すぐ用意するから」

台所に入っていこうとする母を止めた。

「俺に、聞きたい事あるんじゃないの」

母は、ちょっと笑う。

「実は、この間あなたの学校に行ったの。いく人かの先生と会って話して、その時言われたわ。お子さんは話したい時がくれば話します、それまでは言葉を持たないんです。本人が話し出す時を待っていてくださいって。山沖先生っていったかしら、顧問の」

もしかして山沖も、話す言葉を持たない人間だったのかもしれないと思った。妻を家政婦扱いしているようなあの口ぶりも、適切な言葉を持っていなかっただけで、もっと違うものなのかも知れない。絵羽につまらない女と言われた妻は、実は山沖を理解し、二人の間には年月をかけて築いた言葉のいらない関係が成立しているのかも知れず、変容しているかに見えた絵羽との間も本当はすでに切れていて、あれは絵羽の一方的なコンタクトであり、徳田夫人が言っていたように山沖は自分の負い目のために絵羽に協力していただけかも知れない。

「和典、あなた」

母が、沁々《しみじみ》とした目でこちらを見た。

「何となく雰囲気が変わったわね。大人になった感じ」

強烈な拒否感が体の奥で声を上げる。何だよ、それ。絵羽を失った事が大人への通過儀礼だったと言われているようで、内臓を引き千切られる思いだった。何なんだよ、それって。この全部が、大人になるために必要だったって事か。それなら大人になんかならなくてもよかった。永久に子供のままでいいから絵羽と一緒にいたかった。わめき出しそうになり、はっと気づく。自分が母の前では何の気遣いも思いやりもなく、自我丸出しの子供に戻ってしまう事に。これまでもきっとそうだったのだろう。

「ごめん、母さん」

終章

事件を知った学校では、生徒も教師も大騒ぎだろう。そう思いながら、和典はずっと欠席していた。当初、混乱を極めていた心は次第に落ち着いたが、それでも陽が落ち、夜が来ると、その闇の中からまたも新たに絵羽の死が告げられるような気がした。それが自分の無力さを責めているようで、声を上げずにいられないのだった。

毎日、若武から、学校に出てこいというメールが来た。あまりにもうるさいので着信拒否にしたら、今度は電話がかかってきた。これも迷惑電話に設定し、撃退する。小塚からもきた。自分の近況を伝え、遠慮がちに和典の体調を気にしていた。黒木だけは何の連絡もしてこない。逆に気になった。

やがて山沖から印刷の葉書が届く。一身上の都合から年末を以て職を辞し、数学の研究に専念するという内容だった。数理工学部の顧問として、部員だった大椿の犯罪や斡旋したチューターの品行問題と無関係ではないだろう。山沖は俗世を捨て、数学という名前の修道院に入るのだ。文面の最後に自筆のサインがあるのを見ながら、その高い門が閉まる音を聞いた気がした。

和典も、自意識という名の煉獄にいる。隠者のようにそこに閉じ込もり、ただ一人で自分の抱えるものと向かい合っていた。真夜中に上る太陽のように凄まじく、真昼に訪れる闇のように底知れないその中に身を置き、自分の無力さが絵羽を殺したという思いに苛《さいな》まれている。

年末になり、校内一斉メールが届いた。生徒会が主催して絵羽の永訣の会を開くというのだった。

絵羽はチューターとして多くの生徒の学習を補佐しただけでなく、何といっても我が校の花であり皆の憧れだった、それが悲惨な最期を迎え、家族を持たないため、このままでは葬儀もされず葬る墓もない、孤独の中をただ一人で歩き、ただ一人で逝ってしまった絵羽のために、皆でカンパをし、惜別の会を開こうではないか。

生徒会役員が名前を連ねる実行委員会の中に、黒木の名があった。言い出したのはきっとあいつだろうと思っていると、間もなく本人からメールが届く。

「ヒッキーになった上杉先生へ。カンパしろよ。おまえ、俺に借りがあるだろ。友情に忠実だった俺を疑った事だよ。自分の罪を感じてるんなら、行動で贖罪《しょくざい》しろ。俺が企画した永訣の会を支持するんだ。募金箱は校内にある」

つまり学校に出てこいというのだった。ずっと連絡してこなかったのは、これを立ち上げるのに忙しかったからだろう。苦笑しながら、自分を引きずるようにして登校する。

覚悟を決めて踏みこんだ校内は、想像していたよりずっと穏やかだった。絵羽がいないというのに喪失感もない。あれほどはっきりと死に顔を見たのにも拘《かかわ》らず、なぜか絵羽が死んだという気が少しもしてこないのだった。よく姿を見せていた部室や数学教材室、中でもあの渡り廊下で、和典は自分の心に絵羽を見る事ができた。呼びかけてくるような気さえする。絵羽が佇《たたず》むその光景は、いくらでも見入っていられそうなほど優しく静かだった。黒木のメールを思い出す。自分の罪を感じているのなら行動で贖罪しろ。スマートフォンを出し、黒木に返信した。

「永訣の会に協力する」

絵羽を知っている関係者に連絡を取り、カンパの協力を求めるという役目を割り当てられた。徳田夫人にも知らせようと考え、最初のメールが訃報になる事を気にしながら連絡する。すぐ返事があり、嘆きの言葉とともに永訣の会へのカンパの方法を尋ねていた。大椿にも知らせる。これもやがて返事があった。

「知らせをもらい、皆が絵羽ちゃんを忘れずにいてくれるとわかってうれしかったです。そんな皆から絵羽ちゃんを奪った事を心苦しく思います。また上杉からメールをもらえた事も、超うれしかった。僕の軽率な行動を許してもらえたのだと感じました。返事の手紙を書いたのですが、メールの方が早いので打ち替えています。先日は、山沖先生から葉書があり、最後に手書きの文字で、気が向いたら、いつでも遊びに来ていいと書かれていて、とても救われた気持ちになりました。ありがたかったです」

山沖は大椿を心配しているのだろう。自分の研究の邪魔になるとわかっていながら訪問を許すのは、教育者ならではだった。徳田夫人は、兄は教育者ではないと言っていた。それは彼女が見ていた時にはそうだったという事なのだろう。人は変わる。モンミュザールであれほど希望にあふれ意気揚々としていた絵羽が、和典が出会った時にはそうでなかったように。家に閉じこもっていた和典が、今ぎこちなく歩み出しているように。

「僕は元気です、相変わらず毎日、因数分解をやっています。それが一番自分らしい状態である事に、最近気づきました。数学の中に身を落ち着けている時は、心が静かで満たされています。ここでの生活にもようやく慣れました。結構気に入っています。こちらの自然は日本と同様に四季があり、美しく、今は葡萄の花が満開です。絵羽ちゃんが好きだった花は、とてもきれいです」

この時期に、葡萄は花を付けない。だが大椿には、それが見えるのだろう。和典が夜の中から絵羽の死の告知を感じ取るのと同根だった。

「何につけてもあの事を思い出しますが、僕にはああする以外になかったのだと、あれだけが僕の生き方だったのだと、今も思っています。僕は選んだと言ったけれど、選ばされたのかもしれません。何か大きな必然によって。あの時、僕は、本当は絵羽ちゃんを追って死ぬつもりでした。でも上杉にさよならを言っておきたくて、電話をしたんです。そしたら今行く、ちょっとだけ待てと言われて、ああ自分はこんな人間なのに、それでも上杉は友達でいてくれるんだと感激しました。だから死ねなかった。僕の命を救ってくれたのは上杉です、ありがとう。こうして自分が生きている事を考えるにつけても、絵羽ちゃんには申し訳なかったと思います。一生思い続けるでしょう。一つの命を失わせたので、もしできることならば、いくつもの命を救う道に進みたいと思っていますが、世の中が僕にそれを許してくれるかどうかわかりません」

和典も、あれから考え続けていた。なぜ絵羽があの時、失楽園を送ってきたのか。

失楽園を開ける事は、絵羽が過去を捨てる儀式だった。それを大椿と二人でしなかったのは、これからも自分は過去を引きずっていくとの意思表示だろう。送ってきたのは、和典が一人で瓶を空にし、自分との出会いを過去のものにして新たな道を進むようにとのメッセージだ。和典の意識の中から自分を消そうとしたのだろう。それは絵羽の愛情のようにも感じられたが、再建に気持ちを奪われていた絵羽には真に誰を愛する余裕もなかったに違いないとも思われた。和典を信じられなかったと言い、それは確かに和典に非があったが、絵羽もまた和典よりも自分の夢を愛していたのだ。

「僕の家では、この事件をマイナスと考えていません。数学者になる予定の後継者が殺人者になった訳ですが、途中で僕が医者になりたいと言い出していた事もあり、それよりはむしろ殺人者の方がよかったと皆が考えています。なぜなら医者は職業なので、同時に数学者であることは不可能ですが、犯罪者はそうではないので数学者である事と両立するからです。事実、人を殺した高名な数学者もおり、精神を病んだ数学者も少なくはないらしく、孤独な環境にいる方が数学を深められると、むしろ歓迎方向です。世の中の常識からずれている事は明らかですが、でもそれが僕の一族なのです」

絵羽が本当に愛していたのは自分自身だけだったのかもしれないと言ったら、大椿はどう反応するだろう。今度は絵羽自身に嫉妬し、自分の決定的な勝利を思い知らせるために、同じ事をしたと言うだろうか。

「僕はすっかり煩悩を使い果たしたらしく、もうどんな反応も起こさず、誰ともやる気になれません。それは罰のように僕の全体を支配しているのです、きっと絵羽ちゃんがすべてを持っていってしまったのでしょう。絵羽ちゃんからのプレゼントだと思えば、甘い罰です。今は少し辛く感じる時もありますが、それが煩悩からの解放だと思える日がいずれ来るような気がします。ではまた。今度は直接メールにして、絵文字も入れ、もっと楽しい話を送ります。お元気で」

年が替わってもカンパは続けられ、三学期が終わる頃、永訣の会が行われた。生徒会の調査で、上田家の墓地がワイナリーの裏手にあるとわかり、実行委員会の何人かが遺骨を持ってそこまで行く事になった。黒木に誘われ、和典も同行する。カンパの金はおまえのためには使えないと言われ、小遣いを使い果たしていたため苦慮したが、宿として神戸の家を提供する事で差し引きゼロに持ちこんだ。

良く晴れた寒い日、皆で新幹線に乗り、新神戸から地下鉄とバスを使ってたどり着く。あの夜の鬱蒼とした廃墟は、昼間の光の中に静かな姿を晒《さら》していた。絵羽の夢がそこで淡く儚《はかな》い形を留めているのを見上げつつ、巡礼のように足を運ぶ。儚いという字は、人が夢見ると書くのだという事にその時初めて気づきながら、廃墟の前に立った。

崩れ落ちた屋根や焼け焦《こ》げた壁、地面に散らばる汚れたガラスやタイルの間に、時の流れが横たわっていた。和典の求めに応じてゆっくりと立ち上がり、何もかもを元に戻していく。祖父母や両親と楽しげに試飲をしている絵羽の笑みが見えた。

ふと考えてみる。もし絵羽と二人でこの地に立ち、未来を語る事ができていたら。絵羽のパートナーとなり、ここで一緒にワイン造りを目指す事ができていたら、自分はいったいどんな生涯を送ったのだろう。それは幸せ過ぎて想像も及ばない、だがあり得たかも知れない別の人生だった。絵羽がスマートフォンの中に和典の写真を入れ、今とは違う一生を考えていたように、和典もまたそれを胸に描く。

裏手の丘陵には、畑が広がっていた。焼けた葡萄の樹が卒塔婆のように立ち並んでいる。絵羽がいく度となく足を踏み入れ、葡萄作りに励んでいた畑だった。樹々の間についた爪先上がりの細い道を上っていき、最も高い所に立つ。谷底に向かって規則正しく並ぶ葡萄の列を見下ろせば、まだ潑剌《はつらつ》としていた頃の絵羽の姿がその間に見え隠れしていた。辺《あた》りには葡萄の香りが立ち込めている。傾斜する道を下りながら、その中に身を沈めた。爪先から脚、胸、やがて頭の上まで葡萄色に染まっていく。そこかしこから絵羽の、はしゃいだ声が聞こえてきた。徳田夫人の言葉が思い出される。失楽園は華やかで、深くて切れのいいワインだったわ。呑んだ人間の魂に染みつくような味よ。

歩いている細道の脇に一本、新芽を吹き出している枯れ枝が見えた。柔らかく瑞々《みずみず》しい緑が光を跳ね返し、輝いている。目をつぶり、自分の部屋の机の上に横たわっている失楽園を思った。いつか、あれを開けよう。その時に絵羽自身と再び出会い、対話が始まり、飲みながら深まり、長く続き、そして空になって終わるだろう。

《完》

謝辞

執筆に当たりご協力いただき、またお時間を割いてくださった左記の方々に、心からの感謝を捧げます。（ご苗字の五十音順にて）

東京工業大学理学院教授　加藤文元さま
葡萄酒技術研究会認定Œnologues　戸塚昭さま
弁護士および日本輸入ワイン協会会長　山本博さま

藤本ひとみの単行本リスト

ミステリー・歴史ミステリー小説

『青い真珠は知っている KZ Deep File』講談社
『桜坂は罪をかかえる KZ Deep File』講談社
『いつの日か伝説になる KZ Deep File』講談社
『断層の森で見る夢は KZ Deep File』講談社
『モンスター・シークレット』文藝春秋
『見知らぬ遊戯――鑑定医シャルル』集英社
『歓びの娘――鑑定医シャルル』集英社
『快楽の伏流――鑑定医シャルル』集英社
『令嬢たちの世にも恐ろしい物語』集英社
『大修院長ジュスティーヌ』文藝春秋
『貴腐　みだらな迷宮』文藝春秋
『聖ヨゼフの惨劇』講談社
『聖アントニウスの殺人』講談社

日本歴史小説

『火桜が根　幕末女志士　多勢子』中央公論新社
『会津孤剣　幕末京都守護職始末』中央公論新社
『壬生烈風　幕末京都守護職始末』中央公論新社
『士道残照　幕末京都守護職始末』中央公論新社
『幕末銃姫伝　京の風　会津の花』中央公論新社
『維新銃姫伝　会津の桜　京都の紅葉』中央公論新社

西洋歴史小説

『侯爵サド』文藝春秋
『侯爵サド夫人』文藝春秋
『バスティーユの陰謀』文藝春秋
『ハプスブルクの宝剣』〔上・下〕文藝春秋
『令嬢テレジアと華麗なる愛人たち』集英社
『マリー・アントワネットの恋人』集英社
『皇后ジョゼフィーヌの恋』集英社
『ブルボンの封印』〔上・下〕集英社
『ダ・ヴィンチの愛人』集英社
『ノストラダムスと王妃』〔上・下〕集英社
『暗殺者ロレンザッチョ』新潮社
『コキュ伯爵夫人の艶事』新潮社
『エルメス伯爵夫人の恋』新潮社
『聖女ジャンヌと娼婦ジャンヌ』新潮社
『マリー・アントワネットの遺言』朝日新聞出版

『ナポレオン千一夜物語』潮出版社
『ナポレオンの宝剣　愛と戦い』潮出版社
『聖戦ヴァンデ』〔上・下〕角川書店
『皇帝ナポレオン』〔上・下〕角川書店
『王妃マリー・アントワネット　青春の光と影』角川書店
『王妃マリー・アントワネット　華やかな悲劇』角川書店
『三銃士』講談社
『新・三銃士　ダルタニャンとミラディ』講談社
『皇妃エリザベート』講談社
『アンジェリク　緋色の旗』講談社

恋愛小説

『いい女』中央公論新社
『離婚美人』中央公論新社
『華麗なるオデパン』文藝春秋
『恋愛王国オデパン』文藝春秋
『快楽革命オデパン』文藝春秋
『鎌倉の秘めごと』文藝春秋
『恋する力』文藝春秋
『シャネル　ＣＨＡＮＥＬ』講談社
『離婚まで』集英社
『綺羅星』角川書店
『マリリン・モンローという女』角川書店

ユーモア小説

『隣りの若草さん』白泉社

エッセイ

『マリー・アントワネットの生涯』中央公論新社
『マリー・アントワネットの娘』中央公論新社
『天使と呼ばれた悪女』中央公論新社
『ジャンヌ・ダルクの生涯』中央公論新社
『華麗なる古都と古城を訪ねて』中央公論新社
『パンドラの娘』講談社
『時にはロマンティク』講談社
『ナポレオンに選ばれた男たち』新潮社
『皇帝を惑わせた女たち』角川書店
『ナポレオンに学ぶ成功のための20の仕事力』日経ＢＰ社

新書

『人はなぜ裏切るのか　ナポレオン帝国の組織心理学』朝日新聞出版

藤本ひとみ（ふじもと　ひとみ）

長野県生まれ。

西洋史への深い造詣と綿密な取材に基づく歴史小説で脚光を浴びる。

フランス政府観光局親善大使を務め、現在ＡＦ（フランス観光開発機構）名誉委員。パリに本部を置くフランス・ナポレオン史研究学会の日本人初会員。

著書に、『皇妃エリザベート』『シャネル』『アンジェリク　緋色の旗』『ハプスブルクの宝剣』『皇帝ナポレオン』『幕末銃姫伝』など多数。

失楽園《しつらくえん》のイヴ
KZ《カッズ》 Upper《アッパー》 File《ファイル》

二〇一八年六月十九日　第一刷発行

著　者　藤本《ふじもと》ひとみ
発行者　渡瀬昌彦
発行所　株式会社講談社　（〒一一二―八〇〇一）
東京都文京区音羽二―一二―二一
電話　編集　〇三（五三九五）三五〇五
販売　〇三（五三九五）五八一七
業務　〇三（五三九五）三六一五

印刷所　豊国印刷株式会社
製本所　株式会社若林製本工場
本文データ制作　講談社デジタル製作

N.D.C.913　279p　22cm　ISBN978-4-06-511847-4

本書は書き下ろしです。

この物語はフィクションです。実在の人物、団体名等とは関係ありません。

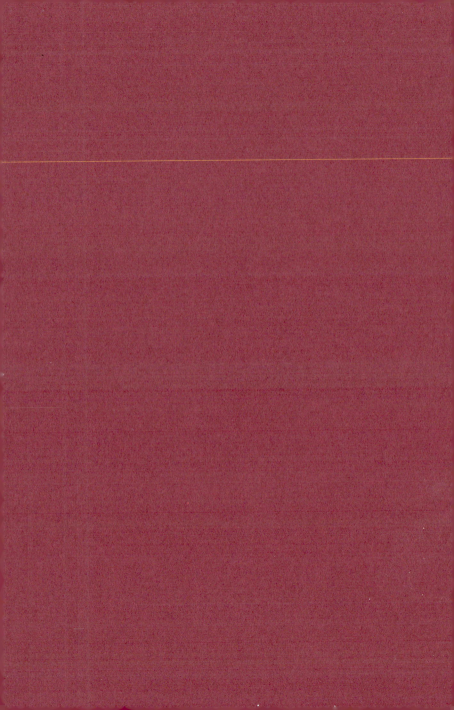